文春文庫

ブラック・スクリーム
上

ジェフリー・ディーヴァー
池田真紀子訳

JN031139

文藝春秋

友人ジョルジョ・ファレッティの思い出に捧ぐ
世界中がきみの死を惜しんでいる

著者まえがき

この作品にはイタリアの捜査機関がいくつか登場する。ストーリー展開の都合から、組織の規則や所在地に若干の変更を加えた。各組織の職員、なかでも私のために時間を割いて興味深い話を聴かせてくださった方々が大目に見てくださることを願っている。

加えて、ミュージシャン、作家、翻訳者、そして通訳でもある非凡なセバ・ペッツァーニに、心からの感謝を捧げたい。友情に厚く、勤勉で献身的なセバの助力がなければ、この本もまた存在していなかっただろう。

冬の風は吹きすさび　夜は深く
菩提樹はうめき
白い骸骨が闇より出で
屍衣をまとって走り　踊る
――アンリ・カザリス『死の舞踏』

目次

第一部　死刑執行人のワルツ　九月二十日　月曜日　13
第二部　トリュフ園のある丘で　九月二十二日　水曜日　89
第三部　地下送水路　九月二十三日　木曜日　137
第四部　希望のない国　九月二十四日　金曜日　273

主な登場人物

リンカーン・ライム……………………………………科学捜査の天才
アメリア・サックス……………………………………ライムのパートナー　ニューヨーク市警刑事
トム・レストン…………………………………………ライムの介護士
エルコレ・ベネッリ……………………………………イタリア、ナポリ近郊の森林警備隊巡査
ダンテ・スピロ…………………………………………ナポリ県上席検事
マッシモ・ロッシ………………………………………国家警察ナポリ本部　警部
ベアトリーチェ・レンツァ……………………………同　科学捜査官
ダニエラ・カントン……………………………………同　巡査　ナポリ遊撃隊所属
アリ・マジーク…………………………………………ナポリで拉致されたリビア難民
ガリー・ソームズ………………………………………アメリカからの留学生　婦女暴行で逮捕される
フリーダ・ショレル……………………………………ソームズによる暴行被害を訴える女性
ナターリア・ガレッリ…………………………………ナポリ大学の学生
デヴ・ナス………………………………………………ナターリアの恋人　インド系

シャーロット・マッケンジー……………アメリカ合衆国法務担当官　駐ローマ
ダリル・マルブリー……………………アメリカ合衆国ナポリ領事館　地域連絡調整官
マイク・ヒル……………………………アメリカのIT企業経営者
ラニア・タッソ…………………………カポディキーノ難民一時収容センター所長
マレク・ダディ…………………………同センターのリビア難民
ハーリド・ジャブリル…………………同右
ファティマ・ジャブリル………………ハーリドの妻
ロン・セリットー………………………ニューヨーク市警　重大犯罪捜査課　刑事
メル・クーパー…………………………同　鑑識技術者
ロドニー・サーネック…………………同　サイバー犯罪対策課　刑事
フレッド・デルレイ……………………FBIニューヨーク南支局　捜査官
ロバート・エリス………………………ニューヨークで拉致された起業家
ステファン・マーク……………………〝コンポーザー〟

ブラック・スクリーム　上

第一部

死刑執行人のワルツ

九月二十日　月曜日

1

「ママ」

「ちょっと待って」

太陽が低くてまだ肌寒い秋の朝、二人はアッパー・イーストサイドの閑静な一画を縦に並んで歩いていた。間隔を置いて立つ街路樹から、赤い葉、黄色い葉がひらひらと舞っている。

母と娘。娘のほうは、近ごろすっかり小学生の通学鞄（かばん）の定番になったキャリーバッグを重たそうに引いている。

私のころは……

クレアは猛然とメッセージを打っていた。ディナーパーティの予定があるのに、今日に限ってハウスキーパーが――案の定――体調を崩した。いや違う、ことによると体調を崩してしまいそうだという。よりによってディナーパーティの当日に！　アランは残業だ。ことによると残業になってしまいそうだ。

アランを当てにするほうがそもそも間違っているけれど。

ちん。

友人の返信が届いた。

Sorry, Carmellas busy tnight.

(ごめん、今晩カルメラ忙しい)

やれやれ。泣き顔の絵文字つきだ。〝tonight〟のoを省略するのはどうして？　たった一文字タイプする時間を節約したつもり？　〝Carmella's〟にはアポストロフィーが必要だってことを思い出す時間も惜しい？

「ねーママー……」九歳の娘の歌うような声。

「待って、モーガン。ちょっと待ってって言ってるでしょう」クレアは一本調子ながら穏やかな声で応じた。怒ってなどいないし、いらいらしたり、八つ当たりしたい気分だったりもしない。週に一度のカウンセリングを思い出す。寝椅子にゆったりと横たわるのではなく、椅子に座って――クレアの主治医の診察室にはそもそも寝椅子が用意されていなかった――怒りや苛立(いらだ)ちという天敵と対決し、日常生活では、娘の言動をうっとうしく感じる瞬間があっても、頭ごなしに叱ったり怒鳴りつけたりしないよう努力を重ねてきた（娘がわざとそういう態度を取っているときであっても。クレアの見積もりでは、モーガンは母親の神経を逆なですることに、起きている時間の軽く四分の一を費やしている）。

我ながら、これ以上ないほど上手に怒りをコントロールできている。理性的に。成熟したおとならしく。「ちょっと待ってちょうだい」娘が何か言おうとしている気配を察して、クレアは繰り返した。

止まりそうな速度まで歩をゆるめ、電話のアドレス帳をスクロールする。大波のごとく迫りくる災難にすっかり気を取られていた。夜までまだ時間があるとはいえ、一日は瞬時に過ぎて、パーティは、たまたま近くを走っていたウーバーのようにあっというまにやってくるだろう。マンハッタン区内に、誰か一人くらいはいてもよさそうなものなのに。パーティの給仕を手伝えそうな、ちゃんとした誰かを貸してくれる人。誰でもいいから。招待客はたった十人。大したことではない。そのくらい楽勝のはず。

クレアは迷った。姉はどうだろう。

だめだ。パーティに招待していないから、頼みにくい。

クラブで一緒のサリーは？

だめだ。泊まりがけで出かける予定だと言っていた。それに、あんな女に借りを作りたくない。

モーガンも歩く速度を落としていた。背後を振り返っているのが気配でわかる。落とし物でもしたのだろうか。そのようだ。来た道を走って戻り、何か拾っている。

携帯電話でなければいいけれど。モーガンは過去に一度、電話を落としていた。割れた画面の交換修理に百八十七ドルかかった。

まったく。子供ってものは。

クレアの意識はアドレス帳のスクロールに戻り、給仕の代役探しを再開した。アドレス帳に並んだ名前の多さときたら。そろそろ整理したほうがよさそうだ。そこに並んでいる人々の半分は誰だったかさえ思い出せない。そして残り半分のほとんどは、接点を持ちたくない相手だ。また一通、懇願のメッセージを送信した。

モーガンがすぐ横に戻ってきて、今度こそ一歩も譲らないといった口ぶりで告げた。

「ママ、見て――」

「ちょっと黙ってて」きつい調子になった。しかし、たまにはとがった声を出すくらいでちょうどいいのだと自分に言い訳した。それも一種の教育なのだから。子供には学ばせなくてはならない。どれほど愛らしい子犬でも、ときには首輪をぐいと引いて行動を正してやる必要がある。

ｉＰｈｏｎｅからまた一つ着信音が響く。

また一つ、ノーの返事。

ああ、もう。

そうだ、同僚のテリーが以前頼んでいたあの女性はどうだろう。ヒスパニックだからラティーノだか……ああ、そうそう、ラティーノだ。最近はラテン系の女性を確かそう呼ぶんだった。テリーの娘さんの卒業記念パーティを鮮やかに仕切っていたあのほがらかな女性。

テリーの番号を探して電話をかけた。

「もしもし？」

「テリー！　クレアよ。お元気？」

一瞬のためらいののち、テリーが応じた。「まあ、クレア。元気にしてる？」

「実は相談が――」

そのとき、モーガンがまた邪魔をした。「ママ。ママってば！」

ぷつん。クレアは勢いよく振り返ると、小さなブロンド美人をにらみつけた。モーガンは髪を三つ編みにし、アルマーニ・ジュニアの着心地のよいピンク色のレザージャケットを着ている。「ママはいま電話中なの！　見ればわかるでしょ！　そういうときはどうするんだった？　ママが電話してるときはどうしなさいって言った？　どうしてそう――」あっと、いけない。言葉には気をつけないと。「何がそんなに……大事な話なの、モーガン？」

「さっきから言おうとしてるのに。さっきね、男の人が」モーガンはいま来たほうに顔を向けた。「男の人が、別の男の人を殴るか何かして、車のトランクに押しこんだんだよ」

「え？」

モーガンは先端を小さなウサギ形のピンで留めた三つ編みを肩から払いのけた。「地面にこれを落として、車で行っちゃったの」そう言って、紐か細いロープのようなものを持ち上げた。いったい何だ？

クレアは息をのんだ。娘の小さな掌に載っているのは、ミニチュアサイズの首吊り縄だった。

モーガンが続ける。「だから言ってるのに」そこで言葉を切り、小さな唇に小さな笑みを浮かべた。「大事な話だから」

2

「グリーンランド」

リンカーン・ライムは、セントラルパーク・ウェストに面した自宅タウンハウスの居間の窓の向こうを見つめていた。視野の手前側に、物体が二つ、映りこんでいる。複雑な構造をしたヒューレットパッカードのガスクロマトグラフ／質量分析計（GC／MS）が一台。もう一つは、十九世紀築のこのタウンハウスの大きな窓の外に止まったハヤブサだ。獲物が豊富なニューヨーク市内ではそう珍しい生物ではないが、これほど低い場所に巣を作るのは珍しい。科学者らしく——さらに言えば科学捜査官らしく——感傷とは離れたところで生きているライムも、ハヤブサの一家の存在に不思議な慰めを見いだしていた。長年のあいだに何世代ものハヤブサたちと半同居してきた。いま窓の外にいるのは親鳥の雌（めす）のほうで、茶と灰色の艶やかな羽、そしてガンメタル色のくちばしと鉤爪（かぎづめ）を持つ、美しい生き物だ。

沈黙を破って、穏やかな男性の声が茶化すように言った。「だめです。あなたとアメリアをグリーンランドに行かせるわけにはいきません」

「なぜだ？」ライムはとげを含んだ声でトム・レストンに訊いた。細いが筋肉質の体つきをしたトムは、ハヤブサの一族がこの古めかしい建物を住まいにし始めたのと同じころからライムの介護士を務めている。脊髄（せきずい）損傷患者であるライムは、肩から下をほとんど動かすことができない。トムは、ライムの腕であり、脚であり、そしてそれ以上の存在でもあった。数えきれないほど何度もライムから解雇を言い渡され、それに負けないくらい何度も自分から辞めると宣言してきたが、結局まだこうしてライムのそばにいるわけで、おそらく本当に辞める日は来ないのだろう。口に出さずとも、双方がそう信じていた。

「ロマンチックな場所じゃなくちゃ意味がないからですよ。フロリダとか、カリフォルニアとか」

「陳腐、ありきたり、没個性。それなら定番中の定番、ナイアガラの滝にでも行くほうがましだ」ライムは渋面を作った。

「定番のどこがいけないんです？」

「返事をする気にもなれんな」

「アメリアの意見は？」

「私に任せるそうだ。それもまた腹立たしい。私には考えるべきことがほかに山ほどあるとわかっていて押しつけるのだからな」

「ついこのあいだ、バハマ諸島がどうとか言ってませんでしたか。また行ってみたいとか何とか」

「あの時点では行きたいと思っていた。あれからその気が失せた。気が変わってはいけないのか？　犯罪でも何でもないだろう」

「グリーンランドに行きたい本当の理由は何です？」

ライムの顔――存在感のある鼻、ピストルの銃口のような目――は鋭い。その点では猛禽のハヤブサに負けていなかった。「質問の意図がわからんね」

「グリーンランドに行きたい実務的な理由、職業上の理由があったりはしませんか。実利的な理由が」

ライムは、シングルモルト・スコッチのボトルを一瞥した。ぎりぎり手の届かない位置に置いてある。ライムの体の大部分は麻痺したままだ。しかし手術と日課のエクササイズが功を奏し、右腕と右手の自由を取り戻している。偶然も有利に働いた。何年も前、犯行現場を検証中に落ちてきた梁が首を直撃し、脊髄の大部分を損傷したが、中心から離れた一部は、傷ついたものの、かろうじて生き延びたのだ。おかげで、たとえばシングルモルト・スコッチのボトルや形状によっては証拠物件など、ものをつかむことはできる。しかし、うっとうしいほど世話好きのトムがあえて手の届かない位置に置いたものを、精巧な造りの車椅子から立ち上がって取ることはできない。

「カクテルアワーには早すぎます」介護士はボスの目の動きに気づいて言った。「で、どうしてグリーンランドなんです？　さっさとゲロってください」

「過小評価されているからだ。島の大方が不毛の地なのに、緑の島という名前がついている。緑などどこにもないのにな。対照的に、アイスランドを見ろ。こっちは青々としている。その皮肉が気に入っている」

「答えになっていませんよ」

ライムはため息をついた。見透かされるような言動は取りたくないし、見透かされるような言動を取っていることに気づかれるのはさらにおもしろくない。しかたがない、真実の力を借りるとしよう。「聞くところでは、デンマーク国家警察がグリーンランドで植物スペクトルグラフ分析の新システムに関する重要な研究を行なっているらしい。ヌークにある研究施設で。ちなみに、ヌークというのはグリーンランドの首都だよ。新システムでは、従来の標準的な分析システムに比べ、試料となる植物が生育した地域を大幅に絞りこめるようになる」無意識のうちに眉が持ち上がっていた。「ほぼ細胞レベルの分析が可能だという話だ。想像してみろ！　私たちの知るかぎり、植物はみな同じ——」

「僕は知りませんけどね、そんなこと」

ライムは不満げにうなった。「言いたいことはわかるだろう。新しい技術を使えば、サンプルの植物が生えていた地点を三メートル四方まで特定できるんだぞ！」そう言って繰り返した。「想像してみろ」

「ええ、想像しようと努力はしていますよ。グリーンランド——だめです。だいたい、アメリアは本当にあなたが選んでかまわないって言ったんですか」

「言うに決まっている。スペクトルグラフ分析の話をすれば」

「イギリスはどうです？　アメリアが喜びますよ。あの番組はまだ続いているんでしたっけ。ほら、アメリアが好きな自動車番組。『トップギア』？　たしかオリジナル版の放送は終了したと思いましたけど、新しいシリーズが始まってるはずです。アメリアが出演したら格好いいだろうな。ゲストがサーキットを走るコーナーがあるんですよ。アメリアは昔から、アメリカとは反対の車線を時速三百キロで飛ばしてみたいって言ってますし」

「イギリスだと？」ライムは嘲るように言った。「この議論はきみの負けだ。グリーンランドとイギリスは、ロマンチックではないという点でどっちもどっちだろう」

「それには反論もあると思いますが」

「グリーンランド人からは出ないだろう」

リンカーン・ライムはほとんど旅行をしない。障害を持つがゆえの実務上の悪条件も一つの障壁ではあるが、医師の判断によれば、旅行を思いとどまるべき身体的な理由はなかった。何年も前に人工呼吸装置を卒業し、肺の機能に問題はない。胸の傷痕は残っているが、目立つというほどではない。〝大小便のおつとめ〟──というのはライム本人の呼びかた──を処理できること、皮膚への刺激が少ない衣類が用意できることという二つの条件さえ満たせれば、脊髄損傷患者の天敵──自律神経過反射を起こすおそれはほとんどなくなった。近年は世界のかなりの部分がバリアフリー化されている。レストランやバー、美術館といった施設の大方に車椅子用のスロープや多目的トイレが設置されている（ある新聞記事をトムから見せられたとき、ライムとサックスは顔を見合わせてにやりとした。スロープと多目的トイレを新たに設置した学校を紹介する記事で、その学校が開いている講座のカテゴリーはたった一つ──タップダンスだった）。

ライムが旅行をしたがらず、ほとんど世捨て人のように暮らしている理由は、結局のところ、世捨て人だからだ。そう生まれついている。手垢のついた観光スポットを訪れるより、ラボで──科学分析装置を詰めこんだこの居間で──分析をしたり、学校で教えたり、学会誌に記事を書いたりするほうがよほど魅惑的な時間の過ごしかたなのだ。

とはいえ、ライムとサックスの今後数週間の予定を思えば、マンハッタン島外への旅行は避けて通れない。さすがのライムも、居住地でのハネムーンは不可能であることは了解していた。

植物スペクトルグラフ分析を専門とするラボを訪問するプランにせよ、ロマンチックな土地への旅にせよ、今日のところは議論はいったん棚上げとなった。玄関の呼び鈴が鳴ったからだ。ライムは防犯カメラの映像をちらりと確認した——ほほう、これはこれは。

トムが立ち上がり、まもなくラクダ色のスーツを着た中年男性を案内して戻ってきた。スーツはそのまま寝たのかと思うくらい皺だらけだが、おそらくそのまま寝たわけではないだろう。動作はゆっくりとしているものの、迷いはなかった。まもなくそれに頼らずに歩けるようになるのだろうが、あのステッキはなかなか粋な装身具ではないか。本体は黒く、ワシをかたどった銀の握りがついていた。

訪問者はラボを見回した。「静かだな」

「まあな。民間から依頼された小粒の仕事がいくつかあるだけでね。心躍るようなもの、血湧き肉躍るようなものはない。最近で言えば、スティール・キス事件以来か」電化製品や公共輸送機関が悪用された連続殺人事件で、一部の被害者は凄惨としか言いようのない死を遂げた。

ニューヨーク市警重大犯罪捜査課のロン・セリットー刑事は、ライムの長年のパートナー——ライムが警部に昇進し、鑑識課を指揮するようになる以前からのパートナーだった人物だ。ライムの退職後は、解明に科学捜査に関する深い知識を要するような事件が発生すると、セリットーがやってきて、捜査顧問の仕事をライムに依頼する。

「何をじろじろ見てる？ このスーツしかなかったんだよ」セリットーは自分のスーツに手をやった。

「白昼夢を見ていた」ライムは言った。「視線がたまたまスーツに向いていたというだけで」

それは真実ではなかった。とはいえ、スーツの珍しい色や、尋常ではない数の皺を観察していたわけではない。それよりも、セリットーの回復ぶりを見て喜ばしく思っていた。ある事件の犯人に毒物で襲われ、神経や筋肉に深刻なダメージを負った。その結果がステッキだ。セリットーはつねに減量に挑み続けていたが、こうして見ると、いまのようにそこそこ脂肪がついた状態のほうがセリットーらしくていい。痩せこけて灰色の肌をしたロン・セリットーは痛々しいだけだった。

「アメリアは？」セリットーが尋ねた。

「法廷だ。ゴードン事件の公判で証言している。朝一番の予定がそれだった。そろそろ終わるころだろう。そのあと買い物に行くと言っていた。旅行に備えて」

「嫁入り支度（じたく）ってやつか？ そう言えば、嫁入り支度ってのは、具体的に何と何を指すんだろうな」

ライムにも見当がつかなかった。「衣装だの何だののことだろう。私も知らんよ。ドレスはもう買ってある。ひだ飾りがたくさんついたやつだったな。色は青。いや、ピンクだったか。今日は私の分の買い物だよ。おい、ロン、何を笑っている?」

「おまえのタキシード姿を想像しちまったんだよ」

「スウェットパンツにシャツの予定だよ。ネクタイくらいは締めるかもしれないが。もしかしたら、な」

「ネクタイ? おとなしくそんな格好をするのか? おまえが?」

たしかに、ライムは気取った服装を嫌う。しかし今回は話が別だ。あれほど激しい性格をし、スピードと無骨な銃がなければ生きていけず、戦術による解決に情熱を燃やしている一方で、アメリア・サックスは十代の少女の名残を心に隠しており、結婚式の準備を楽しそうに進めている。それには、内訳が何であれ〝嫁入り支度〟やロマンチックなハネムーンのための買い物も含まれていた。それでサックスが喜ぶなら、ライムとしては調子を合わせることにやぶさかではない。

ただし、グリーンランド行きに関しては、ぜひともサックスを説得したいところだった。

「まあいい、買い物は延期しろと伝えてくれ。現場検証を頼みたい。手ごわそうな事件が起きた」

ライムの頭のなかで、ちーん、という音が鳴った。潜水艦のソナーが、想定外の物体を船体左前方に検知したときのような音。

サックスにメッセージを送ったが、返事がなかった。「まだ証言中なのかもしれない。

先に詳しく聞かせてくれないか」

トムが入口に顔をのぞかせた——いつの間にいなくなっていたのだろう。トムが言った。「ロン、コーヒーはいかがです？　クッキーは？　焼きたてがありますよ。二種類。一つは——」

「いいね、いいね、いいね」セリットーより先にライムが答えた。「何でもいいから持ってきてやってくれ。種類はきみが決めていい。私はロンの話を聞きたい」

手ごわそうな事件……

「さあ、話してくれ」ライムはセリットーに言った。

「チョコレート入りがいいな」セリットーが出ていこうとしているトムに言った。

「了解」

「誘拐事件だ、リンカーン。アッパー・イーストサイドで。成人男性一名が、別の成人男性一名を拉致(らち)したようだ」

「よう？　疑わしい点があるということか」

「唯一の目撃者が、九歳の子供なんだよ」

「そういうことか」

「被害者をつかまえて、車のトランクに押しこんだ。そのまま走り去った」

「その子供の証言は確かなのか？　たくましすぎる想像力の産物ということはないのか。テレビの見すぎとか、ゲームで親指を酷使しすぎているとか、『ハローポニー』の読みすぎとか、そういうことは？」

「『ハローキティ』だよ。ポニーはまた別の本のタイトルだ」

「マミーやダディも同じ証言をしているのか？」

「目撃したのは、モーガンって名前のその女の子一人だ。だが、信用していいと思うね。犯人が名刺代わりに置いていったものを拾ってるから」セリットーは携帯電話を持ち上げて写真を見せた。

何が写っているのか、とっさにわからなかった。黒っぽい色をした細い何かが歩道に落ちている。

「これは——」

ライムは先に言った。「首吊り縄」

「そうだ」

「何でできている？」

「わからん。女の子の証言によれば、犯人が拉致現場に置いていったそうでね。その子が拾ったが、初動の刑事がおおよそ元の位置に置き直した」

「すばらしい。九歳の子供の手で汚染された現場は初めてだ」

「まあ落ち着けよ、リンカーン。その子は拾っただけで何もしてないし、刑事は手袋を着けてた。現場は保全された状態で、検証を待ってる。たとえばアメリアが検証に来るのをな」

首吊り縄の素材は黒に近い色をしていた。柔らかい繊維であれば地面の凹凸になじんで変形するだろうが、形を保っているところを見ると、柔軟性に乏しい素材で作られているようだ。歩道に敷き詰められたコンクリートパネルの大きさとの対比から、長さは三十から三十五センチほどで、首にかける輪の部分はその三分の一ほどを占めていた。

「目撃者はまだ現場にいる。ママに付き添われてな。ママはご不満そうだが」

ライムも不満だった。手がかりらしい手がかりはその目撃者の証言一つだけで、九歳の小学生の観察技術や理解力は……そう、九歳の小学生レベルだろう。

「被害者は？　金持ちなのか？　活発に政治活動をしているとか、犯罪組織と関係があるとか？　前科は？」

セリットーが答えた。「まだ身元が判明してなくてな。行方不明者の届け出もない。事件発生の数分後に、通りがかりの車から携帯電話が投げ捨てられたって通報があったが、黒っぽい色のセダンだったことしか覚えていないそうだ。三番街だよ。そっちはデルレイの人員が当たってる。身元がわかれば、動機もわかるだろう。商売上のトラブルかもしれないし、誰かがほしがってる情報を握ってるのかもしれない。定番の動機ってことも考えられる――身代金目当ての営利誘拐」

「あとは、サイコパスの犯行か。何と言っても首吊り縄だからな」

「まあな」セリットーが言った。「その場合、被害者はＷＴＷＰってわけだ」

「何だって？」

「まずいときにまずい場所(wrong time. wrong place)に居合わせた」

ライムはまたも渋面を作った。「妙な略語はよしてくれ」

「市警内じゃ流行(はや)ってるんだがな」

「インフルエンザのウィルスなら流行することがあるかもしれないが——ちなみに、英語のウィルス(virus)の複数形はよくある間違いのように〝viri〟ではなく、〝viruses〟だ——馬鹿げた略語は流行しない。少なくとも、流行すべきではないな」

セリットーはステッキを頼りに立ち上がると、売り物件の内覧に訪れた見込み客をもてなす不動産業者のごとくトムが運んできたクッキーのトレーに、一直線に向かった。一つ頬張り、もう一つ頬張り、さらにもう一つ頬張って、満足げにうなずく。銀のポットからコーヒーを注ぎ、クッキーで摂取したカロリーを相殺しようというつもりか、砂糖ではなく人工甘味料を加えた。

「うまい」クッキーを咀嚼(そしゃく)しながら、宣言するように言う。「おまえも食べるか？コーヒーは？」

ライムの目は条件反射でスコッチを一瞥した。グレンモーレンジィのボトルは、はるか上方の棚から黄金色の光を放って誘惑していた。

しかしリンカーン・ライムの理性はこう断じた——却下。頭をしゃっきりさせておきたい。その少女の目撃証言は疑いの余地なく正しいものなのではないかという予感がした。誘拐事件は少女の証言のとおりに発生したのではないか、犯人の不気味な置き土産は、まもなく人ひとりが殺されるぞという挑発めいた予告なのではないか。

これを皮切りに、連続殺人事件に発展するのではないか。

ライムはアメリア・サックスにもう一度メッセージを送信した。

3

ぽたり。天井から垂れた水滴が、床を叩く。

三メートルの落差。

四秒ごと。

ぽたり。ぽたり。ぽたり。

水面に水滴が落ちて跳ねる音ではなかった。この古い廃工場の床には金属や木製の物体がこすれてできた傷が無数にあって、したたった滴(しずく)は、水たまりを作るより早く、老人の顔にできた皺のような亀裂や溝を流れてゆく。

ぽたり。ぽたり。

風のうめき声もしている。秋の冷たい風がダクトやパイプ、換気口をかすめるたびに、ぼわんという音が鳴った。ガラス瓶の口に息を吹きこんだような音だ。といっても、最近ではあまり目にしない光景ではある。昔、子供たちが笛のように鳴らしたソーダの容器はガラスでできていたが、いまはプラスチックだ。プラスチックボトルを吹いても音らしい音は出ない。いまでもビール瓶なら鳴るが、ぼわん、ぼわんという音が鳴って喜ぶおとなはいないだろう。

ステファンは以前、炭酸飲料のマウンテンデューの瓶のための曲を書いたことがある。瓶を十二本並べ、それぞれ入れる水の量を変えて半音階を作り、演奏する。六歳のときのことだった。

廃工場がいま鳴らしている音は三つ、Cシャープ、F、そしてG。風は不規則だから、決まった拍子はない。ほかに聞こえるのは――

遠くの車の走行音。これは途切れることなく聞こえていた。

もっと遠い飛行機の排気音。

すぐ近くの、ネズミがちょこまかと走り回る音。

そしてもう一つ、ほかの何より魅惑的な音――この薄暗い倉庫の隅に置いた椅子に座っている男の、乾いた息づかい。男は両手両足を縛られている。首には首吊り縄。ステファンが歩道に残してきたもの、誘拐事件の発生を愚弄をこめて宣言する首吊り縄は、チェロの弦で作られている。いま男の首にかかっているものは、長さを稼ぐために、長い弦を二本結び合わせて作った。もともとクラシック音楽で使われていたコントラバス、のちにジャズに不可欠な楽器の一つとなってウッドベースなどと呼ばれている弦楽器の、最低音に使う一番太い弦を選んだ。羊の腸を加工して作るガット弦は、市販されている楽器用の弦のうちでもっとも高価だ。これも一本百四十ドルした。ガット弦はほかのどんな弦よりも豊かな音色を生み、バイオリンやチェロ、コントラバスの一流奏者のなかには、バロック音楽を演奏するのにガット弦以外の弦を使うことなど考えたこともないという者もいる。ガット弦は、スチールやナイロンの弦に比べるとはるかに気まぐれで、気温や湿度がわずかに変化しただけでチューニングが狂ってしまうこともある。

ステファンの目下の用途には、湿度管理が難しかろうと問題ではない。人の首を吊すのには最適だった。

首吊り縄の輪の部分は男の首からゆるくぶらさがり、尻尾の部分は床に垂れている。

ステファンの背筋が期待に震えた。いざ旅に出ようとする巡礼者のようだ。冷気も体を震わせた。あらゆる意味で外界から守られているのに、それでもやはり寒かった。ステファンは大柄で、豊かな黒い巻き毛を耳よりずっと下まで伸ばし、顎鬚(あごひげ)は濃く、胸や腕も柔らかな毛で覆われている。加えて、防護服も着こんでいた。白い長袖のアンダーシャツの上に濃い灰色の厚手のワークシャツ、その上に黒い防水ジャケットを着ている。やはり濃い灰色のズボンはカーゴパンツに似たシルエットだが、ポケットは一つもついていない。ついこのあいだまで暮らしていた場所では、ポケットのある衣服は禁じられていたからだ。年齢は三十歳だが、赤ん坊のようにぽっちゃりしたなめらかな肌をしているおかげで、だいぶ若く見える。

二人の男がいる倉庫は、広大な工場の奥まった位置にあった。昨日のうちに、工場のほかの部屋で見つけたテーブルや椅子などを運びこんでおいた。バッテリー式の小型ライトも。楽器や録音機、ビデオカメラなども。

腕時計を確かめると、時刻は午前十時十五分だった。あの女の子は、そろそろ始めたほうがいい。用心はしているが、警察の動きは予想できない。車のナンバープレートは泥で汚してあるが、最初の二文字に誰かが気づいていないともかぎらない。そこから、ケネディ国際空港の長期駐車場に昨日までは駐めてあった車両が浮上するかもしれない。コンピュータープログラム、人間の頭脳、事情聴取のテクニック……そういったものを動員すれば、身元がわかってしまうかもしれない。

このタイミングでそれはまずい。用心が必要だ。

心配しないで。ちゃんと用心してるよ。

考えただけでなく、口に出してそう言ったようだ。〈女神〉へのメッセージを頭のなかで言っただけなのか、本当に言ったのか、ときどきわからなくなる。〈女神〉の返事が本当に聞こえているのか、幻聴なのか、それもわからない。

準備してあった機材を並べ、キーボードやパソコン、コードやプラグをひととおり点検した。スイッチを入れる。ハードドライブが回転を始め、また一つ音が増えた。

ぽたり。

ぼわん。

ひゅん。

いいじゃないか。

ああ、ネズミの足音も聞こえる。

かさこそ。

音があれば――気をまぎらわせてくれる音、注意を惹(ひ)きつけてくれる音があれば、〈漆黒の絶叫(ブラック・スクリーム)〉を遠ざけておける可能性は高かった。

いいぞ、ここまでは順調だ。

さらにもう一つ加えるとしよう。自分で生み出した音を。カシオのキーボードでメロディを弾(ひ)いた。とくに優れた演奏家というわけではないが、音への愛、依存、執着ゆえに、鍵盤楽器の演奏には慣れている。もう一度同じ旋律を弾く。もう一度。なかなかいい。同じ解釈でまた弾いてみた。

祈りを捧げる習慣はない。しかし、曲を選ぶに当たって閃きを与えてくれた〈女神〉に感謝の念を送った。

立ち上がり、目隠しをされた男に歩み寄った。男はスラックスを穿(は)き、白いシャツを着ている。ダークスーツのジャケットは床の上だ。

ステファンはデジタルレコーダーを持っていた。「しゃべるなよ」

男はうなずき、沈黙を守った。ステファンは首吊り縄をつかんで引っ張った。もう一方の手に持ったレコーダーを男の口もとに近づける。男の唇から漏れる苦しげな音に、ほれぼれと聴き入った。複雑で多彩な音色、そしてリズム。

そう、それは音楽と呼べそうな音だった。

4

誘拐など重大事件の捜査は、通常なら市警本部庁舎ワン・ポリス・プラザの重大犯罪捜査課に本部を置いて行なわれる。マンハッタンのダウンタウン、市庁舎の近所にそびえる無個性な市警本部には、重大事件の捜査本部を置くための会議室がいくつも確保されている。決してハイテクではなく、華やかでもなく、刑事ドラマに出てくるような洗練された空間でもない。どこにでもあるふつうの会議室だ。

しかし、移動に難のあるリンカーン・ライムが関わる今回の首吊り縄誘拐事件では、ワン・ポリス・プラザではなく、ライムの自宅の居間が事実上の捜査本部となった。

ヴィクトリア朝様式のタウンハウスはにわかに活気づいた。

ロン・セリットーはそのままとどまっていた。ほかに二名が加わっている。ほっそりとした体つきと大学教授風の風采（ふうさい）をして、野暮（やぼ）ったいとしか言いようのない青いツイードの服を着た中年男は、メル・クーパー。肌は青白く、頭頂部の毛髪がやや寂しく、ハリー・ポッター人気がなければまるきり時流に合っていなかったであろう眼鏡をかけている。足もとはハッシュパピーの靴。色はベージュだ。

もう一人はフレッド・デルレイ、FBIのニューヨーク南支局のベテラン捜査官だ。ちょうどいま尻を半分乗せているマホガニー材の机と同じ色の肌をした、長身でびっくりするほど手足の長いデルレイの服装は、何と言おうか……ほかではまずお目にかかれない種類のものだった。深緑色のジャケットにオレンジ色のボタンダウンシャツ、愛鳥家が理想とするようなカナリア色のネクタイ。胸に紫色のポケットチーフ。スラックスは、それ以外と比べれば地味な紺色の千鳥格子柄。

クーパーは背もたれのない回転椅子に静かに座り、そろそろ戻ってくるはずのサックスと証拠物件を忍耐強く待っている。対照的にデルレイは、机を離れ、室内を歩き回りながら、二つの電話を交互に耳に当てて話していた。犯罪捜査における州と連邦の境界線は三月のイースト川のように灰色だが、誘拐事件は合同捜査という議論の余地のない了解が存在している。主導権を巡って醜い言い争いが起きることはまずない。暴力を用いてさらわれた被害者の命を救わねばという使命感は、エゴを瞬時にしぼませる。

デルレイは通話の一方を終え、まもなくもう一方も終えると、全員に向かって報告した。「被害者の身元が判明したようだ。ちょいと裏技が必要だったがな。あっちの切れ端とこっちの切れ端を強引にくっつけるみたいな。まあ、その甲斐(かい)あって、かなりの確率で当たってると思うね」

デルレイは複数の高級学位を取得している――それには心理学と哲学が含まれている（そのとおり、余暇を哲学的思索に充てる者も世間には存在するのだ）――が、ギャング英語でも黒人英語でもない、自ら編み出したストリート風の生きのいい言葉づかいが不思議と似合っていた。独特のファッションセンスや、ハイデガーとカントを子供たちに読み聞かせる趣味と同じく、それもデルレイらしさのうちだ。

デルレイは、セリットーが少し前にライムに伝えた携帯電話の話に触れた。誘拐犯が被害者をトランクに押しこんで逃走する際、追跡を恐れて車の窓から捨てたと思われる携帯電話だ。

「うちのIT部門の連中は、ロックを解除してみせるってそりゃもう意気込んでたさ――ほら、アップルのデバイスは難敵だからな。ハイテク連中から見たら、アングリーバードなんかのゲームに挑戦するのと変わらないんだろうよ。ところがどうだ、いざ携帯電話が届いてみたら、パスワードが設定されてねえときた！　このご時世にだぜ。しかもだ、発着信履歴をこそこそのぞいてたら、こりゃまたびっくり、電話が鳴り出すわけだよ。取引相手らしき男からでな、電話の持ち主と朝飯の約束をしてたのに、いつまでたっても現れないもんだから、グレープフルーツは温まっちまうわ、オートミールは冷めちまうわって話だった」

「フレッド、要点を頼む」

「おやおや、今朝の忍耐はもう在庫切れか？　電話の持ち主は、ロバート・エリス。サンノゼに本社がある、吹けば飛ぶようなちっちゃなスタートアップ企業の創業者らしいな。断っとくが、吹けば飛ぶようなって言ったのは、俺じゃねえぞ。ニューヨークには投資者探しに来てたらしい。前科なし、税金の滞納なし。経歴はコルセットのセールスマンなみに退屈だ。スタートアップって言っても、フェイスブックだの何とかチャットだのの、いかにも金になりそうなイカした業種じゃない。メディアバイイング──広告枠の買いつけが専門の広告代理店だとさ。要するにだ、ライバル企業がさらってったみたいな事件じゃなさそうってことだよ」

「同僚や家族に犯人から連絡は？　身代金の要求はないのか」セリットーが尋ねた。

「ない。発着信履歴にあった番号の一つは、エリスと同じ番地に住んでる女の名前で登録された携帯電話だった。まあ、ガールフレンドとみてまず間違いないだろう。ただし、携帯電話会社の話じゃ、そのガールフレンドの電話は、なんとなんと、はるか地球の裏側、日本にあるっていうんだな。おそらく、電話の持ち主、ミズ・サブリナ・ディロンって名前のガールフレンドと一緒に日本に行ってるってことだろう。うちの副支局長が電話してみたが、まだ折り返しの連絡がない。発着信履歴のほかの番号は無視してよさそうだな。仕事でニューヨークに来たただのビジネスマンだよ。調べたかぎりじゃ、同居の家族はガールフレンド一人のようだ」

「そのガールフレンドとのあいだにトラブルは？」メル・クーパーが質問した。鑑識技術者ではあるが、ニューヨーク市警の刑事でもあり、長年にわたってさまざまな事件の捜査に関わってきた実績がある。

デルレイが答えた。「とくになさそうだ。ま、何かあったとしても、たとえば軽い浮気程度のことでいきなりトランクに押しこまれるってのも考えにくいよな」

「言えてる」セリットーがうなずく。

ライムは言った。「犯罪組織とのつながりもない」

「ないな。この坊やはギャングのメンバーじゃない。カリフォルニア大学ロサンゼルス校(UCLA)に組織犯罪コースが新設されたって話も聞かないしな。エリスはUCLAを卒業してる」

セリットーが言った。「とすると、イカレ野郎の犯行って線が濃厚だな」

首吊り縄のことも考え合わせれば……

「そんなところだろうな、ロン」デルレイが答えた。

「憶測にすぎない」ライムはぼそぼそと言った。「時間の無駄遣いだ」

サックスや鑑識チームはどこで何をやっている?

にぎやかな着信音が鳴って、クーパーが自分のパソコンを見やった。

「おたくの鑑識チームからだよ、フレッド」

ライムは車椅子を前に進めた。FBIの鑑識班(PERT)は携帯電話を子細に調べたものの、指紋は一つも検出されなかった。犯人は車から投げ捨てる前にきれいに拭っていた。

それでも、微細証拠はいくつか見つかっていた。電話表面に付着した微量の土と、オッターボックス製のiPhoneケースの継ぎ目に入りこんでいた明るい色の短い毛髪一本。毛髪はヒトのものだ。毛根がないため、DNA分析はできない。乾燥しており、プラチナブロンドに染色されている。

「エリスの写真はあるか」

数分後、クーパーがカリフォルニア州陸運局に登録されていた顔写真をダウンロードした。

これといって特徴のない顔立ちをした三十五歳の男性。ほっそりとした輪郭。髪の色は茶だった。

となると、淡い色の毛髪は誰のものだろう。

誘拐犯のものか。

少し前に話に出た、ガールフレンドのサブリナか。

玄関のドアが開く気配がして、アメリア・サックスが帰ってきたのだとすぐにわかった。サックスの足音は独特だ。姿が見えるのを待たずに、ライムは大きな声で言った。

「サックス！　さっそく見せてくれ」

サックスが入口に現れ、全員に挨拶代わりに軽くうなずいた。それから証拠品袋が詰まったケースをクーパーに渡し、受け取ったクーパーはかたわらに置いた。クーパーは分析官と証拠物件の両方を互いから守る防護具をひととおり着けていた――シューズカバー、手袋、帽子、ゴーグル。

証拠品袋を一つずつ取り出し、検査テーブルに並べていく。検査テーブルは、証拠物件の汚染を防ぐため、私服のまま居間の片側で待機しているほかの面々とは反対側に設置してある。

回収できた証拠は数えるほどしかないことはライムも承知していた。リアルタイムの動画を介して、ライムもサックスと〝一緒に〟現場のグリッド捜索をしたからだ。見つかったのは、首吊り縄と、被害者が連れ去られた場所で見つかった脈絡のない微細証拠、靴底の跡、タイヤ痕だけだった。

しかし理屈の上では、ごく微量の物質が犯人の自宅へとまっすぐ案内してくれることもある。

「で？」セリットーが尋ねる。「おちびちゃんからどんな話が聞けた？」

サックスが答えた。「あの女の子――モーガンを相手にするより、モーガンの母親二人を相手にするほうが楽かも。将来は政治家ね。それか警察官。銃を握ってみたいってせがまれた。それはともかく、未詳は大柄の白人の男、黒っぽい長髪、顎鬚、黒っぽいカジュアルな服に、つばの長い黒っぽい野球帽。身長は私より少し高いくらい。年齢は、自分のテニスのコーチのミスター・ビリングズと同じくらいって言ってた。確認したら、コーチは三十一歳だって。車種はわからないけど、テスラではないそうよ。お父さんがテスラに乗ってて――会う人ごとにテスラに乗ってるって自慢してるんですって。モーガンは犯人をそこまでよく見なかったようだけど、青い手袋をしてたことは覚えてた」

「ふむ」ライムは不満げにつぶやいた。「それだけか」

「それだけ。でも一つ珍しいことがあった。母親のクレアは、今夜、パーティの配膳を手伝ってくれる人を探してるらしくて、小遣い稼ぎしたくないかって訊かれたわ。市警の同僚を紹介するのでもいいって」

「いくら払うって？」セリットーが訊いた。

ライムは軽口につきあう気にはなれなかった。「まずは首吊り縄からいこうか。指紋は？」

クーパーは首吊り縄をフューミングテントに入れ、シアノ法を使って潜在指紋を浮かび上がらせた。「断片がいくつか。照合には足りないな」

「そいつは何でできてる？」デルレイが訊いた。

「いま調べるから待ってくれ」クーパーは倍率を低めに設定した顕微鏡をのぞいた。それから画像データベースを検索した。

「クロマトグラフにかけてもいいが、蛋白質なのは間違いないだろう――コラーゲン、ケラチン、フィブロイン。おそらくキャットガットだな」

セリットーが鼻の付け根に皺を寄せた。「猫の腸（キャットガット）だと」

トムが笑う。「それそのものというわけではありませんよ」

クーパーが言った。「そう、別物だよ。キャットガットとは呼ばれてるけど、実際はヒツジやヤギの腸だ」

セリットーが切り返す。「だからってグロ度が下がるってもんでもないだろう」

クーパーはネット検索を始めた。結果のページに目を走らせながら続ける。「昔は外科手術の縫合糸に腸を使ってたらしいね。いまは楽器の弦くらいにしか使わない。しかも、最近じゃ金属とか合成素材の弦のほうが多くなってる。それでも」――そういって首をすくめる。「キャットガットはまだふつうに流通してる。商店、コンサートホール、学校――身近なところでいくらでも売っていそうだよ。長さから考えると、これはチェロの弦だろうな」

「首吊り縄だろ？」デルレイが訊いた。「こう、十三回巻きつけるんじゃなかったか？　悪運の象徴だか何だかで」

ライムはキャットガットには詳しくない。楽器の知識もほとんどないが、首吊り縄のことなら知っていた。その結びかたは絞首刑結び（ハングマンズノット）と呼ばれる。引き結び（スリップノット）とは違い、引くと輪の部分が小さくなって首が絞まるということはない。死ぬのは、首が折れるからだ。首が折れれば窒息（ちっそく）するが、それは喉が絞まるからではなく、脳から肺に送られる信号が途絶えるせいだ。死刑囚の左耳の後ろの適切な位置に縄をかけて執行すると、ライムが損傷した部分の少し上の脊椎が折れる。

デルレイの質問に答えて、ライムは言った。「十三回巻きつけることもあったようだが、ほとんどの絞首人(ハングマン)は八回巻いていた。それで用は足りたからな。よし、ほかには？」

サックスは少女の証言にしたがって未詳が立った場所、歩いた場所を絞りこんで、ゼラチン紙と静電装置を使い、未詳のものと思われる靴底の跡を採取していた。

クーパーがデータベースを参照して言った。「コンバース・コンだ。サイズは10ハーフ」

案の定、ありふれたスニーカーだった。靴底の跡から販売経路を特定するのは不可能だ。ライムもコンバースのスニーカーのことは知っていた。ニューヨーク市警の靴のデータベースを作ったのはライム自身で、現在もデータのアップデートに協力している。

サックスはタイヤ痕の採取も試みていたが、こちらの結果はあまり思わしくなかった。誘拐犯のセダンが残したタイヤの跡の上をすでに何台もの車やトラックが通過しており、痕跡はほぼ完全に消えてしまっていた。

ライムは言った。「これは訊くべきだろうな。目撃した子供はほかにどんな証言をしている？」

サックスは誘拐の顚末(てんまつ)を再現した。

「被害者にフードのようなものをかぶせた？　で、即座にぐったりしたって？」セリットーが言った。「窒息したのか？」

ライムは言った。「それには時間が短すぎる。薬品だろう。典型的な例では、クロロホルム。自家製の調合薬という可能性もあるだろう」

「フードの色は？」クーパーが訊いた。

「黒に近い色」

「それらしい繊維があるな」クーパーは証拠品袋のラベルを見ながら言った。「綿の繊維だ。アメリア、きみがつけたラベルによると、首吊り縄が落ちていた周囲から粘着ローラーで採取された」

モニターにその繊維が映し出され、ライムはそれを見つめた。さて、これをどうしたものか。無傷の繊維は証拠として重要な価値を持つ。たとえば、容疑者の所持品からフードが見つかったとして、フードの繊維とこの繊維の同一性を示すことができれば、容疑者と犯行も結びつけることができる（〝一致〟とは言わない。完全に一致するものはDNA型と指紋だけだ）。

それは公判で検察側の主張を裏づける一つの要素になる。しかし、繊維をいまの状態のまま後生大事に取っておいたところで、犯人の素性や住居、勤務先を割り出す役には立たない。綿素材は優れた吸収性を備え、この証拠のようにほんの小さな断片であっても有用な情報を保持している可能性がある。問題は、その情報を手に入れるには、各成分を分離して同定する装置、ガスクロマトグラフにかけるしかないということだが、そうすれば繊維は気化してなくなってしまう。

「よし、燃やしてくれ、メル。繊維に何か含まれていないか確かめたい」

クーパーが試料の下準備をしてＧＣ／ＭＳにかけた。分析は二十分ほどで終わるはずだ。

結果を待つあいだに、セリットーとデルレイはそれぞれの監督官と連絡を取った。身代金要求の連絡はまだない。現場周辺の街頭防犯カメラの録画を確認したが、犯行そのものや猛スピードで走り去る車をとらえたものは見つかっていない。デルレイはここまでに集まった情報を全米犯罪情報センター（ＮＣＩＣ）に登録し、類似の事件がほかに発生していないか検索した。一つもなかった。

ライムは言った。「一覧表を作ろう」

サックスがホワイトボードを引いてきて、速乾性のマーカーを握った。「何て呼ぶことにする？」

身元未詳の被疑者には、事件発生の日付を仮のニックネームとしてつけることが多い。たとえば今回の未詳なら、今日の日付九月二十日を取って〈未詳九二〇号〉となる。

しかしニックネームが決まる前に、クーパーが背筋を伸ばしてＧＣ／ＭＳのモニターをのぞきこんだ。「おお。当たりだぞ、リンカーン。フードのものと思われる繊維から、クロロホルムが検出された。あともう一つ、オランザピンも」

「何だそれは、睡眠薬か？」デルレイが訊く。「誘拐犯の御用達ドラッグ？」

クーパーはキーボードを叩いている。「抗精神病薬の一般名だ。かなり強い薬だよ」

「犯人が服用してるのかな。それとも被害者か？」セリットーが言った。

ライムは言った。「メディアバイイングの起業家と心の病はうまく結びつかない。犯人のものだろう」

クーパーは〈未詳の靴の周囲〉というラベルのついた証拠品袋から、土のサンプルを取り出した。「こいつもガスクロマトグラフにかけよう」そう言って装置の前に立った。

電話の着信音が鳴って、デルレイが長い指で〈応答〉をタップした。「はい？……いや……わかった、こっちでも見てみる」

一同に向き直って言った。「アイオワ州デモインの支局長だ。さすが俺の大親友、まじめに働いてるようでな、NCICの通知を眺めてるところに、地元の女性から電話があったそうだ。息子がYouVidを見てたとかで——ほら、動画配信サイトだよ、おぞましい動画を垂れ流してる。男が首吊り縄で絞め殺される動画がアップされてるそうだ。確認したほうがいい」

サックスが太くて平らなHDMIケーブルを使い、ノートパソコンと近くの壁の大型モニターを接続した。キーを叩いて問題の動画配信サイトを呼び出す。

薄暗い場所にいる男性が映し出された。画像が不鮮明なうえに、男性は目隠しをされているが、ロバート・エリスの顔写真に似ていなくもない。頭は片側に傾いている——首吊り縄で首を上方に引っ張られているせいだ。足首をダクトテープで縛られ、腕を頭の後ろで縛られているかテープで固定された状態で、六十センチ四方くらいの大きさの木箱の上に立っている。

その映像だけでも恐ろしいが、背景に流れる音楽もまた不気味だった。オルガンか電子ピアノで演奏した音楽が流れており、各小節の第一拍に、人間のあえぎ声の断片が使われていた。曲は誰しも聞いたことのあるもの――『美しく青きドナウ』だ。

うぐ・2・3、うぐ・2・3――ワルツのリズムがそう刻まれている。

「何だこれは」セリットーがつぶやいた。

人間の体力や気力は、あの姿勢でどのくらいの時間、持ちこたえられるのだろうか。脚が萎(な)えたり、意識が遠のいたりした瞬間、首吊り縄に体重を預けることになる。昔ながらの絞首台とは違い、あの高さから落ちても首は折れない。縄で首が絞まり、ゆっくりと苦しみながら窒息死することになるだろう。

動画は続いている。音楽は少しずつテンポを落とし、それに合わせてあえぎ声の間隔も空いたが、曲のリズムとは完璧に一致していた。

それに合わせて映像は暗くなり、男性の姿はしだいに薄れていく。

長さ三分ほどの動画の再生が終わると、音楽と苦しげなあえぎ声もフェイドアウトして消え、画面は真っ暗になった。

そこに、血のように赤い文字が浮かび上がった――通常の動画のあとなら表示されて当然の表記なのに、このときばかりは言うに言われぬ残酷さを醸(かも)し出していた。

© The Composer

5

「ロドニー？」

リンカーン・ライムの電話の相手は、市警本部ワン・ポリス・プラザに置かれたサイバー犯罪対策課の刑事だった。

ロドニー・サーネックは頭脳明晰な変わり者（要するにギーク）だが、夢でうなされそうにやかましい〝ヘッドバンギング〟系ヘヴィメタルの大ファンでもある。

「ロドニー、頼む！」ライムはスピーカーフォンに向かって大声を出した。「音楽を消してくれ」

「あっと、すみません」

音量は下がったが、完全には消えなかった。

「ロドニー、私のほかに大勢がいる。スピーカーフォンモードだ。全員を紹介している暇はない」

「どうも、みなさ――」

「誘拐事件が発生してね。犯人がある仕掛けをしたせいで、こうしているあいだにも被害者の生命の時間切れが刻々と迫っている」

音楽が完全に消えた。

「詳しく話してください」

「アメリアからＹｏｕＶｉｄのリンクを送る。被害者の動画だ」

「まだ削除されてないってことですか」

「確認できるかぎりではな。なぜだ？」

「暴力的な動画なら──作り物じゃなくて本物なら──おそらくＹｏｕＶｉｄが削除するでしょうから。ユーザーから苦情が来たり、ＹｏｕＶｉｄのアルゴリズムがその動画を検出して、ＹｏｕＶｉｄポリスがＴＯＳ──利用規約に違反してると判断したりすれば、速攻で削除です。いまのうちに誰かダウンロードして保存したほうがいいですよ」

デルレイが言った。「うちの連中がやってる。心配ない」

「あ、どうも、フレッド」一瞬の間があってから、サーネックは続けた。「ああ、来た来た……うわわ、もう二万回以上再生されてますね。〝いいね〟も山ほど。世の中、病んでるな。とすると、今朝連れ去られた男性ってのがこの人なわけだ。さっき流れてきた通知を読みましたよ」

「そう、たぶんその人が被害者」サックスが言った。

「どうも、アメリア。さてと。手始めに、この動画がどこからアップされたか突き止めるところからですね。被害者がまだ生きていることを願って。ちょっと待ってくださいよ。よし。〝至急〟の印をつけて捜査令状デスクに送りました。すぐ判事に相談してくれます。判事もすぐ令状を出すはずです。ものの数分ですよ。ＹｏｕＶｉｄなら、前にも交渉したことがあります。ありがたいことに、ニュージャージーに本社があるアメリカ企業ですから、協力的です。サーバーが国外にあったりすると、なしのつぶてになりがちですけど。アップロード元をたどれるようになった時点でまたこっちから連絡しますよ」

ライムは電話を切ってサックスに言った。「一覧表を作ろう。ここまでに集まった情報をまとめてくれ」ホワイトボードに顎をしゃくる。サックスはマーカーを取って書き始めた。

一覧表はサックスに任せ、ライムはパソコンに向き直って動画をもう一度見ようとした。すると画面が切り替わり、赤い文字の警告が表示された。

〈利用規約に違反しているため、この動画は削除されました。〉

しかしその直後に、ＦＢＩのＩＴ部門から問題の動画がメールで送られてきた。ＭＰ４ファイルだ。ライム一同は動画をもう一度再生し、撮影場所を知る手がかりがないか、目を凝らす。

何もなかった。石の壁。木箱。即席の処刑台の上で苦しげにあえぐ被害者のロバート・エリス。

少しでも足をすべらせたら、どこかの筋肉が一つ攣ったら――命はない。

まもなくサックスが一覧表を書き終えた。ライムはホワイトボードに目を走らせ、そこに並んだ文字のなかに、犯人が住んでいる場所や、被害者を連れこんで邪悪な動画を撮影した場所を示すヒントが隠されていないか探した。

マンハッタン　東86丁目213番地

・事件：暴行／誘拐
・手口：被害者にフード様のもの（黒っぽい色、素材は綿と思われる）をかぶせ、内部に染みこませた薬品により意識を失わせた
・被害者：ロバート・エリス
・独身、サブリナ・ディロンとおそらく同棲、日本に出張中のサブリナからの連絡待ち
・サンノゼ在住
・小規模スタートアップ企業の創業者、メディアバイイング業
・前科なし、テロ監視対象に該当せず
・犯人：

・〝作曲家(コンポーザー)〟を自称
・白人男性
・年齢：30歳前後
・身長180センチ前後
・黒っぽい鬚と長髪
・体重：太り気味
・つばの長い帽子、黒っぽい色
・黒っぽい服、カジュアル
・靴：おそらくコンバース・コンのスニーカー、色は不明、サイズ10½
・黒っぽい色のセダン、ナンバー不明、車種不明、年式不明
・プロファイル
・動機不明
・証拠物件
・被害者の携帯電話
・ふだんと違った発着信パターンなし
・ブロンドに染めた短髪、DNAなし
・指紋検出されず
・首吊り縄

・一般的なハングマンズノット
・キャットガット、チェロに使用する長さ
・汎用品、販路追跡不能
・黒っぽい綿繊維
・フードのもの、被害者の抵抗を封じるため？
・クロロホルム
・オランザピン、抗精神病薬
・ＹｏｕＶｉｄの動画：
・白人男性（おそらく被害者）、首吊り縄
・あえぎ声（被害者？）に合わせて『美しく青きドナウ』
・最後に〈© The Composer〉
・暗転し、音が消えて終わる――死が迫っていることを暗示？
・アップロード元を調査中

サイバー犯罪対策課のロドニー・サーネックから電話があった。ありがたいことに、聞こえるのはサーネックの声だけで、ギターのつんざくような金切り声は初めから消されていた。「リンカーン？」

「ニューヨーク市周辺です」

そのくらいはとっくに推測がついている。

「ええ、がっかりな情報ですよね。でも、もう少し絞りこめると思いますよ。四時間か五時間あれば」

「それでは遅すぎるんだ、ロドニー」

「いまのは表向きの発言です。犯人はプロキシを使ってました。これは悪いニュースです。でもグッドニュースもあって、やつはネットにあまり詳しくないようですよ。無料VPNにログインして――」

「わからん。英語で頼む」ライムはむっつりと言った。

「要するにアマチュアだってことです。YouVidと協力すれば、アップロード元は特定できますが――」

「四時間かかる、か」

「四時間かからずに何とかしたいところです」

「私もそう願っているよ」ライムは電話を切った。

「ちょっと見てくれ、リンカーン」メル・クーパーはヒューレットパッカードのGC／MSの分析結果を見ていた。

「靴跡があった周辺の微細証拠か？　何か踏んづけていたか」

「そのようだ。抗精神病薬のオランザピンもまた検出された。ほかにもう一つある。奇妙だよ」

「〝奇妙〟は化学的性質ではないな、メル。何の役にも立たない情報だ」

クーパーが言った。「硝酸ウラニル」

「そう来たか」

デルレイが眉をひそめて尋ねた。「どうした、リンカーン？　何かやばいもんが出たってことか？」

ライムは車椅子のヘッドレストに頭を預けて天井をにらみつけていた。デルレイの質問はほとんど聞こえていなかった。

今度はセリットーが訊いた。「硝酸ウラノス。物騒な物質なのか」

「ウ、ウ、ウラニルだ」ライムはいらいらと誤りを正した。「物騒に決まっているだろう。硝酸にウラン塩を溶かした物質だぞ、ほかにどう表現する？」

「リンカーン、ちゃんと説明してくれよ」セリットーは辛抱強く言った。

「放射性物質だ。腎不全や急性尿細管壊死を引き起こす。爆発性もあって、きわめて不安定な物質でもある。しかし、私が驚いたのは、よい意味でだよ、ロン。犯人がその物質を踏みつけてくれていたことを喜んでいる」

デルレイが言った。「おそろしく、ものすごく、それこそ小躍りしたくなるくらい珍しい物質ってわけだな」

「ご名答だ、フレッド」

ライムは説明した。硝酸ウラニルは、マンハッタン計画——世界初の原子爆弾製造を目指した第二次世界大戦中の極秘計画——で兵器グレードのウランを作るのに使用された。計画の工区本部が当初はマンハッタン島に置かれていたためマンハッタン計画と呼ばれているが、原爆の製造そのものは別の場所で行なわれた。テネシー州オークリッジ、ニューメキシコ州ロスアラモス、ワシントン州リッチランド。

「しかし製造と組み立ての一部は、ニューヨーク周辺でも行なわれていた。ブルックリンのブッシュウィックにあった会社が硝酸ウラニルの製造を請け負ったが、必要な量を製造できず、途中で契約を返上している。その会社はずいぶん前に倒産しているが、工場跡にいまも残留放射線がある」

「おまえ、よくそんなこと——」セリットーが口を開きかけた。

ライムは澄ました顔で言った。「環境保護庁(EPA)の汚染土壌浄化基金(スーパーファンド)対象地一覧。あれは有益な読み物だよ、ロン。きみは見ないのか？　集めていないのか？」

ため息。「頼むよ、リンカーン」

「私は見る。自分が暮らしている地域について、実に有益な情報を入手できるからね」

「で、その工場跡はどこだって？」クーパーが訊いた。

「さあな、所在地まで丸暗記はしていない。廃棄物による汚染が深刻だとしてＥＰＡが指定した場所だよ。ブルックリンのブッシュウィック。そう何カ所もないだろう。調べろ！」

一瞬のうちにクーパーが突き止めた。「ウィッコフ・アヴェニュー沿いだ。コヴァート・ストリートとの交差点近く」

「ノルウッドパーク墓地のそばね」ブルックリンっ子のサックスが言った。白衣と手袋を脱いで出口に向かう。「ロン、戦術班を招集して。現地で合流する」

6

音が聞こえて、ステファンは凍りついた。

〈ブラック・スクリーム〉なみに深い不安をかき立てる音。といっても、この音は小さくて弱々しい。携帯電話が鳴らすビープ音だ。

だがその音は、工場の敷地に誰かが侵入したことを告げている。敷地入口に設置した安物の防犯カメラとＷｉ－Ｆｉで接続されたアプリからの警告だ。

嘘だろう……すまない、どうか怒らないでくれ！　ステファンは頭のなかで女神に懇願した。

隣室を見やる。ロバート・エリスは木箱の上で危なっかしくバランスを取っていた。

次に携帯電話をもう一度確かめた。カメラから送られてきた高解像度のカラー映像は、六〇年代か七〇年代の真っ赤なスポーツカーをとらえていた。入口のゲート前で停まった車から、赤毛の女が降りてくる。腰に警察のバッジを下げていた。その女に続いて、パトロールカーが続々と到着しようとしていた。

顎が震えた。どうしてここがわかった？　どうしてこんなに早く？

目を閉じる。頭の奥で、海鳴りに似た音が轟き始めていた。

〈ブラック・スクリーム〉は勘弁してくれ。いまはやめろ。頼むから！

急げ！　急いでここを出るんだ。

持ち物を見渡す。どれか一つでも見つかったらまずい。ここまで慎重に進めてきたが、何かが自分と結びつくかもしれない。証拠が見つかってしまうかもしれない。絶対にいま捕まるわけにはいかなかった。

どんなことがあろうと〈女神〉の期待を裏切ることだけはできない。

すまない、と頭のなかで繰り返した。しかし、言うまでもなく、エウテルペの返事はない。

パソコンをバックパックに突っこみ、カンバス地のスポーツバッグから別の品物を二つ取り出した。ガソリン入りの一リットル瓶。ライター。

ステファンは火が好きだった。心の底から好きだ。オレンジと黒の炎がぎこちなく踊る様が好きなわけではない。炎が発する熱でもない。好きなのは、言うまでもなく、炎が立てる音だ。

唯一の無念は、ここにとどまれないこと――炎が鳴らすぱちぱちという音、炎に焼かれて尽きる命のうめき声を聞けないことだった。

サックスは高さ六メートルの金網のフェンスに駆け寄った。制服警官六名がそれに続く。

ゲートは鎖と頑丈な南京錠で閉ざされていた。

「誰か破壊ツールを持ってない？　ボルトカッターか何か」

しかし、いま集まっているのは戦術班ではなく、警邏の人員だ。スピード違反の車を停止させ、夫婦喧嘩の仲裁に入り、自動車のドライバーに救いの手を差し伸べ、興奮した犬を捕獲し、路上での麻薬の売買の現場を取り押さえるのを任務としている。ブリーチングツールは支給される装備品に含まれていない。

サックスは両手を腰に当てて立ち、工場跡を凝視した。

EPA指定スーパーファンド対象地
警告　土壌および水に有害物質が含まれています
立入禁止

緊急出動隊（ESU）を待つわけにはいかない。被害者はいまにも首を吊られて死ぬかもしれないのだ。いま考えるべきは、どうやってなかに入るか、それだけだ。

一つ手っ取り早い方法がある。それで行くしかない。自分のトリノを犠牲にしてもかまわないが、五十年前のマッスルカーの鼻先はやわだ。パトロールカーなら、プッシュバンパー――ハイウェイでのカーチェイス動画でおなじみの黒い頑丈なバンパーが備わっている。

「キー」サックスは近くにいた若い制服警官に手を差し出した。がっちりした体つきをしたアフリカ系アメリカ人の女性パトロール警官は、即座にキーを渡した。アメリア・サックスの要求には世のほとんどの人々が即座に応じる。

「みんな下がってて」

「何を……まさか、サックス刑事、やめてください。だって、バンパーが壊れて始末書を書くのは私ですよ」

「私がひとこと添えるから」サックスは運転席に乗りこみ、シートベルトを締め、バックした。ウィンドウから顔を出して大きな声で指示をする。「私に続いて敷地内に入って。入ったら散開して、猛ダッシュで捜索よ。忘れないで、被害者にはもう時間がない」

仮にまだ生きているとして。

「あ、サックス刑事。あれ！」別のパトロール警官が敷地内を指さした。工場の二階建ての翼棟の奥のほうから白と灰色の霧のようなものが広がったかと思うと、茶褐色の煙が渦を巻いて噴き上がり始めた。下で燃えている炎の熱気――猛烈な熱気にあおられているのだ。

「なんてこと」

警察の到着を察知して、未詳は現場に――あの動画を撮影した部屋に、火を放ったのだろう。物的証拠を破壊するためだ。

それは、ロバート・エリスも炎にのまれることを意味する。まだ生きているにせよ、首を吊られてすでに絶命しているにせよ。

誰かが叫んだ。「消防に通報します」

サックスはアクセルペダルを一気に床まで踏みこんだ。フォード・インターセプターの馬力はそう大きくない。最高出力はたかだか三百六十五馬力だ。しかし三十メートルの助走で速度を稼いだ大型車の威力はすさまじく、金網のフェンスはプラスチックのように壊れ、両開きのゲートも弾け飛んだ。

サックスはアクセルをゆるめなかった。六気筒のエンジンが荒い息を吐く。

ほかの車両もすぐ後ろに続いた。

一分とたたず、サックスは燃えている建物のすぐ前に来ていた。ここから炎は確認できない。煙は建物の後方から上がっているようだ。おそらく内部にも充満しているだろう。被害者を救うためには、サックスと制服警官一同はそこを大急ぎで通り抜けなくてはならない。

防煙マスクも酸素も手もとにない。しかしそんな不都合がサックスの頭をよぎることはなかった。徴発したパトロールカーから懐中電灯を取り、グロックを抜くと、サックスはほかの二人にうなずいて合図した。一人は背の低い整った顔立ちをしたラテン系の男性警官、もう一人は金髪をきっちりとポニーテールに結った女性警官だ。

「時間がない。あなたたち二人は私と一緒に来て。煙なんて無視。突入するわよ」

「了解、サックス刑事」女性警官がうなずいた。

実質的な指揮官となったサックスは、ほかの制服警官に向き直った。「アロンゾとウィルクスは、私と一緒に真ん中から行く。そっちの三人は裏に回って、未詳を挟み撃ちにする。誰か一人は車で敷地の外側を一周して。未詳はまだ遠くに行っていないはずよ。車や人に行き合ったら、未詳だという前提で対応すること」

全員が一斉に動き出す。

金髪の女性警官ウィルクスに背後の警戒を任せ、アロンゾとサックスは並んで建物の入口を抜けた。幸いにもドアは施錠されていなかった。なかに入ったところでサックスは腰を落とし、懐中電灯の光と銃口を室内に巡らせた。続いてウィルクスが入った。

突入した瞬間、未詳は常人と違う思考回路の持ち主なのではないかという不安がサックスの脳裏をかすめた。逃走せずにこの場に残り、警察官を殺すという自殺行為に出るのではないか。

銃声が響くことはなかった。

耳を澄ます。

物音は聞こえない。

ロバート・エリスはすでに絶命したのだろうか。もしそうなら、炎にじわじわと焼かれてではなく、絞首によって短時間で亡くなったのでありますようにとサックスは思った。

三人は通路を走り出した。サックスは頭のなかに建物の見取り図を描き、煙が見えていた大ざっぱな方角をつねに意識するよう心がけた。老朽化した工場にはカビの臭いがこもっていた。入ってすぐの壁は落書きだらけで、床には使用済みのコンドーム、燃え尽きたマッチ、注射針や吸い殻などが散らかっている。ただ、さほどの量ではなかった。相当に切羽詰まった男性客や麻薬中毒患者であっても、毒性廃棄物に汚染されたスーパーファンド対象地の危険はさすがに知っているだろう。薬物を注射したり、フェラチオのサービスを受けたりするのにもっと安全な場所はほかにいくらでもある。

〈機械制御室〉〈核分裂研究室〉〈放射能感知バッジ検査センター──未検査でチェックポイントBより先に進入しないこと〉。上や横にそういった掲示があるドアの前を通り過ぎた。

「ちょっと妙じゃないですか、サックス刑事」走ったせいで息を切らしながら、となりの男性警官が言った。

このすぐ近くにある火元から、濃い煙の柱が天高く噴き上がっていた。ところが、いま三人がいる周囲に煙はまったくこもっていない。

とりあえず気にしないことだとサックスは自分に言い聞かせた。放射性物質の製造施設だった建物だ。この通路の突き当たりに気密性の高い分厚い防護ドアがあって、それが煙の侵入を防いでいるということも考えられる。ただし、もしそうなら、そこから先へは進めないということでもある。

通路がL字形になっているところに来た。三人はその手前で立ち止まったが、一瞬のことだった。ウィルクスが背後を警戒し、サックスは腰を落とし、アロンゾが先に角を曲がる。

「何が、アロンゾ？」

「ここには煙が来てません」

なるほど。奇妙だ。

何もなかった。無人の空間が伸びているだけだ。

サックスの無線機がかりかりと音を立てた。「こちらパトロール四八七八。裏のフェンスに隙間を発見。外にいた住民によると、五分ほど前に大柄で髭面の白人男性一名がそこを抜けて走っていったそうです。バッグまたはバックパックを所持。その後の行き先、車両の有無は不明です」

「了解」サックスは小声で応答した。「最寄りの分署とＥＳＵに報告してください。建物の裏手に人の姿は？　火元は確認できますか」

誰からも応答がなかった。しかし別の制服警官から、消防車が到着して金網のゲートを通過したという報告があった。

サックスと制服警官二人は急角度に曲がった通路を先へ進んだ。その調子で進んで、止まらないで行って——肩で息をしながら、自分を叱咤する。

そろそろこの翼棟の行き止まりのはずだ。すぐ先にドアが見えてきた。想像していたような、行く手を頑として阻む威圧的なドアではない。何の変哲もない木のドアで、しかもほんのわずかに開いている。ここにもやはり煙は来ていなかった。とすると、このドアの先に密閉された別の部屋があって、そこに被害者がいることになる。

サックスは全速力で走り出した。猛然と入口を駆け抜け、炎にのみこまれた部屋に一刻でも早く飛びこもうと、そのままの勢いで走った。

と、息も止まるような衝撃があって、ロバート・エリスに体ごとぶつかった。木箱に立たされていたエリスが落ち、恐怖の叫び声を上げた。

「きゃあ」サックスは叫んだ。それから後続の二人に言った。「ここよ、急いで！」

エリスの胴体を抱きかかえて懸命に持ち上げ、縄が首に食いこむのを防ぐ。だが、重い。ものすごく重かった。

今回もウィルクスは背後の警戒に当たり——フェンスの隙間をすり抜けて逃げた男が未詳であるという確証はなく、仮に未詳だったとしても、共犯者が敷地にとどまっているおそれがある――サックスとアロンゾがエリスの体を持ち上げた。アロンゾが縄をはずし、目隠しを取った。エリスの怯えた小動物のような目がせわしなく周囲を見回す。エリスはむせ、嗚咽した。「ありがとう。ありがとう！　もう少しで死ぬところだった」

　サックスは室内に視線を巡らせた。火はない。ここにも、すぐとなりの部屋にも、火は見えなかった。いったいどういうことだろう。

「怪我はありませんか。痛むところは？」サックスはエリスを静かに床に下ろした。

「あの男は、私の首を吊ろうとしたんです！　信じられない。あいつは誰なんですか」

弱々しい声だった。

　サックスは質問を繰り返した。

「怪我？　わかりません。ひどい傷はなさそうです。喉は痛いですが。首吊り縄で引き回されたんです。でも、大丈夫だと思います」

「どこへ逃げたかわかりますか」

「いいえ。見えませんでした。別の部屋にいたんじゃないかな。物音の感じからすると。私はほとんどずっと目隠しをされていましたし」

　サックスの無線機が音を立てた。「パトロール七三八一より、サックス刑事へ。どうぞ」女性の声だ。

「どうぞ」

「建物の裏手にいます。火元はここです。ドラム缶が燃えてます。証拠を焼こうとしたみたいですね。電子装置、紙、布。ああ、だめだ、燃え尽きてます」

サックスは手袋をはめ、エリスの手足を縛っているダクトテープを剝がした。「歩けそうですか、ミスター・エリス。この部屋を無人にして、現場検証を始めたいので」

「ええ、大丈夫です」脚にうまく力が入らないようでふらついていたが、サックスとアロンゾが手を貸して、建物から空の駐車場に連れ出した。ドラム缶の火はすでに消されていた。

サックスはドラム缶をのぞいた。やれやれ。手がかりはすべて、灰と焦げた金属とプラスチックの塊に姿を変えていた。つまり今回の未詳、〝コンポーザー〟は、心神を喪失してはいるかもしれないが、証拠隠滅を図る周到さは備えていることになる。狂気と知性は、犯罪者の特性として悪夢の組み合わせだ。

サックスは、ケーブル用と思しき大きなリールにエリスを座らせた。ちょうど救急隊員が角を曲がってくるのが見えて、手を振って合図をした。

エリスは、出来の悪いディストピア映画のセットのような現場を困惑顔で見回した。

「あの、刑事さん?」

「はい?」

エリスはもごもご言った。「ふつうに通りを歩いていただけなのに、いきなり頭に何かかぶせられて、そのまま気を失いました。犯人の目的は何だったんだろう。テロリストなのかな。ISISとか？」

「お答えできればいいんですけど、ミスター・エリス。正直な話、私たちもまるで見当がつきません」

7

汗が噴き出す。

掌、頭、体毛に覆われた胸にも。

秋らしく肌寒い日なのに、全身汗まみれだ。

急ぎ足で歩いた。一つには、姿を見られたくないからだ。

自分の世界のハーモニーが揺らいだせいもある。回転する駒がいきなり蹴飛ばされたかのように。

音程をはずしてしまったように。メトロノームが刻む完璧なリズムが乱されたかのように。

ステファンはクイーンズの通りを歩いていた。いまにも走り出しそうな速度で。脇の下がちくちくし、頭皮がむずがゆい。汗はあとからあとから流れてくる。何年も閉じこめられていたおぞましい静寂の世界から抜け出したあと住んでいた——というより潜伏していた——長期滞在型ホテルは引き払ってきた。

キャスターつきのスーツケースを引き、パソコンバッグを提げている。もちろん、それで全財産というわけではない。当面はこれだけあれば充分だ。今回の誘拐事件は大きく報じられたのに、事件とステファンを結びつける人はおらず、不気味でありながら印象的なリズムセクションを持つあの曲を作ったのは彼ではと疑っている人もいない。

彼のインスピレーションの源……〈女神(ミューズ)〉がオリュンポス山から彼を見守ってくれている。なのに、あやうく警察に捕まるところだった。

ふう、危なかったな！

ウェブカムがとらえたあの赤毛の刑事。カメラを設置していなかったら、あるいは警察の到着を警告する音を聞き逃していたら、いまごろはあっけなく捕まり、〈ハーモニー〉に永遠に到達できなくなっていたかもしれない。

顔を伏せ、足早に歩いて、〈ブラック・スクリーム〉に耳をふさいだ——それでも不協和音が忍び寄ってきて、皮膚をざわつかせた。

やめろ……

やっとの思いで気持ちを立て直す。

天球の音楽に思いを馳せずにいられない……

その哲学的概念を思うたび、ステファンの魂は揺さぶられる。宇宙のすべての存在

——惑星、太陽、彗星、あらゆる星々——はエネルギーを音楽に変えて発散している。古代の人々は、それをムジカ・ムンダーナと呼んだ。

似たものに、ムジカ・フマーナがある。人体の内側から生み出される音色だ。

そしてもう一つ、ムジカ・インストゥルメンティスがある。楽器や歌で奏でる、いわゆる音楽だ。

これらの音——惑星が発する音であれ、人の鼓動であれ、チェロの演奏であれ——が調和しているとき、万事がうまくいく。人生、恋愛、人間関係、一人ひとりが神と見なす存在への信仰。

バランスが崩れると、不協和音がすべてを打ち壊す。

いま、天球はよろめき、彼が救済を受けられる可能性、汚れなき〈ハーモニー〉に至る可能性は、あやうくなりかけていた。

泣きたい気持ちを抑えつけ、ステファンはジャケットのポケットからペーパータオルを取り出した。顔と首筋を拭い、濡れたペーパータオルを丸めてポケットに押しこむ。

周囲を見回す。こちらを見つめている目はない。赤毛の刑事が四拍子のマーチのリズムで迫ってきていたりはしない。

だからといって安心はできない。同じブロックを徒歩で二周したあと、盗んだ車の近くの暗がりから様子をうかがった。ついにいても立ってもいられなくなった。逃げたい。安全な場所に行きたい。

車の横で立ち止まり、もう一度あたりを確かめてから、スーツケースをバックシートに積み、パソコンバッグを助手席に置いた。運転席に乗りこんでエンジンをかける。

金属同士がこすれる音、不規則な爆発音、シリンダーのなめらかな音。

ゆっくりと発進して車の流れに乗った。

尾行はない。停止を命じられることもなかった。

〈女神〉に念を送る。悪かったよ。これからはもっと用心するから。約束します。

決して〈女神〉の機嫌をそこねてはならない。失望させてはならない。エウテルペを怒らせるわけにはいかない。エウテルペこそ、〈ハーモニー〉に至るガイド役だ。そして〈ハーモニー〉は、天球の音楽の概念に従えば、天国に等しく、人が達する至高の境地だ。キリストは十字架の道行きをたどった。ステファンにもたどるべき道がある。

ゼウスの娘エウテルペは、学芸を司る九女神の一人だ。音楽の女神で、ローブをまとい、フルートか葦笛を手にした姿で描かれることが多い。神の娘らしい凜々しい面立ち、知的な表情をしている。

ステファンは当てもなく車を走らせた。六ブロックほど適当に流したところで、尾行はついていないようだと納得した。

エウテルペに思いを巡らせるうち、別の考えが浮かんできた。学校の授業は上の空で聞いていたが、小さいころから神話は好きだった。ゼウスには九人の女神以外にも子供がおり、そのうちの一人が狩りの女神アルテミスだ。アルテミスの母親が誰だったかは思い出せないが、確かエウテルペの母親とは違う。二人は異母姉妹だ。

父親が同じだからといって、仲よしとはかぎらない。姉妹は仲が悪かった。目下の状況では敵と味方だ。敵同士だ。

エウテルペは、ステファンを〈ハーモニー〉に導こうとしている。

アルテミスは――赤毛の刑事の姿で現れたアルテミスは、エウテルペとステファンを邪魔しようとしている。

止めようったって無理だよ、と心のなかでつぶやいた。

車を走らせながら、思考に侵入しかけていた〈ブラック・スクリーム〉を力尽くで押しのけ、新しい作品の構想を練った。次の絞首人のワルツにぴったりの曲はすでに思いついていた。あとは三拍子の完璧なベースラインを奏でる新たな被害者さえ見つかれば、作品は完成する。

8

サックスはグリッド捜索を終え、一歩離れたところから現場を観察した。

絞首台は寄せ集めの材料で作られていた。ウラン製造工場のコンクリートブロックの壁に空いた隙間にほうきの柄を差しこみ、それに首吊り縄の先端を結びつけてある。ロバート・エリスが立たされていた木箱は古く、左右の側面にオリーブ色のペイントで刷り出された軍用ステンシルの文字――解読不明の数字とアルファベット――が並んでいた。エリス自身によれば、サックスに体当たりされた時点で、あと五分もまっすぐ立っていられるかどうかという状態だった。体力を消耗して朦朧(もうろう)とし始めていたらしい。

工場の外に出ると、現場鑑識班が証拠物件保管継続カードの作成を終えようとしていた。記録を残すべき物件は数えるほどしかない。炎はほとんどのものを焼き尽くしていた。

サックスはロバート・エリスに尋ねた。「サブリナと連絡は取れましたか」

「いいえ。向こうからまだ折り返しの電話がなくて。時差のせいじゃないかな。日本はいま、いったい何時なんだろう」あいかわらず舌がもつれている。大きな怪我はないと本人も申告していたし、救急隊からも治療の必要なしと判断されているが、薬物の影響と、あえぎ声を録音するために縄で喉を絞められたせいもあるのだろう、まだ頭がぼんやりしている様子だ。

エリスは信じられないといった様子で続けた。「何度もやられたんです。三度か、もしかしたら四度」

「何を？」

「縄を引いたり、私のむせる声を録音したり。録音を何度も再生していました。私が立てた音が気に入らないといった風でしたね。指揮者みたいでしたよ。頭のなかで理想の音が聞こえているのに、そのとおりの演奏にならなくてもどかしそうだったと言うのかな。妥協も容赦もないといった感じでした」

「何か言っていましたか」

「私には何も。ひとりごとはずっと言ってましたね。何を言ってるのかよくわかりませんでしたけど。全部は聞こえませんでしたし。〝音楽〟とか〝ハーモニー〟とか、よくわからないことをあれこれつぶやいていました。正確には思い出せません。まだ頭がぼうっとしていて。とにかく意味不明でしたよ。〝聞いて、聞いて、聞いて。ああ、いいぞ。美しい〟。よくわかりませんが、架空の相手と話しているような感じでした」

「ほかには誰もいなかったんですね」

「見えませんでした。目隠しされていましたから。でも、犯人と私の二人きりだったのは確かです。ほかに誰かいたなら、物音でわかったと思います」

目的は何なの？――サックスは胸のうちでコンポーザーに尋ねた。ライムから、〝コンポーザー〟というニックネームを選んだと聞いている。理解不能で薄気味の悪い犯人には、今日の日付よりもふさわしい呼称と思えた。

「狙われた理由はやはり思い当たりませんか」

「敵はいませんし、元妻や元ガールフレンドもいません。いまのガールフレンドと何年もつきあっていますす。私も彼女も裕福ではありません」

サックスの電話が鳴った。工場の周囲を車で偵察して、逃走するコンポーザーを見たと証言する目撃者——幼い男の子だ——を見つけた制服警官からだった。サックスは短いやりとりを交わした。

電話を切り、目を閉じてため息をつく。

ライムに連絡した。

「サックス。どこにいる？」

「あと少しで帰るところ」

「あと少しか。いますぐでないのはなぜだ？」

「現場検証は終わった。被害者の供述を取ってるところ」

「それはほかの者に任せろ。早く証拠を持って戻ってくれ」

「一つ伝えておきたいことがある」

サックスの声に不安を感じ取ったのだろう。ライムはゆっくりと言った。「何だ？」

「現場に急行したパトロールの一人が、ほかにも目撃者がいないか、未詳の逃走ルートの周辺を当たってたの。目撃者は見つからなかった。でも、未詳が落としていったものらしきポリ袋を発見した。ミニチュアの首吊り縄が二つ入ってたそうよ。事件はまだ始まったばかりということみたい」

ライムは、サックスと現場鑑識班が持ち帰った宝に視線を注いでいた。

現場鑑識班が引き上げていく。一人がライムに向かって何か言った。ジョーク。別れの挨拶。天気の話題、あるいは、ここのGC／MSはいつも清潔そのものだというような話。言っても言わなくても何も変わらないようなこと。ライムはまるで聞いていなかった。炎によって破壊された証拠物件から焦げたビニールや熱せられた金属の臭気が漂って、ライムの鼻を刺激した。

厳密に言うなら、犯人が破壊を試みた証拠物件か。証拠を汚染する能力では火よりも水のほうがはるかに上だが、炎はＤＮＡや指紋を憎らしいほどきれいに取り除く。ミスター・コンポーザー、努力は認めよう。きみのその努力がどこまで報われたか、さっそく見てみようではないか。

フレッド・デルレイは不在だった。思いがけずフェデラル・プラザに呼び戻されていた。大物麻薬密売人の裁判にからみ、今日明日にも連邦検事が暗殺されるかもしれないという極秘情報が提供者からもたらされたためだ。

ライムは不満を言った。「〝かもしれない〟と〝現に発生した〟のあいだの選択だろう。頼むよ、フレッド。我々の被害者は、百パーセントの確率ですでに拉致されているんだ」

「命令は命令だ」デルレイはそう応じて出ていった。

ところが、少し前にデルレイから電話があって、踏んだり蹴ったりと言うべきか、極秘情報は誤りと判明し、一時間ほどでまたここに戻ってくるという。

「けっこう、けっこう、けっこう」

ロン・セリットーはずっと居残っていて、いまはコンポーザーと似た手口を使った誘拐事件が起きていないか、全国の警察機関に問い合わせていた。

類似の事件はいまのところ見つかっていない。

といっても、ライムははなから期待していなかった。

証拠物件。期待をかけているのはそれだ。

一同は、工場で採取された証拠の分析にさっそく取りかかった。

コンバース・コンの片方だけの靴跡。サイズは10½。

淡い色の短い毛髪が二本。エリスの携帯電話から見つかった毛髪と同一と思われる。

光沢紙の細長い切れ端が四つ。写真用紙のようだ。

焦げたTシャツ一枚。床に残った痕跡を消したり指紋を拭ったりするのに使った〝ほうき〟はおそらくこれだろう。

黒っぽい色の野球帽は、ほぼ完全に燃え尽きていた。毛髪や汗は付着していない。

溶けたビニールの塊や金属パーツ――携帯型のミュージックキーボードとLEDライトの残滓(ざんし)だ。

新たなミニチュアの首吊り縄が二つ入った、四リットルサイズのポリ袋一枚。首吊り縄の材料はチェロの弦と思われる。指紋は検出されなかった。犯人がこのあともまだ複数の被害者を拉致するつもりでいることを示唆するのみで、何の手がかりにもならない。

携帯電話やパソコン——現代人が心から愛するデバイス、涼しい顔で持ち主を裏切り、秘密を暴露するデバイスは、発見されてなかった。

犯人は絞首台のあった部屋の床を掃き掃除していたが、それでもサックスは、多量の塵や木っ端、床のコンクリートのかけらを採取して持ち帰っていた。GC／MSが低い作動音を立て、サンプルを次々に燃やす。分析の結果、微量のタバコ、コカイン、ヘロイン、偽性エフェドリンが検出された。偽性エフェドリンは鼻炎薬の成分の一つだが、メタンフェタミン製造の原料という隠れた使い道ゆえに現場に残されていたらしい。

サックスが言った。「ほとんど人の来ない場所だけど、クラックの吸飲所にはぴったりだった」

一つ、かろうじて無傷の証拠物件があった。小さな紙片だ。

CASH T
EXCHA
CONVER
TRANSAC

「『ホイール・オブ・フォーチュン』だな（クイズ番組。言葉当てゲームが出題される）」メル・クーパーがつぶやいた。

「何だ、それは？」

ライムの疑問には誰も答えなかった。トムも含め、その場の全員が元の語を推測することに気を取られていたからだ。正解は浮かばず、ほかの証拠の分析に進もうということになった。

コンポーザーが不気味な作品を録音するのに使ったと思しきキーボードの残骸にシリアル番号が残っていた。セリットーが問い合わせの電話をかけたが、マサチューセッツ州にあるメーカーは営業時間外だった。明日の朝また問い合わせるにしても、コンポーザーはこの誘拐事件のほぼすべてについてきわめて慎重に行動している。カシオのキーボードもおそらく現金で購入しただろう。

指紋は付着していなかった。キーボードからは何の手がかりも得られない。

ロバート・エリス殺害未遂に使用された首吊り縄は、楽器用の弦を二本、キャリックベンドという結び方でつなぎ合わせて作られていた。ロープをつなぐのによく用いられる結び方で、これを知っているからといって、船舶など特定の業種を示唆することはない。

小学生の女の子が発見した犯人の名刺代わりの首吊り縄をそのまま大きくしたような今回の首吊り縄は、ウッドベース用のガット弦で作られていた。コンポーザーの人相特徴はほとんどわかっていない。それらしき客を記憶している店員が見つかるとは期待できないだろう。しかも、似たような弦を使っているミュージシャンは、ニューヨーク周辺だけで何千人もいるに違いない。

コンポーザーは、工場のゲートのチェーンをボルトカッターで切断して侵入し、持参したチェーンをかけ直していた。南京錠もチェーンも普及品だった。バッテリー式のルーターとＷｉ－Ｆｉ接続のウェブカム——犯人が警察の到着に気づいたのはこのおかげだろう——もやはり普及品で、販路は追跡できない。数十名の制服警官を投入して周辺の聞き込みを行なったが、火事が発生した前後にコンポーザーらしき人物が工場から逃走したという少年の話を補強する証言は得られていなかった。

すべての情報が証拠物件一覧表に記入されると、ライムは車椅子を進めてホワイトボードの前に陣取った。

サックスも一覧表にじっと目を注いだ。大型モニターの一つに工場周辺の地図を呼び出す。工場の北側、コンポーザーが逃走した地点を指で軽く叩いてつぶやいた。「いったいどこに行くつもり？」

やはり一覧表を眺めていたセリットーが言った。「車を持っている。そのまま自宅に帰ったのかもしれない。地下鉄駅の近くで路駐して、電車に乗り換えたのかもしれない。あとは、そうだな——」

ライムの頭に一つ考えが閃いた。「サックス！」

サックス、セリットー、クーパーがそろって振り返る。三人とも警戒の目を向けていた。ライムの声が腹立たしげだったからだろう。

「何、ライム」

「いま何と訊いた？」

「犯人はどこに住んでるのか」

「違う。きみはそうは言わなかった。どこへ行くつもりなのかと訊いたな」

「家はどこなのかって意味でね」

「住処はどこでもいい」ライムは一覧表に目を走らせた。「それより、現場で見つかった細長い紙片。写真用紙だ」

「それがどうかした？」

「ジグソーパズルをしてみよう。うまく組み合わさるか試してくれ」

サックスは手袋をはめてビニールの証拠品袋を開け、紙片を並べた。「見て。枠になる。真ん中の何かを切り抜いたのよ。きっちり正方形」

ライムはパソコンで検索した。それから尋ねた。「もしや、五十一ミリ四方の正方形ではないかね」

サックスは定規を当てて小さな笑い声を漏らした。「ぴったり五十一ミリ」

セリットーがうなるように言った。「なんでわかった、リンカーン？」

「そんなことはいい」ライムは三角形の紙片に顎をしゃくった。暗号めいたアルファベットが並んでいる。

CASH T
EXCHA
CONVER
TRANSAC

またキーボードを叩く。それから画面を確かめて言った。「これで解答になるか？預かり現金額（CASH TENDERED）。換算レート（EXCHANGE RATE）。外貨額（CONVERTED AMOUNT）。換算額（TRANSACTION AMOUNT）」パソコン画面にうなずく。「以前、外貨に両替したときの計算書があった。その紙片もそれだろう。それから、切り抜きのある光沢紙。大きさから推測するに――」

セリットーが代わりに答えた。「パスポート写真か。くそ、面倒なことになったな」

「まったくだよ」ライムは深々と息を吐き出した。「ワシントンに電話だ」

「DCのほう?」クーパーが確かめた。

「当然だろう。ワシントン州ではなく、ワシントンDCだ。スターバックスのコーヒーやら、マイクロソフト・ウィンドウズのアップグレードやらはまるきり必要ない。国務省に連絡して、コンポーザーが国外へ高飛びしようとしていると各国大使館に警告してもらってくれ。ＦＢＩの海外支局にも情報を伝えろ」ライムはまた渋面を作った。「大した意味はないかもしれないがな。パスポート検査窓口で警戒させるにも、人相特徴も何も確かな情報は一つもないわけだから」困惑の表情で首を振る。「ここまでの印象のとおり利口な男だとするなら、一刻も無駄にはしないはずだ。いまごろはもう、ロンドンやリオデジャネイロに向かっているだろう」

第二部　トリュフ園のある丘で　九月二十二日　水曜日

9

ここがその場所なのか。これがずっと待ちわびてきた瞬間なのか。

いつか来いと願った日がついに来たのか？

何カ月も追い続けてきた極悪人をいよいよ捕らえる時が来たのか。

エルコレ・ベネッリは警察車両——土埃が積もったフォードのSUVのウィンドウを下ろした。イタリアではアメリカの自動車は珍しくないが、このような大型のオフロード車を見かけることはあまりない。しかし仕事の性質を思えば、頑丈なサスペンションを備えた四輪駆動車が不可欠だ。もっと排気量のあるエンジンを積んでいたらなおよかっただろうが、予算という制約は何ともしがたい。そのなかでこの車を与えられているだけありがたいと思うしかない。エルコレは、ナポリから北西に二十キロほど離れた、人も車もほとんど通らない田舎道に君臨するマグノリアの大木の枯れ葉の隙間から向こうの様子をうかがった。

若々しく引き締まった体とほっそりした顔立ち。エルコレ・ベネッリは背が高く、母親に言わせれば、痩せすぎている。ボシュロムの双眼鏡を目に当て、百メートルほど離れた廃屋とのあいだに広がる畑のあちこちに向けた。日没が迫っているとはいえ、暗視ゴーグルがなくては何も見えないほどには暗くない。畑は荒れていた。雑草だらけで、作物は収穫期をとうに過ぎて息も絶え絶えといった様子だった。ざっと十メートルおきに古い機械のパーツや金属板でできたダクト、自動車のボディなどが、用済みになった巨大な玩具のように放置されている。三十歳のエルコレの脳裏に、パリのポンピドゥー・センターの展覧会で見た彫刻が浮かんだ。パリには当時のガールフレンドと一緒に連休を利用して出かけた。展覧会に並んでいたのは、どこが優れているのか理解できない作品ばかりだった。まったく理解不能だった。少しもいいと思わなかった（ガールフレンドはいたく気に入っていた——感動して涙を流すほど。ロマンスが短命に終わったのは当然だろう）。

車を降り、畑の向こうの廃屋にもう一度よく目を凝らす。目を細めたりもしてみたが、秋の夕暮れの乏しい光のなかではあまり役に立たなかった。姿勢を低くする。制服と、勇ましいワシの記章がついたつば付きの制帽はどちらも灰色で、薄暮（はくぼ）に覆われて色を失った周囲から浮いて見えた。空はまだ日の光を残しており、目立たないよう慎重になる必要がありそうだった。

また考える——これは罠にかかった獲物を捕らえるチャンスなのだろうか。

容疑者はあのなかにいるのか。

人がいることは確かだ。廃屋には明かりがともっており、揺れ動く影は、何者かが屋内にいることを示している。生物にはそれぞれ特徴的な動作があり、エルコレは人間以外の生物の動きを熟知していた。いま廃屋のなかを歩き回っている影はホモサピエンスのもの——他人に見られているとは知らずに油断しているヒトのものだ。空は少しずつ暗くなり始めてはいるが、草や生えたまま放置された小麦を踏みつけてバンが通過した痕跡は見て取れる。草や小麦の一部は元どおりまっすぐ立っていた。アントニオ・アルビーニ——廃屋にいるのは確かに容疑者、〝悪魔〟なのだとして——がここへ来てからだいぶ時間が経過していることになる。おそらく夜明け前にバンでやってきて車庫に乗り入れ、丸一日、不届きな勤労に精を出したあと、なだらかな丘をしだいに濃い青に染めていく闇に隠れて引き上げるつもりでいるのだろう。

すなわち、まもなく姿を現すということだ。

犯行のためにこの廃屋のような人気(ひとけ)のない場所を確保し、闇にまぎれて出入りするというのがアルビーニのいつものやり方だった。ふだんは事前に隠れ家の安全を徹底的に確認するようだが、エルコレの地道な捜査が実り、目撃証人が見つかった。この通りの先に住む農場労働者で、二週間前、アルビーニの人相特徴に一致する人物が廃屋を調べているところを目撃していた。

「これでもかってくらい怪しかったね」白髪交じりの労働者はそう話した。「ありゃ間違いないと思うよ」断定口調だったのは、相手が警察官だからだろうというのがエルコレの印象だった。自分がもう少し若くて、観光スポットになっている旧市街地スパッカナポリ界隈や、ナポリ市内にある広場のどれかでぶらぶらしているとき、国家治安警察隊（カラビニエリ）の警察官に声をかけられ、バッグを引ったくって逃げる男や、不注意な旅行者の手首からオメガの腕時計を巧みに盗み取る男を見なかったかとうんざり顔で尋ねられたら、きっと同じような調子で答えただろう。

侵入者の挙動が実際に不審だったかどうかは別として、農場労働者の証言は裏付けを取る価値があると判断したエルコレは、廃屋の張り込みにかなりの時間を割いた。直属の上司は、見込み薄の可能性にそこまで時間を投入すべきではないという意見だった。エルコレは自分のやり方を貫いた。もし数十年前、悪名高き連続殺人犯〝フィレンツェの怪物〟が十六人を殺害していたころトスカーナ州の刑事だったとしたら、怪物の逮捕に執念を燃やしただろう。アルビーニの逮捕にも同じ情熱を注いだ。

アルビーニの犯罪は、断じて黙過しがたいものだった。

影がまた揺れた。

交尾の相手を募集中のカエルの声が聞こえた。

枯れるにまかされた背の高い小麦がそよ風に吹かれてお辞儀をする。聖職者を前にした信者のようだった。

窓に人の頭がのぞいた。やっぱり！　エルコレが逮捕に心血を注いできた悪党その人だった。豚のように丸々太ったアントニオ・アルビーニ。禿げ頭をぐるりと囲む低木の茂みのような毛髪が見えた。エルコレはとっさに背をかがめ、魔術師を思わせるもじゃもじゃした眉の下から照射される悪魔の視線から隠れた。しかし、容疑者は外を見ているのではなかった。下を見ている。

　廃屋の明かりが消えた。

　エルコレは困惑した。

　まさか、まさか！　もう帰ろうとしているのか？　空はまだ明るいのに？　このあたりにはめったに人が来ないことに安心して、目撃される気遣いはないと思っているのかもしれない。エルコレとしては、まだ時間はあるつもりでいた。廃屋にいるのが本当に容疑者であることをよく確認してから応援を呼んでも間に合うと考えていた。

　ここは思案のしどころだ――単独でアルビーニを逮捕すべきか。

　しかし、もちろん、迷うまでもないことだった。

やるしかない。アルビーニの逮捕は自分の使命だ。どれほどのリスクがあろうと、覚悟を決めて獲物を捕らえるしかない。

　腰に下げた九ミリのベレッタに手をやった。一つ深呼吸をし、足もとに目を凝らして畑のなかを進む。エルコレ・ベネッリは、カラビニエリや国家警察、財務警察の捜査規範を日ごろから熟読していた。加えて、各国の警察機関や欧州刑事警察機構(ユーロポール)や国際刑事警察機構(インターポール)の規範にも目を通している。自ら犯罪者を逮捕する機会はめったにないが、容疑者の逃走を阻んで制圧する公認テクニックには精通している。

刈り取り機の残骸の手前でいったん足を止め、また少し前進して、ドラム缶でできたストーンヘンジに身を隠した。廃屋に付属する車庫から聞こえている重たい物音に耳を澄ます。どすんどすんという不穏な音を立てているものが何なのか、見当がついた。アルビーニの犯罪に対する怒りがなおも激しく燃え盛る。

いまだ。行け！

その先には身を隠してくれるものが一つもなかった。エルコレは急ぎ足で私道に踏み出した。

ちょうどそのとき、四輪駆動のピアッジョ・ポーターのバンが車庫から飛び出したかと思うと、速度を上げながらまっすぐこちらに走ってきた。

エルコレは一歩も引かなかった。

海千山千の犯罪者のなかには、警察官の殺害となるとためらいを示す者もいる。イタリアの悪党にはいまも名誉を重んじる心が残っているのだ。しかし、アルビーニはどうだろう。

バンは停まらなかった。銃を向けたら思いとどまるだろうか。エルコレは黒い大型拳銃を持ち上げた。心臓は破裂しそうな勢いで打ち、息づかいは速くなった。射撃練習場でいつもするように入念に狙いを定め、トリガーガードから指を放した。ベレッタのトリガーは軽い。トリガーにいまのところは圧をかけないよう意識し、鋼鉄の弧をそっと指でなぞるだけにした。

望ましい効果を引き出したのは、どうやら、名誉を重んじる心ではなく銃口のようだった。

無骨なバンは速度を落とし、甲高いブレーキ音を鳴らしながら停止した。アルビーニは目を細めてこちらを凝視したあと、バンから降りてきた。丸ぽちゃの男はどかどかと歩いてエルコレの前で止まり、腰に手を当てた。「あんた、いったい何のつもりだね」心底困惑しているような声だった。

「両手を見えるところに出しておけ」

「あんた誰だね？」

「あなたを逮捕します、ミスター・アルビーニ」

「何の罪で？」

「とぼけるな。まがいもののトリュフを売りさばいているだろう」

周知のとおり、イタリアはトリュフの産地として名高い。繊細な風味がもてはやされるピエモンテ産の白トリュフ、土の香りが強いトスカーナ産の黒トリュフ。カンパニア州にもトリュフの一大産地がある。モンティ・ピチェンティーニ州立公園近くの小さな町バニョーリ・イルピーノでは黒トリュフの生産が盛んだ。この黒トリュフは、しっかりとした風味が好まれている。あっさりした卵料理やパスタに添えるとうまい白トリュフはイタリア中部から北部で収穫されるが、カンパニアのトリュフは、こってりした料理や濃厚なソースに負けない力強さを持つ。

アルビーニは、イタリア産に比べてはるかに安価だが品質の低い中国産トリュフを買いつけ、イタリア産と偽って、カンパニア州から南のカラブリア州にかけての卸売業者やレストランに販売しているのではと疑われている。高価なトリュフ探索犬ラゴット・ロマニョーロを二頭購入して——もしかしたら盗んだのかもしれないが——飼育することまでしていた。その二頭はいま、バンの荷台に座り、嬉しそうな顔でエルコレを見ていた。二頭はもっぱら体裁をつけるための存在に過ぎない。アルビーニがトリュフ狩りをするのは、埠頭の倉庫のどれに広東省からの荷が届いているか探すときだけだ。

エルコレは銃口をアルビーニに向けたまま、ピアッジョ・ポーターの後部に回り、荷台の一部を覆っているキャンバス地の幌の下をのぞきこんだ。何も入っていない輸送用の段ボール箱が十個ほど、はっきりと見えた。箱の側面や船荷証券にある文字は中国語だ。そのとなりに土の入ったバケツが並び、土のなかから何十個もの灰色がかった黒いトリュフがのぞいていた。さっき聞こえた重たげな物音は、このバケツを荷台に積む音だったのだろう。

「言いがかりだ！　法律に違反するようなことは何一つやっていないよ、ええと……」

アルビーニは小さく首をかしげた。

「ベネッリ巡査」

「ほう、ベネッリか！　オートバイメーカーの御曹司かね」アルビーニは顔を輝かせた。

「ショットガンメーカーのベネッリ一族の？」

エルコレは答えなかった。仮に有名なベネッリ一族の一員だったとして——実際にはまるで無関係だ——アルビーニはそのコネをいったいどう利用できるつもりでいるのだろう。

次の瞬間、アルビーニは険悪な顔になった。「というのは冗談としてだ。私は需要に応じて商品を販売してるだけだし、価格だって適正だよ。カンパニア州産だなんて一度も言ったことがない。私が産地を偽ったと言う者が一人でもいるのか？」

「いる」

「そいつは嘘つきだ」

「一人だけじゃない。数十の証言があります」

「だったら連中は嘘つきだ。一人残らず」

「そうだとしても、あなたは輸入許可を持っていないでしょう」

「何がいけない？　病人が出たりしたか？　一人も出ていない。それにだ、仮に中国産だとして、この地方でとれたものと品質は変わらない。香りを確かめてみろよ！」

「ミスター・アルビーニ、こんなに近くにいるのに何の香りもしないんだ。それこそ粗悪品だって証拠でしょう」

それは事実だ。最高品質のトリュフは独特で魅惑的な香りを発し、しかもその香りはかなり遠くまで漂う。

アルビーニは譲歩の笑みと思しきものを浮かべた。「まあまあ、ベネッリ巡査。考えてもみろよ、レストランで食べたトリュフがカンパニア産なのか、トスカーナ産か、北京産か、アメリカのニュージャージー産か、区別できる客なんてほとんどいやしないだろう」

なるほど、それも事実だろう。

それでも法律は法律だ。

エルコレはベルトから手錠を取った。

「ポケットに金がある。大金だぞ」アルビーニはそう言ってにやりとした。

「それも証拠物件として押収する。一ユーロ残らず」

「この石頭のこんこんちきめ！」アルビーニが激高した。「そうはさせないぞ」

「両手を前に出せ」

アルビーニの冷ややかな視線がエルコレの灰色の制服をさっとなでた。制帽や胸ポケットの記章を馬鹿にしたように凝視する。「あんたが？　私を逮捕するって？　牛のおもりが仕事じゃないのか。希少種を保護したり、山火事を消したりするのがな。森林警備隊なんか、警察のうちに入らない」

軽蔑するような調子は気に入らないにしても、アルビーニの指摘の最初の三つは当たっている。四番目は、しかし、間違っていた。エルコレは、イタリア政府から任命されたりっぱな警察官だ。所属先は森林警備隊で、その任務は、アルビーニの言うとおり、農産物関連法を執行し、絶滅危惧種を保護し、山火事を予防して消火活動に当たること員は八千名を超える。一八〇〇年代初めに創設された、誇り高く、また多忙な法執行機関で、所属する人員は八千名を超える。

「一緒に来てもらいますよ、ミスター・アルビーニ。あなたの身柄を拘束します」

アルビーニは脅すような声で言った。「私は顔が広いんだよ。カモッラにも知り合いがいるんだ！」

これは嘘だと断言してもいい。カンパニア州を本拠とするイタリア四大マフィアの一つ〝カモッラ〟は、食品やワインの闇市場を牛耳って（ぎゅうじ）いる（ついでに、皮肉と言うべきか、商品のなれの果て――ごみの回収処理も商売にしている）。しかし、犯罪組織のボスに自尊心があるなら、アルビーニのようなしみったれた小物をビジネスの仲間に加えるわけがない。カモッラにもプライドはある。

「早く、ミスター・アルビーニ。面倒はよしましょう」エルコレはさらに距離を詰めた。

しかし、アルビーニに手錠をかけようとしたところで、道路の方角から大きな叫び声が聞こえた。言葉ははっきりしないが、切迫感を持っていた。

アルビーニが手の届かないところまで後退する。エルコレも後ろに下がり、銃口を上げて標的を探した。自分の見きわめは誤りで、アルビーニは本当にカモッラにコネがあり、共犯者がすぐ近くにひそんでいたのだと思った。

見ると、叫び声の主は自転車に乗った民間人だった。若い男がロードバイクのペダルを懸命に漕ぎ、地面の凹凸を踏んで危なっかしく弾みながらこちらに近づいてくる。まもなくあきらめたように自転車を降りて地面に横たえ、そこからは走ってきた。アーモンド形の自転車用ヘルメットをかぶり、体にぴたりと張りつく青いショートパンツを穿いて、黒と白のストライプに活字体の〈Jeep〉のロゴが入った、プロサッカーチームのユベントスのチームジャージを着ている。

「おまわりさん！　おまわりさん！」

アルビーニが向きを変えようとした。エルコレは低い声で「動くな」と言い、人差し指を立てた。丸ぽちゃの容疑者が凍りつく。

息を切らしながらやってきた自転車乗りは、銃と容疑者に視線を投げはしたものの、気にする様子はなかった。顔は真っ赤で、額の静脈が青く浮いている。「この道の先です、おまわりさん！　見たんだ！　すぐ目の前で起きた。一緒に来てください」

「え？　落ち着いて。もう一度ゆっくり説明してください」

「人が襲われたんですよ！　停留所でバスを待ってた男性が襲われたんです。その人が座ってるところに、別の男が来て、すぐ近くに車を駐めて、降りて、バスを待ってた人につかみかかって、もみ合いに」自転車乗りは携帯電話を振り回した。「警察に通報しましたけど、来るのに三十分かかるって。それで思い出したんですよ。さっきそこを通り過ぎたとき、森林警備隊のＳＵＶを見たなと。まだいるかどうか確かめようと思って戻ってきたんです」

「その男は銃を持っていましたか」

「いいえ、見るかぎりでは」

エルコレは首を振り、ほんの一瞬目を閉じた。やれやれ。どうしてこのタイミングで？　澄まし顔のアルビーニを見やる。

しかたがない。人が襲われたと聞いて、何もしないわけにはいかなかった。強盗だろうか。夫が妻の浮気相手を襲ったとか？　快楽のために人を殺すサイコパスか。

フィレンツェの怪物の親類？

どうすべきか、エルコレは顎をさすりながら考えた。ああ、それがいい。アルビーニに手錠をかけて、ピアッジョ・ポーターの荷台に座らせておき、あとで戻ってくるとしよう。

だが、アルビーニは好機を見逃さなかった。自分の車に飛びつき、運転席に飛び乗って叫んだ。「さよなら、ベネッリ巡査！」

「おい！」

エンジンが始動し、小型のバンはがたごとと走ってエルコレと自転車乗りの脇を通り過ぎた。

エルコレは銃を持ち上げた。

開いたウィンドウの奥から、アルビーニが呼ばわった。「私を撃つのか？　たかがトリュフの恨みで？　いやいや、あんたは撃たないだろうよ。さらば、ミスター・ブタ警察、ミスター・ウシ警察。ニオイネズミでも、絶滅から守ってやるがいい！　あばよ！」

怒りと屈辱で、顔が熱くなった。エルコレは拳銃をホルスターに戻すと、小走りでフォード車のほうに戻った。肩越しに振り返って自転車乗りに声をかける。「早く、僕の車に乗って。現場に案内してください。急いで。ほら早く！」

10

バス停留所に何台もの車両が集結し始めていた。

最寄りの村の自治体警察からフィアットのパトロールカーが数台やってきたほか、〝ナポリ遊撃隊〟からも二人、国家警察の青いアルファロメオに乗って到着した。車から降りてきた二人のうち一人、金髪をきっちりと一つにまとめた女性がエルコレに軽く会釈した。

エルコレはトリュフ泥棒をつかまえそこねて意気消沈し、またこれほど重大な事件に思いがけず出くわしたために動揺していたが、その美女を目にしたとたん、心臓が勢いを盛り返した。秀でた額にほっそりとした顎、ふっくらと豊かな唇、こめかみに一筋だけ垂れた亜麻色(あまいろ)の髪。アイシャドウは、乗ってきた車と同じブルーだった。映画女優なみの美貌だ。名前はダニエラ・カントン。結婚指輪はしていない。エルコレが勢いこんで両手を差し出し、握手を求めると、ダニエラは驚いた顔をした。エルコレは張り切ったことを即座に後悔した。

ダニエラのパートナーの男性にも手を差し出した。相手は躊躇(ちゅうちょ)なく握手に応じた。小柄なジャコモ・シラーは実直そうな風貌をしていた。明るい色の髪とシラーという姓から察するに、アジアーゴなど、イタリア北部の出身だろう。歴史を通じて国境が動き続けた結果、北部にはいまもドイツ系、オーストリア系の住民が多い。

また新たな車がやってきた。今度のは無印で、制服警官がハンドルを握り、スーツと薄茶色のレインコートを来た男性を助手席に乗せていた。一目でわかった。私服のほうはマッシモ・ロッシ警部だ。エルコレは森林警備隊の一員ではあるが、ナポリ内外で国家警察と共同で捜査に当たった経験があり、ロッシ警部のことは遠くから知っていた。顔はいつ見ても無精髭で覆われており、ごわごわした黒い髪を横分けにしている。年齢は五十歳くらいだろうか。

端整な顔立ち、太く濃い眉、黒っぽい瞳、思慮深そうな表情――俳優のジャンカルロ・ジャンニーニに似た風貌のロッシは、ナポリやカンパニア州だけでなく、イタリア南部全域に名を轟かせている人物だ。長いキャリアで数えきれないほどの容疑者の逮捕に成功し、マネーロンダラーや窃盗犯、妻(や夫)を殺害した男女、快楽殺人犯のほか、カモッラの幹部やアルバニアや北アフリカの麻薬王を刑務所に送りこんできた。勤務中は森林警備隊の制服を着用しなければならないエルコレは、国家警察の警部クラスともなるとスタイリッシュなブランドもの（というよりコピーもの）のスーツやワンピースを着ていることが多いのに、ロッシがいわゆる〝ファッショニスタ〟ではないらしいことに感心した。ロッシはジャーナリストや保険会社の事務職員のような身なりをしている。今夜もやはり地味な服、それもきちんとプレスされていない、くたびれた服を着ていた。容疑者を油断させるためだろうか。きっと頭の働きもいまひとつの不注意な人間に違いないという誤った印象を相手に与えるためだ。といっても、実際には、事件解決にしか関心がなく、自分の衣服がよれよれだということにただ気づかずにいるだけなのかもしれない。夫人とのあいだに五人の子供がいて、子煩悩な父親だとも聞くから、流行のファッションを心がける暇がないのだろう。

　電話を終えたロッシが車を降りてきた。伸びをしながら現場をひとわたり見回す。吹きさらしの道路、バス停留所のいまにも吹き飛びそうな囲い、付近の木立。鬱蒼とした森。

　最後に自転車乗りの青年。

　そして近づいてきた。「ベネッリ巡査。密猟よりでかい事件に行き当たったようだな。なるほど、現場の保全をしたか。でかした」停留所周辺にふたたび視線を走らせた。エルコレが現場の確保に当たることはまずない。だから立入禁止のテープは持っていなかった。そこでロッククライミング用のロープを代わりに使った。岩登りの趣味があるわけではなく、職務上、遭難したハイカーや登山者の救出のために必要な場面にときおり出くわすからだ。

「はい、サー……ロッシ警部。こちらはサルヴァトーレ・クローヴィ」エルコレは自転車乗りの青年から預かっていたピンク色の運転免許証を手渡した。

ロッシはうなずき、運転免許証を眺めてから、返してよこした。何を目撃したか、クローヴィがさっきと同じ話を繰り返す。大柄な男が黒っぽいセダンでやってきた。車種や年式はわからない。ナンバープレートは見えなかった。男の姿はちらりと見えただけだった。黒っぽい服を着て黒っぽい野球帽をかぶった男は、被害者を地面に引き倒した。そこからもみ合いになった。そこでクローヴィは大急ぎでエルコレを呼びに行った。被害者は男性で、肌の色は浅黒く、鬚を生やしていて、水色のジャケットを着ていた。

ロッシは手帳を取り出してメモを取った。

エルコレが話を続けた。「二人で戻ってきたときにはもう誰もいませんでした。被害者も、犯人も」

「捜索したのか」

「はい」エルコレは広い現場を指さした。「そっちのほうまで。もっと遠くに行っていたのかもしれません。大声で呼びかけました。誰の返事もありませんでした。ミスター・クローヴィも一緒に捜してくれたんですが。反対の方角を」

「誰もいませんでしたよ、警部さん」クローヴィが言った。

「バスの乗客のなかに何か見た者はいないか」ロッシが訊く。

「いません、警部。そもそもバスが通っていないんです。バスの営業所に電話して確かめました。次のバスは三十分後です。ああ、それから、近隣の病院にも問い合わせました。急患はいません」

「とすると」ロッシはゆっくりと言った。「誘拐事件かもしれないな。ただ、そう考えるには奇妙な点が多い」

クラクションの音が聞こえ、ロッシは顔を上げて車の列を見やった。すぐそこにおんぼろのオペルが停まっている。禿げ頭に筋張った体つきをした六十がらみの男性が運転席で鼻をふくらませ、腹立たしげに手を振り回していた。通せと言っているようだ。エルコレのSUVが行く手をふさいでいた。オペルの後ろにも、家族連れを乗せた車が停止している。そのドライバーもクラクションを鳴らした。三台目もクラクションの合唱に参加した。

ロッシが尋ねる。「道路を封鎖しているあのフォードは、きみの車か」

エルコレは顔が熱くなるのを感じた。「そうです。申し訳ありません、警部。現場の保全が最優先だと思ったので。すぐに動かします」

「いや、いい」ロッシはそうつぶやくと、先頭のオペルに歩み寄り、ドライバーのほうにかがみこむと、穏やかな調子で何かささやいた。暗いなかでも、ドライバーの顔から血の気が引くのがわかった。ロッシは次の車でも同じことを繰り返した。二台はあわてた様子で向きを変えた。三台目は、ロッシが来る前からUターンを始めていた。エルコレはこのあたりに土地勘があった。犯行現場を突っ切らずにこの先に行くには、二十キロほど迂回するしかない。

ロッシが戻ってきた。

エルコレは続けた。「それから、警部、現場を保全するのにロープを張っているとき、こんなものを見つけました」竿を二本立て、そこにトタン板の屋根を渡しただけのバス停留所に備えられたみすぼらしいベンチに歩み寄り、そこに落ちた現金を指さした。

「ここでもみ合っていたんだね？」

クローヴィがうなずく。

エルコレは言った。「小銭で十一ユーロと、紙幣で三十リビア・ディナールあります」

「リビア・ディナールだと？　なるほど。浅黒い肌をしていたと言ったね？」ロッシはクローヴィに尋ねた。

「はい。北アフリカ人だったのかもしれません。いや、十中八九、そうでしょうな」

ダニエラ・カントンが来て、現金を見やった。「科学警察もこっちに向かっています」

科学警察は、現金やもみ合いの痕跡に番号札を並べ、靴跡や車のタイヤ痕の写真を撮るだろう。それから、エルコレがやるよりよほど効果的に現場を捜索するはずだ。

ここで何が起きたか再現しようとしているかのように、ロッシがゆっくりと言った。

「被害者は、もしかしたら、バスが来る前に運賃を用意しておこうとしていたのかもしれないな。そこへ誘拐犯が現れて襲いかかり、被害者は金を落とした。こうして散らばっている理由はそれしか考えられない。つまり、乗車券を持っていなかったことになる。予定外にバスに乗ってどこかへ行くことになったのだろう」

その推理は近くにいたダニエラにも聞こえたらしい。「または、不法移民だとしたら――リビアからの難民だとしたら――切符売り場に行くのを避けようとしたかもしれません」

「それは言えているね」ロッシは目を上げ、観察の範囲を広げた。ポケットの中身を出して、現金を数えようとしていたと仮定しようか。「硬貨はここ。ディナール紙幣はそっち、少し離れたところに散らばっている。軽い紙幣は弱い風に運ばれて、あそこまで飛んだ。犯人に襲われ、硬貨は真下の地面に落ちた。それも風に飛ばされたとしたら?」ロッシはダニエラとジャコモに指示した。「そっちのほうを捜索してくれ。科学警察はまだだが、いまのうちに現場を保全しておいたほうがよさそうだ」

二人はシューズカバーを着け、ポケットからラテックスの手袋を取り出してはめると、低木の茂みに分け入り、それぞれ懐中電灯の光を地面のあちこちに向けた。

また別の車が近づいてきた。

国家警察の遊撃隊のパトロールカーではなく、無印の警察車両でもなく、黒いボルボ、自家用車だった。運転しているのは、灰色の髪を短く刈りこみ、厳めしい顔つきをした、瘦せた男性だ。巧みに整えられたごま塩の山羊鬚の先端は、ぴんととがっている。

ボルボはゆっくりと停止し、男性が降りてきた。

エルコレ・ベネッリは、この男性のことも知っていた。個人的な接点はなくともテレビは家にある。

ナポリ県上席検事ダンテ・スピロは、タイトなシルエットの濃紺のスポーツコートとブルージーンズという出で立ちだった。胸ポケットから黄色いチーフがふわりとのぞいている。

ファッショニスタだ……

背は高くないが、濃い茶色のアンクルブーツのヒールは厚めで、三センチから五センチほど身長を底上げしている。苦虫を嚙みつぶしたような表情をしているのは、美女との夕食を切り上げる羽目になったからだろうか。ロッシと同様、スピロもかなりの数の大物犯罪者を起訴し、有罪を勝ち取ってきている。スピロが刑務所に送りこんだカモッラの幹部の関係者二名がスピロを殺害しようとする事件もあった。スピロは格闘の末に一人をのしたあと、もう一人が持っていた銃を奪ってそいつを射殺した。

スピロは政界進出を狙っているというゴシップ紙の記事を読んだこともある。最終目標は国政だが、ハーグの国際司法裁判所の裁判官というゴールも悪くないだろうと書かれていた。ＥＵの事実上の首都、ベルギーも最終目的地候補に挙げられそうだ。

スピロの右胸ポケットに小さな本が入っている。革綴じで、天地小口が金付けになっているようだ。

日記帳だろうか。聖書ではないだろう。

スピロは火のついていない両切りの葉巻を薄い唇のあいだに差しこみ、こちらに来てロッシにうなずいた。「やあ、マッシモ」

ロッシが会釈を返す。

「スピロ検事」エルコレは話しかけようとした。

スピロはエルコレには目もくれず、ロッシに説明を求めた。

ロッシが詳細を話す。

「誘拐？　こんなところで？　奇妙だな」

「私も同じことを思いました」

「スピロ検事――」エルコレはもう一度試みた。

スピロは片手を振ってエルコレを黙らせると、自転車乗りのクローヴィに言った。

「被害者のことだが。きみは北アフリカ人と言ったそうだね。サハラ砂漠以南の人物という可能性はないか」

クローヴィが答える前に、エルコレは笑いながら言った。「いや、北アフリカの人間でしょう。だってリビア・ディナールを持っていたんですよ」

スピロは格闘が起きた場所の地面を凝視したまま、低い声で言った。「エスキモーがトリポリに来て晩飯代の精算をリビア・ディナールですませることもあるのではないか、森林警備隊？ エスキモーの通貨ではなく」

「エスキモーですか？ そうですね。あるでしょう。確かに、おっしゃるとおりです、スピロ検事」

「マリやコンゴからリビアに来た人物は、おそらく食事代をディナールで支払うだろう。マリ・フランやコンゴ・フランではなく」

「申し訳ありません。おっしゃるとおりです」

スピロはクローヴィに向き直った。「さてと。さっきの質問だがね。被害者の外見から、アフリカのどの地域から来たか推測がつきそうか」

「ええ、まだそう暗くありませんでしたから、検事さん。アラブ人やインド人に近い顔立ちでした。リビア、チュニジア、モロッコ。北アフリカのどこかだと断言してもいい」

「ありがとう、ミスター・クローヴィ」スピロは礼を言ってから尋ねた。「科学警察は？」

ロッシが答えた。「いまこちらに向かっています。うちのラボから」

「そうだな、ローマをわずらわせるほどのことではないだろう」

国家警察ナポリ本部（クエストゥーラ）の一階に科学捜査ラボがあることはエルコレも知っていた。科学警察の本部はローマに置かれており、扱いに注意を要する証拠の分析はそちらで行なわれる。エルコレ自身は、いずれのラボにも分析を依頼したことはない。まがいもののオリーブオイルや産地を偽装したトリュフは、そこまでせずとも見分けられる。

そのとき、また別の車両が到着した。側面に〈国家治安警察隊（カラビニエリ）〉という文字の入った紺色のパトロールカーだ。

「ああ、友人たちのお出ましだぞ」ロッシが苦々しげに言った。

スピロは両切りの葉巻を嚙みながら車を目で追っている。顔には何の表情も浮かんでいなかった。

助手席から、下ろしたての新品のような制服を着た長身の男性が降りてきた。紺色のジャケット、赤い側章が入った黒いスラックス。軍人らしい身のこなしで現場を見渡す。〝軍人らしい〟というのは比喩ではない。カラビニエリは民間の犯罪の捜査権を持つが、イタリア軍を構成する組織の一つなのだ。

エルコレは、その制服や男性の物腰をほれぼれと眺めた。よく似合う制帽、階級章、ブーツ。本当はカラビニエリに入りたかった。イタリアにいくつもある警察組織の精鋭だと思っている。森林警備隊は妥協の結果だった。病気の母を介護する父親を手伝いながら、カラビニエリの厳しい訓練をこなすのはとても無理だった——たとえ入隊試験に合格していたとしても。

最初の一人より階級の低い隊員が運転席から降りて、一同に合流した。

「こんばんは、大尉」ロッシが声をかけた。「どうも、中尉」

カラビニエリの二人はロッシとスピロにうなずいて見せた。それから大尉が言った。「で、マッシモ。どんな事件だ？　何かおもしろそうな、刺激的な話かい？　きみたちが最初に現場に駆けつけたようだね」

スピロが言った。「いや、ジュゼッペ、そこの森林警備隊が一番乗りだった」冗談のつもりだろうが、スピロの顔は笑っていなかった。それでもカラビニエリの大尉は笑った。

これは捜査の指揮権を巡る争いなのか？　カラビニエリは国家警察に対して政治的に優位な立場にあり、本気になればおそらく争いに勝って指揮権を手に入れることになるだろう。

ダンテ・スピロはといえば、できれば国家警察と協力して捜査を進めたいとか、あるいはカラビニエリのほうがいいとか、個人的な好みはあるかもしれないが、キャリアに及ぼす影響という意味ではどちらも大差ないだろう。いずれの組織と組むことになっても、担当検事はスピロなのだ。

「被害者の身元は？」ジュゼッペが尋ねた。

ロッシが答える。「まだわかりませんね。間の悪い地元民といったところでしょう」

またはエスキモーか、とエルコレは思ったが、むろん、口に出そうなどとは思いもしなかった。

ロッシが先を続けた。「やりがいのありそうな事件ですよ。マスコミが騒ぎそうな事件だ。誘拐事件はどれもそうでしょう。カモッラ？　アルバニア人？　スカンピアのチュニジア人ギャング？」ここで顔をしかめた。「ぜひとも自分で真相をつきとめたいところですよ。しかし、あなた方が来たとなるとね。というわけで、幸運を祈りますよ、ジュゼッペ。私たちはナポリに引き上げます。こちらで何か手伝えることがあったら遠慮なく知らせてください」

ロッシはあっけなく事件を手放すつもりなのだろうか。エルコレは意外に思った。カラビニエリは、エルコレが思っていた以上に権力を持っているようだ。ダンテ・スピロは手にした携帯電話に目を落としていた。

ジュゼッペが首をかしげた。「事件を譲る気か？」

「そちらのほうが上位の機関ですから。あなたは私より地位が上だ。それに、大きな事件なのは間違いありません。誘拐ですから。ここに来る途中で届いた報告は間違いでしょう」

「報告？」

ロッシはためらいがちに続けた。「聞いていませんかね、通信司令本部からの第一報ですが。本部はこの事件を軽く見せようとしているんだろうな」

「マッシモ」ジュゼッペが言った。「最初から説明してもらえないか」

「若者のいたずらだろうという話ですよ。見当違いの憶測でしょう。私はカモッラクラスの組織がからんでいると思います。最低でもチュニジア人ギャングが起こした事件だ

「若者がどうしたって？」ジュゼッペはふたたび説明を引き出そうとした。

「いや、だから、それは違うと思うんです。断言してもいい」

「違うにしても、どういう話だね？」

ロッシが顔をしかめた。「もしかして、あの記事を読んでいませんか？　ほら、入会の儀式の件」

「いや、知らないな」

「北部に近い地域ではよくある話らしいんですがね、カンパニアではめったに起きませんが」ロッシは犯行現場を手で指し示した。「この事件は違うと思うのは、だからです」

もう一人のカラビニエリ隊員が聞いた。「警部、その何とかいう儀式はいったい何です？」

「私が読んだ記事では、男子大学生がクラブの入会儀式にしてるという話でした。入会希望者は車でそのへんを走り回って、手頃な相手を見つけたら、道を尋ねるとか、両替を頼むふりをして近づく。被害者が油断したところで車に押しこみ、何キロも離れた場所で解放するんです。証拠の写真を撮って、匿名で投稿するそうですね。ちょっとしたいたずらですが、怪我人が出ることもあります。ロンバルディアでは、親指を骨折した例があったとか」

「親指をね」

「そう。証拠の写真を提示することで、大学のクラブへの入会が認められるわけです」

「クラブ？　ギャングではなく？」

「いやいやいや、大学のクラブですよ。しかし、そんな流行は北部だけの話でしょう。南部では起きない」

「まだ起きていないだけのことかもしれないぞ。ただ、こんな陸の孤島みたいなバス停留所で誘拐事件？　どうにも釈然としないね」

そのとき、夜の闇のどこかから声が聞こえた。「あ、あれ。見てください」カラビニエリの中尉がユーロ硬貨を指さしていた。「バスの料金を数えていたところをさらわれたんだ」

ジュゼッペは、エルコレが張ったロープに近づき、地面に目を凝らした。「なるほど。そうなると、これは確かに誘拐事件ということになりそうだ」

スピロは無言でなりゆきを見守っている。

「ふむ。単なる偶然でしょうな。そうに決まってる」マッシモ・ロッシはうなずいて自分の車に戻ろうとした。

ジュゼッペが部下のほうを向く。二人のあいだで暗黙のやりとりがあった。「あー、マッシモ。たったいま部下から指摘されて思い出したんだが、ポジターノで一斉麻薬取り締まりを行なう予定があってね。聞いているか？」

「いいえ、いま初めて聞きましたよ」

「そうか。数日前から計画が進んでいる共同作戦だ。そんなわけで、この誘拐事件はきみたちに任せるしかなさそうだよ」

ロッシは不安げな顔をした。「そう言われても、私には時間がありません。こんな大事件を抱えるゆとりはないんですよ」

「大事件？　世話の焼ける大学生のいたずらが？」ジュゼッペはにやりとした。「手柄はまとめてきみに譲るよ、マッシモ。本部に戻ったら、この捜査をきみたちに一任する正式な手続きを取る」

ロッシはため息をついた。「しかたがないな。一つ貸しができましたね」

カラビニエリの大尉はウィンクをした。それから二人は向きを変えて立ち去った。

スピロはその後ろ姿を目で追ったあと、ロッシに言った。「ポジターノの一斉麻薬取り締まり作戦だって？　二カ月も前に却下された計画だ」

「知ってます。ジュゼッペがその話を持ち出した瞬間、競争に勝ったと確信しました」

スピロは肩をすくめた。「ジュゼッペは有能だ。頼りになる刑事だよ。しかし……私としては、きみと組むほうがいい。軍の規則は面倒を増やすだけのことだ」

いまのは巧妙なチェスのゲームのようなものだったのかとエルコレは気づいた。マッシモ・ロッシは、どういうわけか、この事件の捜査権を手放したくないと考えた。そこで逆心理を利用し、カラビニエリに事件を押しつけようとした。カラビニエリの二人はたちまち疑念を抱いた。

ポジターノの作戦が作り話なら、大学生の入会の儀式だってそうだ。

「警部？」ダニエラ・カントンが声をかけた。

ロッシとスピロ、エルコレはダニエラのほうに近づいた。

ダニエラは厚手の小さなカードを指さしていた。「新しいものです。お金と一緒に落としたんでしょう。そのあと風でここまで飛ばされてきたんですね。ディナール札も一緒に落ちていました」

「プリペイド携帯電話のカードか。いいね」ロッシはビニールの証拠品袋をポケットから抜き取り、カードをそれに収めた。「郵便警察に分析させよう」それからダニエラに尋ねた。

「ほかには？」

「とくに何も」

「それなら、引き上げよう。徹底した捜索は科学警察に任せればいい」

四人は道路際まで戻った。ロッシがエルコレに言った。「おつかれさま、ベネッリ巡査。あとは報告書を頼む。今日はもう帰っていいよ」

「はい。お役に立てて光栄です」エルコレはスピロに会釈をした。

スピロがロッシに言った。「ディナール紙幣やプリペイド電話カードだが、被害者のものと断定することはできないな。おそらくそうではあるだろうが、犯人が最近リビアに行ったという可能性も否定できないぞ」

「いえ、それはありえません」エルコレ・ベネッリは、ささやくような小さな声で言った。目は、バス停留所のベンチに注がれていた。古ぼけたベンチは、何年も前に塗られたペンキがほんの薄く残っているだけだった。

「何だと？」スピロが険しい声で言い、エルコレを見つめた。そこにいるのを初めて見たというような目だった。

「リビアに寄ってからイタリアに来る時間はありませんでしたから」

「いったい何の話をしている？」ロッシが低い声で言った。

「こいつは月曜の深夜にアメリカを発って、昨日、火曜日にイタリアに着いています」

ダンテ・スピロは剣のように鋭い声で言った。「なぞかけはもういい。きちんと説明したまえ、森林警備隊！」

「誘拐犯です。最終的には被害者を殺すつもりで拉致するようですが。〝コンポーザー〟というニックネームがついています。死の直前の被害者の映像を使ったミュージックビデオを作るんです」

ロッシとスピロは——ダニエラも——啞然（あぜん）として言葉も出ない様子だった。

「だって、あれ」エルコレはバス停留所のベンチの背もたれを指さした。

背もたれの支柱から、ミニチュアの首吊り縄が下がっていた。

11

エルコレ・ベネッリはほかの三人に説明した。「昨日のユーロポールの警戒情報にありました。在ブリュッセルのアメリカ大使館が発した警告です。もしかして、見ていませんか」

スピロが年若い森林警備隊員をねめつける。エルコレは続けた。「ええと、その男は——白人の男であることはわかっていますが、氏名は不詳です——その男は、ニューヨークで被害者を拉致して、ちょうどこれと同じような首吊り縄を名刺代わりに現場に残しました。被害者は拷問したそうです。そろそろ死んでしまうというところで、ぎりぎり救出されました。犯人は逃走しました。国務省によれば、犯人は国外に脱出したようですが、行き先はわかっていませんでした。どうやらイタリアに来たみたいですね」

「模倣犯に決まっている」スピロは首吊り縄のほうに顎をしゃくった。

エルコレは早口に言った。「いえ、それは不可能です」

「不可能だと？」スピロがうなる。

エルコレは顔を赤くしてうつむいた。「ええと、スピロ検事、その可能性は低いと思います。首吊り縄が残されていたという事実はまだ公表されていないからです。まさに模倣犯を警戒しての措置です。動画を見て真似をしたという可能性はありますが、クローヴィは、黒っぽい服を着た大柄な白人の男を目撃しています。それから、首吊り縄。最初の誘拐事件を捜査したニューヨーク市警の報告書にあるのとそっくりです。同一犯としか思えません」

　ロッシは含み笑いを漏らした。「きみは森林警備隊員だろう。なんだってまたユーロポールの警戒情報などに目を通している？」

「インターポールのも読んでいます。ローマから届く我が国の国家警察や国家治安警察隊(カラビニエリ)の警戒情報も。いつもかならず目を通します。それで得た情報が仕事に役立つことがないともかぎりませんから」

　スピロがつぶやいた。「森林警備隊で？　めったにないことだろうな。ローマ法王が死ぬのと同じで」スピロの目は、周囲を黒く染めている闇を凝視していた。それから言った。「その警戒情報とやらには、ほかにどんな情報があった？　ビデオというのは何だ？」

「犯人は、まもなく首を吊られて死ぬ被害者の様子を撮影した動画をネットで公開したんです。音楽をつけて。ＹｏｕＶｉｄという動画投稿サイトに」

「テロリストか？」ロッシが尋ねた。

「違うようです。報告書によれば、犯人は抗精神病薬を服用しています」

「その薬はあまり効いてないみたいね」ダニエラが言った。

ロッシがスピロに言った。「郵便警察に任せましょうか。そのサイトを監視して、犯人が投稿したら即座に追跡できるよう準備を整えさせましょう」

〝郵便警察〟とは、最新のテクノロジーに精通したイタリアの法執行機関の、いまとなっては時代錯誤となった呼び名だ。現代ではテレコミュニケーションとコンピューターに関連したあらゆる犯罪を扱うようになっている。

スピロが言った。「ほかに打つべき手は？」

エルコレは口を開きかけたが、スピロがそれをさえぎるように付け加えた。「マッシモ？」

「人が死ぬ動画の製作がそいつの目的だとしたら」ロッシが言った。「遺体の捜索にあまり時間や人員を割く必要はないでしょう。それには一チームで充分だ。ほかの人員は、聞き込みと、周辺地域の街頭監視カメラの確認に充てます」

「いいね」

スピロのその反応に、エルコレは内心で歓声を上げた。エルコレもロッシとまったく同じことを提案しようとしていたからだ。

スピロが続けた。「さて、私はナポリに戻らなくてはならない。おやすみ、マッシモ。何かあれば連絡を頼む。報告書はすべて送ってくれ。鑑識報告書も忘れずに。この手がかりは追跡すべきだろうな。本当に犯人が残したものだとするなら」スピロは首吊り縄を見つめた。それからかぶりを振ると、自分の車に戻った。乗りこむ前に運転席側で足を止め、ポケットから革綴じの手帳を抜き出して何か書きこんだ。手帳をポケットに戻して車に乗り、スピードを上げて走り去った。ボルボが路肩の砂利を踏んで走り去るのと入れ違いに、また別の音が夜の闇に響き渡った。ごろごろという重い音とともに、今度はオートバイが近づいてきた。

何人かが振り返った。でこぼこ道を越えて、華麗なモトグッツィ・ステルビオ1200がやってくる。ライダーは、スポーツマンらしい体格と豊かな髪をし、髭をきれいに剃った男性だった。タイトなジーンズ、ブーツ、黒いシャツ、焦げ茶色の革ジャケット。左の腰に国家警察のバッジを下げている。右には大型のベレッタ、Px4四五口径。その拳銃を使う警察官は〝生真面目な銃(ノーナンセンス)〟と呼んだりするが、エルコレに言わせれば、どんな銃についてであれ、〝ふざけた(ナンセンス)〟という言葉は、まったくといいほど相(あい)容れないものだ。

オートバイは尻をすべらせながら停まった。乗り手はシルヴィオ・デカーロ警部補だ。まだ若い――エルコレと同年代と見える。デカーロはロッシ警部に歩み寄り、上官に敬礼する代わりにうなずいた。ロッシとデカーロは事件の検討を始めた。

デカーロはイタリアの若い警察官の典型的な人物だ――整った顔立ちと自信に満ちた物腰、そしてもちろん、優秀で頭の回転が速い。見るからに健康そうで、腰に下げた強力な銃の扱いもトップクラスに違いない。空手とか、何か深遠なマーシャルアーツの達人でもありそうだ。異性にももてるだろう——その方面のスキルにも熟達しているはずだ。

デカーロは、エルコレには縁のないエリートの世界の住人だった。

ファッショニスタ……

そう考えて、エルコレは心のなかで訂正した。デカーロを安く見るのは間違いだ。国家警察に入局できたのは、本人の努力の結果なのだろうから。世界中のどこの警察組織でも、上層部には浮きかすみたいな人間——コネと要領のよさだけを頼りに世を渡っている連中——がいるものだが、デカーロは現場で経験を積み、実力を評価されていまの地位にある。

さて、とエルコレは考えた。自分の仕事は終わった。事件の発生を通報し、駆けつけた刑事たちに〝コンポーザー〟の情報を伝えた。偽トリュフ売りはとっくに逃げてしまったし、そろそろカラブリット通りのささやかなフラットに帰るとしよう。高級ブランド店が建ち並ぶカラブリット通りはエルコレの好みに合わないが、たまたま格安の物件を見つけ、一家に代々伝えられる家具や美術品を大量に田園地帯にある両親の家から運びこみ、何カ月もかけて美しく居心地のよい部屋に整えた。しかも部屋は最上階にあり、書斎から階段を一つ上るだけで、飼っているハトたちに会える。今夜も屋上でコーヒーを飲みながら、ナポリ中心街のイルミネーションや、首を伸ばせば見える公園や湾を眺めるのがいまから楽しみだ。

イザベッラやギレルモやスタンリーのくーくーという低い声がいまからもう聞こえるようだった。

フォードの運転席に乗りこむ。携帯電話を取り出して、電子メールをいくつか送信した。電話をしまおうとしたところで、着信音が鳴った。送った電子メールの返信ではなく、逮捕作戦の進捗を尋ねる上官からの携帯メールだった。

逮捕作戦……

産地偽装トリュフの件だ。

気分が滅入り、あとで報告すると返信した。

今回の失敗について、いますぐ話し合う気分にはなれない。

エンジンを始動し、シートベルトを締めた。キッチンに食料の買い置きはあっただろうか。

なかった気がする。さっと何か作るにも材料が足りないだろう。

パルテノペ通りのレストランでピザでも食べるとしよう。ミネラルウォーターを頼んで。

そこからなら歩いてすぐに帰れる。

コーヒー。

ハトたち。

イザベッラは巣ごもりを……

左側から大きなこつこつという音が聞こえて、エルコレは飛び上がった。

さっと顔を向けると、ロッシの顔がすぐそこにあって、こちらをのぞきこんでいた。警部の頭は、分厚いガラスや深い水を通して見ているかのように、やけに大きく見えた。エルコレはウィンドウを下ろした。

「警部」

「驚かせちまったかな」

「いいえ……はい。忘れていません。報告書なら、明日までに書いておきます。午前中には提出しますから」

警部が何か言いかけたところで、モトグッツィのエンジンが始動し、その音が警部の言葉をかき消した。デカーロが大型のオートバイの向きを変え、小石と土埃を跳ね上げながら走り去った。

爆音が遠ざかるのを待って、ロッシが言った。「私の部下だ」

「はい。シルヴィオ・デカーロ」

「首吊り縄のことを訊いてみたんだ。何も知らなかった。アメリカの誘拐事件、コンポーザー事件のことは何も知らなかったよ」ロッシは小さく笑った。「そう言う私も何も知らなかったがね。スピロ検事も知らなかった。しかし、きみは知っていたな、ベネッリ巡査。きみだけはその事件のことを詳しく知っていた」

「報告書や警戒情報に目を通しましたから。それだけのことです」

「うちの人員配置に一時的な変更を加えようと思う」

エルコレ・ベネッリは黙って先を待った。

「私の下で働くことは可能かな。私の部下として。むろん、今回の事件に限っての話だが」

「僕がですか？」

「そうだ。シルヴィオにはほかの捜査を任せる。コンポーザー事件の捜査はきみに手伝ってもらう。私から上官に連絡して、臨時の転属を掛け合うよ。といっても、いま別の大がかりな捜査で手一杯だというなら、遠慮するが」

きっとただの気のせいだろうが、かすかな香りが――トリュフの芳香に似ていなくもない香りが、エルコレの鼻先を通り過ぎていった。

「いいえ。僕でなくては扱えないような差し迫った事件はありません」

「じゃあ決まりだな。誰に連絡すればいい？」

エルコレは上官の名前と連絡先を伝えた。「ロッシ警部、そうすると、明日の朝一番から国家警察に出頭したほうがいいでしょうか」

「そうしてくれ。国家警察ナポリ本部に。場所はわかるな？」

「はい。行ったことがあります」

ロッシは車から離れ、ぼんやりと野原を眺めたあと、バス停留所に視線をやった。

「今回の犯人のことだが、きみはどう思う？　被害者は生きていると思うか？」

「動画が投稿されるまでは、生きているだろうと思います。別の国に来たからといって、急にやり方を変える必要はないわけですから」

「アメリカの捜査当局に連絡して、この犯人に関して持っている情報をすべて送るよう頼んでもらえるか」

「もう依頼してあります」

先ほど送った電子メールはニューヨーク市警に宛てたもので、同じものをCCでインターポールにも送信した。

「もう？」

「はい。勝手ながら、依頼人の名義に警部のお名前をお借りしました」

ロッシは目をしばたたかせた。それから微笑んだ。「そうか、ではまた明日」

12

ナポリ見ずして死ぬことなかれ。

どこかの詩人の有名な言葉だ。

詠み人知らずの単なることわざかもしれないが。

その意味は、ナポリを訪ね、隅々まで見て回ったら、〝生きているうちに実現すべきことリスト〟はそれで成就するということだ。この世で経験すべきことはもうない。いまのステファンにこれ以上ぴったりな言葉はなかった。この街でやるべきことを終えたら――成功して、〈女神〉を満足させることができたら――〈ハーモニー〉に到達できるのだ。それでステファンの人生は成就する。

いまステファンは、カンパニア州ナポリ近郊の仮住まいにいた。古い建物だ。ナポリにある建造物の大部分は古い。カビや腐敗物の饐えた臭いが染みついている。そのうえ寒かった。しかし、そういったことはまるで気にならなかった。ステファンは、嗅覚や味覚、触覚や視覚にほとんど興味がない。耳――重要な器官はそれ一つだ。

その部屋は薄暗かった。ニューヨークの隠れ家と似ていた。ジーンズ、ノースリーブの白いTシャツ、その上に紺色のワークシャツ。服はどれもきつい（服用している薬は、魂を穏やかにする効果のほかに、体重を増やす副作用もある）。足もとはランニングシューズだ。アメリカにいたときとは外見が様変わりしている。頭は丸刈りにし――イタリアでは珍しくない――顎鬚も口髭も剃った。誘拐事件とステファンの〝作品〟に関する噂は、遅かれ早かれイタリアにも伝わるだろう。

立ち上がり、窓の外を埋め尽くす闇に目を凝らす。

警察の車はない。詮索する目もない。

アルテミスもいない。アメリカの赤毛の女刑事からは逃れたが、イタリアにまた別のアルテミスが——あるいは弟やいとこの神が——いて、ステファンを捜していないとも限らない。いるという前提で用心したほうがいいだろう。

だが、いま見えるのは、暗闇と、イタリアの地平線をきらめかせている彼方の光だけだ。

イタリア……

すばらしい国だ。夢のようだった。

ストラディヴァリ作の弦楽器の国。何百万ドルもする〝ストラディヴァリウス〟は、ときに盗まれたり、タクシーの後部座席に置き忘れられたりして、〝音楽以外のことではぼんやりしがちな天才たち〟という論調の記事が『ニューヨーク・ポスト』に載ることになる。それはいまこの瞬間にも当てはまりそうだった。ステファンはまたウッドベース用の弦を結び合わせ、まもなく製作に取りかかる予定の新作のため首吊り縄を作ることに没頭しているからだ。イタリアは、人類史上最高の弦の産地だ。ヒツジの腸を丁寧に伸ばして不純物をこすり落とす。今回の冒険に使っているのがアメリカ製であることが、罪悪感となってステファンの胸をちくりと刺した。

しかしそれは単に実務上の問題にすぎない。弦をアメリカで購入したのは、イタリアで調達すれば警察当局からたちまち関心を持たれるのではと不安だったからだ。

イタリア……

オペラ作曲家ヴェルディを生んだ国。プッチーニ。どれほど褒め称えても足りないほどすばらしい。

スカラ座を擁する国——人が造ったコンサートホールとして最高の音響効果を誇る歌劇場だ。

世界に知られたバイオリニストであり、ギタリストであり、作曲家でもあったニコロ・パガニーニのふるさとでもある。

ステファンは作業台に戻り、ヘッドフォンを着けた。音量を上げ、ガット弦をより合わせたり結んだりして首吊り縄を作る作業を続けながら、鼓膜を優しく愛撫する音に一心に聴き入った。ふつうの人のｉＰｈｏｎｅやモトローラの携帯電話にあるプレイリストには、フォークソングやクラシック、ポップスやジャズ、そしてジャンルを超えた音楽が並んでいるだろう。ステファンのハードドライブにも、もちろんたくさんの音楽が保存されている。しかし、記憶容量の大部分を占領しているのは、音楽ではない音だった。コオロギの鳴き声、鳥が羽ばたく音、杭打ち機の音、蒸気釜の音、血が血管を流れる音、風や水の音……ありとあらゆる音源からそういった音を集めた。その数は数百万種類に上る——米国議会図書館の国家保存重要録音登録制度の登録数にだって負けていない。

〈ブラック・スクリーム〉が迫ってきて気分がふさぎ始めたときなど、自分のコレクションにはつい最近の音しか収められていないことを思って憂鬱になる。一番古い音でもたかだか十九世紀末のものなのだ。九世紀バグダッドのバヌー・ムーサー兄弟は、〝ひとりでに鳴る楽器〟——水力で動くオルガンやフルートを発明した。中世期のオルゴールは、いまも作られた当時と同じメロディを奏でる。ただし、どちらも楽譜を見て演奏される音楽、再創造物に近い。

インチキだ。

本物とは呼べない。

たとえば、人はレンブラントの絵を見て感嘆する。しかし絵は偽物だ。そうだろう？画家による対象物の解釈にすぎないのだから。ステファンが視覚に心を動かされる人間だったら、レンブラントの絵画百点よりも、マシュー・ブレイディの写真一枚を手に入れたいと願うだろう。フランク・キャプラでも、ダイアン・アーバスでもいい。

人間の声が初めて録音されたのは、一八五〇年代だった。フランスの発明家エドゥアール＝レオン・スコット・ド・マルタンヴィルは、フォノトグラフという音声記録装置を作り、そこに人の声を録音した。しかし厳密に言えば〝録音〟したわけではなく、地震計の波形のようなグラフに音の振動を記録しただけだ（ド・マルタンヴィルはエイブラハム・リンカーンの声を録音したという噂はステファンも耳にしていた。事実なのかどうか、その録音はどこにあるのか、ずいぶん骨を折って調べたりもした。結局、その録音はそもそも存在しないようだとわかって鬱が再発した）。それに負けずにまぎらわしいのは、ド・マルタンヴィルの発明から二十年後、別のフランス人発明家シャルル・

クロスが作ったパレオフォンにまつわる事情だ。パレオフォンは実際に録音ができる装置だったが、その録音はこれまでのところ一つも見つかっていない。現在も残る録音を最初に作成した装置は、エジソンが一八七七年に発明した蓄音機だ。ステファンは、エジソンが録音した音源をすべてコレクションしている。

蓄音機が二千年前に発明されていたら、ああ、どんなによかっただろう。三千年前、四千年前に存在していたら。

手袋をした手で首吊り縄を思いきり引っ張って強度を確かめる——ただし、勢い余ってラテックスの手袋を破かないよう用心した。

プレイリストから、しゃっ、しゃっ、しゃっという音が再生された。研ぎ機でナイフを研ぐ音だ。ステファンのお気に入りの音の一つだった。目を閉じて聴き入る。ほとんどとは言わないまでも、多くの音と同じように、この音も聴き方によって印象が変わる。恐怖を感じることもあれば、職人が道具の手入れをしている音にも聞こえる。子供たちのために夕飯の支度をしている母親が思い浮かぶこともあるだろう。

その項目の再生が終わると、ヘッドフォンをはずして、また窓の外を眺めた。

明かりは一つもない。

アルテミスもいない。

新調したカシオのキーボードに向き直り、演奏を始めた。このワルツは弾き慣れている。暗譜で一度弾いた。もう一度。さらにもう一度。三度目の演奏では、曲の中ほどから徐々にテンポを落としていき、最後のD音を単独で長く伸ばした。

鍵盤から手を離す。録音を再生した。よし、いいぞ。

残るはリズムセクションだ。

もう完成したも同然だなと思いながら、リビングルームの奥の小部屋をのぞきこむ。そこには、つい最近までリビアのトリポリ在住だったアリ・マジークが、ぼろ人形のように力なく横たわっていた。

第三部

地下送水路

九月二十三日　木曜日

13

　メディナ通り七五番地にそびえる国家警察ナポリ本部〝クエストゥーラ〟は、明るい色の石造りのファシズム建築だ。正面の壁に、ラテン語を知る人なら見慣れた書体で〈Questura〉の文字が掲げられている（アルファベットのUは、Vと刻まれる）。建物のあちこちにローマ帝国への敬意が認められる（たとえば鷲の紋章）。

　エルコレ・ベネッリは目を細めて堂々たる建物を見上げ、正面入り口でいったん足を止めて灰色の制服を整えて埃を払った。喜びと不安が一緒くたに詰まった胸をどきどきさせながら、なかに足を踏み入れた。

　受付に近づくと、そこにいた制服警官が先に訊いた。「ベネッリ？」

「あ……はい、そうです」名前を知られていたことに驚いた。捜査に参加してほしいというロッシ警部の誘いがまだ有効であるらしいことにも驚いた。

　受付の制服警官はにこりともせずにエルコレをながめ回し、身分証明書――運転免許証と森林警備隊のＩＤ――を確認したあと、入館証を差し出し、行き先の部屋番号を告げた。

五分後、誘拐事件の捜査司令室とでも呼ぶべき部屋に入った。窮屈な部屋だった。埃のたまったベネチアンブラインドを透かして、日光が細く射しこんでいる。床はすり傷だらけだ。壁もだ。掲示板には、角から丸まりかけた通達がごちゃごちゃと貼られている。古い捜査手順に代わって定められた新しい捜査手順、日にちの迫った会議の連絡。いや、近づいてよく見ると、何カ月も前、何年も前に終わった会議の案内だった。森林警備隊のオフィスと大して変わらないなとエルコレは思った。粗悪なオリーブオイルを売りさばいている業者の逮捕作戦の開始前、あるいは山岳救助に出発する前、山林火災の消火に出動する前に、全員が招集される大会議室もちょうどこんな感じだった。

イーゼルに大判の白い画用紙の束がある。写真や黒いマーカーで書いたメモなどでびっしり埋まっていた。別のイーゼルには――誰かのジョークだろうが――ゲーム『マインクラフト』の四角い頭のキャラクターの指名手配写真が貼られていた。そのキャラクターに見覚えがあるのは、兄の十歳になる息子の遊びにつきあって、よく『マインクラフト』をプレイしているからだ。ついこのあいだは、ゲーム開始直後にエルコレのキャラクターが殺された。甥っ子のアンドレアは、それを見て大笑いした。エルコレおじさんには内緒で〝サバイバル〟モード――戦闘モード――に切り替えていたのだ。

捜査司令室には先に二人来ていた。マッシモ・ロッシは、ウェーブのついた艶やかで豊かな黒い髪をし、派手な緑色のフレームの眼鏡をかけたぽっちゃり体型の女性と話をしていた。白いジャケットの豊かな胸に〈科学警察〉とあった。

ロッシが顔を上げた。「ああ、エルコレ。遠慮しないで入ってくれ。無事にたどりついたようだな」

「はい、ロッシ警部」

「こちらはベアトリーチェ・レンツァ。コンポーザー事件を担当している科学捜査官だよ。ベアトリーチェ、こちらは森林警備隊のエルコレ・ベネッリ巡査だ。昨夜、現場で活躍してくれてね。今回に限り、捜査に参加してもらうことになった」

「警部、報告書です」エルコレは黄色い用箋を二枚、ロッシに手渡した。

ベアトリーチェは報告書を見て眉をひそめた。「あなた、パソコンを持ってないの？」

「持ってますよ。どうして？」

「プリンターがないってこと？」

「自宅にはありません」責められているような気持ちになった。

「これじゃ読みにくいじゃない。メールで送ればよかったのに」

エルコレはうろたえた。「そうですね、そのほうがよかったかもしれません。でも、送信先のアドレスがわからなかったので」

「国家警察（クエストゥーラ）ナポリ本部のウェブサイトを見ればわかるでしょう」ベアトリーチェはロッシに向き直ると、書類を一枚——きれいに印刷されていた——と写真を五、六枚ほど渡すと、では失礼しますと言い、エルコレを無視して部屋を出ていった。気にすることはない。偉そうな人間、独善的な人間を気にするだけ時間の無駄だ。

それでも、報告書をワープロ打ちして電子メールに添付するなど、頭をよぎりもしなかったのは痛恨だった。自宅のプリンターのインクカートリッジを買っておくのを忘れたことも。

ロッシが言った。「昨夜、バス停留所で採取した証拠をベアトリーチェに分析してもらった。そこのイーゼルの紙に書いておいてもらえないか。きみの報告書や私のメモの情報も頼むよ。現場の写真も貼っておいてくれ。いつもそうやって捜査の進捗を記録したり、手がかりや関係者を結びつけたりしているんだ。図式分析だね。ひじょうに重要なことだ」

「はい、警部」

エルコレはロッシから書類を受け取ると、情報を書き写す作業を開始した。ロッシのメモを見て、頰が熱くなった。誰が見ても昔気質（かたぎ）の刑事なのに、パソコンに打ちこんだものを印刷してあった。

「アメリカからは何の連絡もない」ロッシが言った。「きみのほうはどうだ？」

「こちらにもまだです。ですが、昨日連絡したときは、事件の詳細や分析報告書を大急ぎで送ってくれるといっていました。捜査を担当したニューヨーク市警の女性刑事と電話で話しましたが、犯人はこちらに来ているようだとわかったと言ったら、ほっとしていました。管轄区域から逃げられて、ひどく心配していたようです」

「やつがなぜイタリアに来たか、その刑事は何か言っていたか」

「いいえ」

ロッシは思案顔で言った。「この前読んだ記事に、アメリカは輸出貿易の先行きを不安視していると書いてあった。不況、失業率、そういったこととのからみでね。だからといって、連続殺人犯を輸出するというのはな。ポピュラー音楽やソフトドリンク、コンピューターで作ったハリウッド映画くらいでよしとしておけと言いたいね」

笑っていいのかどうか、エルコレは判断に迷った。そこで微笑んでおいた。ロッシもにやりとし、電子メールのチェックに戻った。エルコレはイーゼルに向き直り、集まった情報を書き写したり、写真を貼ったりの作業を続けた。ひょろりと背の高いエルコレ・ベネッリにとっては、レストランや商店、他人の家のリビングルームで過ごすより、森に分け入ったり岩壁に取りついたりするほうがよほど気楽だった（ゆえに、街中でのお気に入りの〝止まり木〟は、自宅アパートの屋上に設けたハト小屋の前のテーブルと椅子だ）。エルコレの腕や脚、肘、膝は、屋外ではよく整備された機械のように快調に動くが、ここのような場所では言うことを聞かずに反抗ばかりする。

後ろに下がって一覧表のできばえを確かめようとしたところで、ロッシの副官シルヴィオ・デカーロにぶつかってしまった。ロッシにファイルを届けるために、いつの間にか部屋に来ていたらしい。ハンサムでバランスの取れた体格をしたデカーロは、エルコレをにらみつけたりはせず、それどころか——こちらのほうが屈辱だった——誰かの袖にうっかりブルーベリー味のジェラートの染みをつけてしまった子供に向けるような、我慢強い笑みを向けた。

デカーロは、自分の分野を侵し、ロッシ警部に目をかけられている部下としての輝きをいくらか曇らせたこの不器用な新参者を、さぞ苦々しく思っているに違いない。

「郵便警察はＹｏｕＶｉｄを監視しているんですよね？」デカーロが自信に満ち満ちた態度で颯爽と部屋を出ていくと、エルコレはロッシに尋ねた。

「ああ、そのはずだ。ただ、手間ばかり食う仕事だからね。新しい動画が一時間に何千本もアップロードされる。世の連中は、あんなものを見るのに時間を無駄に使うばかりで、本は読まないし、人と会話もしないらしいな」

誰かがまた部屋に入ってきた。振り向いたエルコレの胸が躍った。昨夜、現場に来ていた、息をのむような金髪美女、遊撃隊のダニエラ・カントンだった。なんと美しい顔なのだろう。まるで妖精だ。アイシャドウは、昨夜と同じセルリアンブルーだった。最近はほとんど見かけなくなった色だ。その事実一つとっても、自分の流儀を貫くタイプ、自分のスタイルを確立している女性だとわかる。こうして見ると、アイシャドウ以外の化粧品は使っていないらしいこともわかった。口紅もマスカラも塗っていない。青いブラウスが体にぴたりと張りついて、肉感的な曲線を強調している。スラックスも細身だ。

「警部」ダニエラはロッシにそう声をかけてから目を上げ、エルコレを見て親しげな表情を浮かべた。昨日、無作法に握手を求めたことを不快に思われてはいないらしい。

「カントン巡査。何かわかったか」ロッシが尋ねた。

「今回の事件にはカモッラによる誘拐事件とも共通する特徴が見られますが、カモッラが関与している可能性はなさそうです——内部にいる私の情報源によれば」

情報源？　ダニエラは遊撃隊の制服警官にすぎない。カモッラの捜査は上層部が担当していると考えるのがふつうではないか。

ロッシが言った。「調べてくれてありがとう。もともとゲーマーは関係なさそうだったが」

ゲーマー……。

それはカモッラの非公式の呼称の一つだ。カモッラという組織名は、頭を表す〝カポ〟と、昔のナポリの街角で行なわれていた遊び〝モッラ〟を組み合わせたものと言われている。

ダニエラが話を続けた。「断定はできません。カモッラがどういう組織かご存じでしょう。どんなときも目立たず、秘密主義を貫く」

「知っている」

カモッラはたくさんの独立した小さな組織の集合体だ。それぞれのファミリーが何をしているか、互いに把握しているとは限らない。

ダニエラが言う。「これは私の個人的な意見になりますけど、警部、ンドランゲタのとりわけやっかいな構成員がナポリに来ているという噂があります。詳しいことはまだわかりませんが、念のためお知らせしておきます」

その報告はロッシの注意を引いた。

イタリアには、有名な犯罪組織がいくつか存在する。シチリア島のマフィア、ナポリ周辺のカモッラ、イタリア南東部プーリア州のサクラ・コロナ・ウニタ。なかでも危険とされ、勢力の及ぶ範囲が広いのは——スコットランドやニューヨークまで含まれる——ナポリの南側、カラブリア州に本拠を置くンドランゲタだ。

「ほう、ンドランゲタの者が来ているとは、気になるな」カモッラとンドランゲタはライバル関係にある。

「ええ、気になりますね、警部」

「その件ももう少し調べてもらえるか」

「やってみます」ダニエラはそう答え、エルコレのほうを向いた。そこでふいに前夜会った人物だと思い出したらしく、森林警備隊の灰色の制服を確かめるように見た。「ああ、昨日の人」

「エルコレです」とすると、さっきの笑みは、彼を覚えていたからではないわけだ。

「ダニエラです」

今回は握手を求めなかった。クールな男を装ってうなずくだけにした。シルヴィオ・デカーロにこそ似合いそうな身ごなしで。

一瞬の沈黙があった。

エルコレは思わず口走った。「ミネラルウォーターはいかがですか」

そして、ミネラルウォーターとはこれですと言わんばかりに、封を切ってテーブルの端に置いてあったロッシ警部のサンペレグリノの瓶のほうを手で指した。

その手が瓶にぶつかり、一リットル入りの瓶はくるくる回転しながら床に落ちた。炭酸入りの水が噴き出し、あっという間に瓶は空になった。

「ああ、いけない。どうしよう、すみません……」

ロッシは愉快そうな含み笑いを漏らした。ダニエラは困惑顔をエルコレに向けた。エルコレは部屋の隅に置いてあったペーパータオルをロールごと持ってきてしゃがむと、猛烈な勢いで床を拭い始めた。

「すみません……」エルコレは頬を赤くしながらもごもごと言った。「どうしてこんなことに。本当にすみません、ロッシ警部。カントン巡査、水が跳ねたりしませんでしたか」

ダニエラが答える。「被害はなかったみたい」

エルコレはせっせと床を拭い続けた。

ダニエラが捜査司令室を出ていく。

床に膝をついたままその後ろ姿を目で追ったエルコレは、また別の人影が入口に現れたことに気づいた。検事のダンテ・スピロだ。

スピロの目はエルコレを素通りしてもっと奥を見ている。エルコレがそこにいることさえ認識していないような様子だ。ロッシに挨拶をして、イーゼルの一覧表に目を走らせた。昨日も持っていた革綴じの手帳をぼんやりとポケットに押しこむ。ペンもしまった。いまのいままで手帳に何か書いていたのだろう。

今日のスピロは黒いスラックスに茶色い細身のジャケットという出で立ちで、ポケットに黄色いチーフを挿し、白いシャツを着ていた。ネクタイは締めていない。隅のデスクにブリーフケースを置く。そこがこの捜査司令室での指定席なのだろう。つまり、頻繁にここに来ていることになる。スピロのオフィスのあるナポリ検察庁――プロクーラ・デラ・レプッブリカ・プレッソ・イル・トリブナーレ・ディ・ナポリ――は、コスタンティーノ・グリマルディ通りの刑事裁判所の真向かいに位置している。ここ国家警察ナポリ本部とは車で十分ほどの距離だ。

「スピロ検事」エルコレは床を拭きながら声をかけた。

スピロはエルコレを一瞥し、眉をひそめた。誰なのか思い出せずにいるのは明らかだった。

「マッシモ、あれから何かわかったか」スピロはロッシに尋ねた。

「ベアトリーチェが証拠を分析しました。結果はエルコレがそこに。自分と私の報告書の内容も」ロッシはイーゼルの紙に貼った大きな紙のほうにうなずいた。

「誰だって？」

ロッシはエルコレを指さした。エルコレはぐっしょり水を吸ったペーパータオルをくず入れに放りこもうとしていた。

「昨夜、現場にいた森林警備隊の巡査ですよ」

「ああ」清掃員と勘違いしていたのだろう。

「スピロ検事、またお目にかかれて光栄です」エルコレは微笑みながら言ったが、スピロにまたしても無視されて、笑みは引っこんだ。

「プリペイド電話カードはどうだった？」スピロが尋ねる。

「あと一時間ほどで郵便警察から報告が届くはずです。動画投稿サイトの監視も続けています。いまのところ新しい投稿はありません。エルコレによれば、まもなくアメリカの警察から詳しい資料が届く予定です」

「エルコレによれば、か」スピロは皮肉交じりにつぶやいた。ポケットから葉巻を出して吸い口をくわえた。火はつけない。そのまま一覧表を見つめた。

誘拐事件
コムーネ・ダブルッツォ近く、デル・フラッソ通りのバス停留所

・被害者：

・不明。リビア人、またはリビアに関わりのある人物？　北アフリカ人と思われる。難民？　推測される年齢：30から40歳。小柄。顎鬚。黒っぽい髪。

・犯人：

・目撃者ははっきりとは見ていない。おそらくアメリカ人、白人男性、30代初めからなかば。顎鬚、長く伸ばしたもじゃもじゃの髪。（ニューヨーク市警の情報より）

・黒っぽい服、黒っぽい野球帽

・〝コンポーザー〟を名乗る（ニューヨーク市警の情報より）

・ローマおよびナポリ便の搭乗客名簿を確認中。ほかの空港で入国？　これまでのところその可能性はない。

・車両：

・黒っぽい色のセダン。車種や年式は不明だが、ホイールベースは大型の車両のもの。アメリカ車、ドイツ車？

・トレッドパターンより、タイヤはミシュラン２０５／55Ｒ16　91Ｈ

・物的証拠

・プロピレングリコール、トリエタノールアミン、ニトロソアミン、ラウリル硫酸ナトリウムのサンプル中から、微量のヒトの血液（ＡＢ＋）を検出

・ＤＮＡ型は以下のデータベースで照合済み、いずれも未登録：

・イギリス：国家DNAデータベース（NDNAD）
・アメリカ：統合DNAインデックス・システム（CODIS）
・インターポール：DNAゲートウェイ
・プリュム条約データベース
・イタリア：国家データベース
・窒素化合物――アンモニア、尿素、尿酸――水素、酸素、リン酸塩、硫酸塩、二酸化炭素。ほかに：C_8H_7N（インドール）、4－メチル－2，3－ベンゾピロール（スカトール）、スルフヒドリル（チオール）、紙繊維が懸濁。乾燥。古い。
・変質しかけたポリマーシス1，4－ポリイソプレン（加硫処理）。半透明。かなり古い。
・バルトネラ菌（B. Elizabethae）
・毛髪、32本。動物のもの。犬小屋？　動物の種類については科学警察の分析結果待ち
・鉛
・Fe（鉄）の砕片、片側に錆（画像参照）
・石灰岩
・プリペイド電話カード、ナポリのアロッツォ・タバッカイオで購入。防犯カメラ未設置、現金支払い

・郵便警察の分析結果待ち
・指紋：
・EURODAC、インターポール、ユーロポール、イタリアの各指紋データベース、IAFIS（アメリカ）、Ident1（イギリス）に登録なし
・靴跡：
・被害者はナイキのランニングシューズ着用、サイズ42
・犯人はコンバース・コン着用、サイズ45
・血液など体液：上記参照
・現金、11ユーロ、30リビア・ディナール
・ミニチュアの首吊り縄、楽器用の弦で作られている――おそらくチェロ用、長さおよそ36センチメートル（ニューヨーク市警の情報によれば、ニューヨークで発生した誘拐事件のものと酷似）
・目撃証言：
・自転車に乗った証人は、バス停留所前を通過したとき、立っている被害者を目撃している。停留所から10メートルほど離れた路肩に黒っぽい車両が停まっていた。茂みの陰。容疑者はそこで被害者を待ち伏せしたか、被害者が到着したあとに来て茂みの陰に車を隠したものと思われる。容疑者は突然、被害者に襲いかかり、格闘になった。明らかな誘因はなかった。証人はすぐに現場を離れ、警察の

助けを求めた（証人の情報については、ロッシ警部保管の資料を参照のこと）
・聞き込み：自転車に乗った証人のほかに、事件および車両の目撃情報なし
・街頭監視カメラ：半径10キロメートルに設置なし
・行方不明者捜索願：届け出なし
・カモッラほか組織犯罪の関与を示唆する手がかりなし
・ンドランゲタの工作員がナポリ周辺に潜伏している可能性。ただし、誘拐事件との関連は確認されていない
・動機不明
・ニューヨーク市の犯行現場の分析結果が届く予定
・郵便警察がYouVidを監視中。被害者の動画のアップロードが確認されしだい追跡開始予定

「ベアトリーチェはいつもどおり手堅い仕事をしたようだね」スピロが言った。

「ええ。彼女は優秀です」

一覧表に目を注いでいたスピロがわずかに身を乗り出した。「あれは何と書いてある？」

「〝菌〟です、スピロ検事」

った。

「とてもそうは読めないな。もっと丁寧に書け」スピロは次に写真を眺め、思案深げに言った。「アメリカ人サイコパスがイタリア観光に来て、ふだんの猟場ではない場所で狩りを始めたわけか。どんなパターンが見える？」

「パターン、ですか？」エルコレは笑いを浮かべ、床を最後に一拭きしてから立ち上がった。

痩せた検事の、見たこともないほど鋭い黒い目が、ゆっくりと向きを変えた。「何だって？」スピロのほうが背は低いのに、エルコレはなぜか自分がスピロの目を見上げているような気になった。

「その、スピロ検事、それはどうかと思いますが」

「〝どうかと思う〟？　どういう意味だ、それは」スピロの大音声が響き渡る。「ぜひ知りたいね。何か疑問でも？　何をどうかと思うのだ？」

エルコレの顔から笑みは消えていた。顔を真っ赤にし、ごくりと喉を鳴らした。「その、スピロ検事、お言葉ですが、パターンが見つかるはずはないと思います。犯人は行き当たりばったりに被害者を選んでいます」

「どうしてそう思う？」

「だって、誰が見てもそうでしょう。ニューヨーク市で選んだ被害者は、ユーロポールの通知によれば、企業の経営者でした。そのあと犯人はイタリアに逃げてきて、今度は人里離れたバス停留所で、資力の乏しい外国人をさらいました」エルコレは小さく笑った。「パターンらしきものは見えません」

「〝パターンらしきものは見えない〟」スピロは疑わしいワインの味見をするように、口のなかで繰り返した。ゆっくりと歩きながら、一覧表をにらみつける。

エルコレはまた唾をのみこみ、ロッシの表情をうかがった。ロッシはおもしろがっているような目で二人を見比べていた。

「では、この事実をどう説明する、森林警備隊――」

「ベネッリです」

「――誘拐犯の車はほとんど誰も通らない道路の路肩に停まっていたという事実、誘拐犯は茂みに隠れて待っていたという事実を、どう説明する？　それは事前に計画していたことを示唆するのではないかね」

「誘拐犯がいつ現場に来たのかは不明です。被害者より先にいたのかもしれないし、あとだったのかもしれません。つまり、本官としては、誰かを誘拐する計画は持っていたとしても、この被害者に限定してはいなかったのではないかと考えます。ですから、パターンと言われると――あるようには思えません」

スピロは腕時計を確かめた。大ぶりの金無垢（きんむく）の時計だ。どこのブランドのものか、エルコレからは見えなかった。スピロはロッシに言った。「上の階で、別の警部と打ち合わせがある。動画の件で動きがあったら教えてくれ。おい、森林警備隊」

「はい、スピロ検事」

「きみの名前はエルコレだったたな」

「そうです」

ついに僕の存在意義を認めようとしているのだ。パターンはないという僕の意見が正しいと納得して、譲歩しようとしているのだ。エルコレは誇らしくなった。

「神話の神から取った名前だな」

〝エルコレ〟は、ローマ神話の〝ヘルクレス〟のイタリア語名だ。

「父が神話好きで——」

「神話のヘルクレスは、十二の仕事を命じられた。それは知っているね？」

「もちろんです！」エルコレは笑った。「罪滅ぼしとして、エウリュステウスに命じられた功業のことですね」

「きみの仕事ぶりはいまひとつのようだ」

「僕の……？」

沈黙。

「きみの仕事だよ」

スピロの射るような目から視線をそらして、エルコレは言った。「あの、どういうことでしょう？」

スピロは指さした。「拭き残しがあるぞ。水がタイルの下にまで染みてみろ。神々はお怒りになるだろうよ」

エルコレは目を伏せた。つかの間、唇を嚙み締めた。顔がどうしても赤くなってしまうことに、猛烈に腹が立つ。「すぐに拭き取ります、スピロ検事」

スピロは出ていき、エルコレは床に膝をついた。ふと目を上げると、部屋の入口にロッシの副官、シルヴィオ・デカーロが立って、こちらをのぞきこんでいるのがみえた。男前のデカーロ警部補は、エルコレが油を絞られているところを見ていたに違いない。床の拭き掃除をきちんと終わらせろという命令、有能な捜査員どころか掃除ひとつ一人前にできないという当てこすりも、聞こえていただろう。デカーロは無表情のまま廊下を歩み去った。

エルコレはロッシに言った。「僕は何かしてしまいましたか、警部。事実を見て、理の当然と思われる意見を言っただけなのに。パターンがあるとは思えません。ニューヨークで事件を起こして、次はカンパニアの山奥で事件を起こした」

「きみが犯したのは、〝先入観の罪〟だ」

「先入観の罪？　何ですか、それは」

「未熟な捜査官が陥りがちな、油断のならない心理状態のことだよ。きみは、ごく予備的な証拠分析だけをもとに、これは行きずりの犯罪だと決めつけた。その考えにこだわると捜査の視野を広げにくくなって、コンポーザーが実際には特定の人物を初めから標的にしていた可能性をはなから除外するだろうし、逮捕の足がかりになりそうな行動のパターンを探してみようともしなくなる。

いまの時点で、パターンを見いだせるか。たしかに無理だな。スピロ検事は見いだせるつもりでいるのか。むろんそんなことはない。しかし、スピロ検事ほど視野の広い人物はほかに知らない。検事はあらゆる事実を計算に入れる。ほかの者がみなわかった気になっていたとしても、検事はまだ結論を保留する。スピロ検事が正しく、ほかの者は間違っていたという例は少なくない」

「安直に結論を急がないということですね」

「そうだ。結論を急がないことだよ。捜査官にもっとも必要な資質はそれだ。だから、いまの時点ではまだ、パターンの有無を多数決で決めたりはしない」

「肝に銘じます、警部。ありがとうございました」

エルコレは小さな水たまりができた床をちらりと見下ろした。ペーパータオルを使い切ってしまっていた。廊下に出て、携帯でメールを送信しているらしいデカーロを追い越す。まったく、このデカーロというやつは、何をしていても様になる。ヘアスタイルからぴかぴかに磨いた靴まで、何もかもが決まっていた。エルコレはデカーロの視線を無視して、紳士トイレにペーパータオルを取りにいった。

戻る途中で、ダニエラ・カントンが廊下の先にいることに気づいた。金髪のパートナー、ジャコモ・シラーとの話をちょうど終えたところらしい。シラーが去っていくと、エルコレはペーパータオルを背中に隠し、少しためらってからダニエラに近づいた。

「すみません。一つ質問してもかまいませんか」

「どうぞ、ベネッリ巡査……だった？」

「エルコレでかまいません」

ダニエラがうなずく。

「スピロ検事のことですけど」エルコレはひそひそ声で言った。「いつもあんな感じなんですか」

「いいえ、ぜんぜん」ダニエラは答えた。

「あ、そうなんですね」

「ふだんは、さっきよりずっと遠慮がないのよ」

エルコレは片方の眉を上げた。「聞いてました？」

「みんな聞いてたわよ」

エルコレは一瞬目を閉じた。まいったな。「ふだんはあんなものじゃないんですね？ほんとに？」

「ほんとよ。近づきがたい人なの。頭は切れる。それは誰だって認める。だけど、他人のミスを許さないの。事実誤認であれ、判断ミスであれ。だから、怒らせないように気をつけたほうがいいわよ」ダニエラはここで声をひそめた。「ポケットに手帳を入れてるでしょう？　革の手帳」

「ああ、持ってますね」

「いつ見ても絶対に持ってるの。みんな言ってる。自分に逆らった人、能力が足りないと思った人、自分のキャリアに傷をつけそうな人の名前をあれに書き留めてるんだろうって」

そういえば、とエルコレは思い出した。つい先日、スピロ検事がイタリア放送協会(RAI)のテレビ番組で、将来の政界進出についての質問にすらすらと答えていた。

「たったいま、部屋を出てきたところでも何か書いてましたよ！」

ダニエラは気まずそうな顔をした。「きっとただの偶然よ」青い美しい瞳がエルコレの表情を探った。「何にせよ、用心するに越したことはないわ、ベネッリ巡査」

「そうします。恩に着ますよ。ご親切にいろいろ教えてくれて——」

「エルコレ！」廊下の先から大きな声が聞こえた。

ぎくりとして振り返ると、マッシモ・ロッシ警部が捜査司令室から飛び出してくるところだった。ふだんは穏やかなロッシがあわてふためいている様子はいかにもちぐはぐで、こちらまで不安になった。

郵便警察から、コンポーザーが動画を投稿したという報告が来たのか。

リビア人の遺体がどこかで発見されたのか。

「失礼します」エルコレはダニエラのそばを離れようとした。

「エルコレ」ダニエラが呼び止めた。

床を指さしている。エルコレが落としたペーパータオルがあった。

「あっと」エルコレは腰をかがめて拾うと、廊下を走ってロッシのところに行った。ロッシが言った。「きみが頼んだアメリカの誘拐事件の捜査資料が届いたようだ」

エルコレは困惑した。ロッシの顔に張りついた表情は、ほんの一瞬のあいだにますます曇っている。「資料が届いたのなら、それはよい知らせなのでは、警部？」

「いや、ちっともよくない。いいから一緒に来てくれ」

14

リンカーン・ライムは国家警察ナポリ本部の古風なロビーに視線を巡らせた。

ここに来るのは初めてだが、すっかり見慣れた場所のように思えた。警察機関はどこも同じだ。

大勢が出入りしている。警察官の制服には数種類——いや、数え切れないくらいの種類があるらしく、その大部分はアメリカの警察の制服より洒落(しゃれ)ていて、しかも威厳を感じさせた。ベルトや首紐に身分証明書を下げた私服刑事も交じっていた。民間人もいる。被害者、目撃証人、弁護士。

活気にあふれている。ナポリは、外も内も、目が回るように忙しい。

ライムは建物にふたたび視線を巡らせた。

トムがライムとサックスに向かって言った。「戦前の建物ですよ」

イタリアで〝戦前〟と言えば、ほとんどの人が第二次世界大戦前という意味に受け取るという。過去八十年間のアメリカとは違い、イタリアは年がら年じゅう他人の国に戦車や歩兵やドローンを送りこんだりはしていないのだ。

トムはライムの視線をたどって言った。「ファシズムの時代の建築です。ファシズムはイタリアで誕生したって知ってました？ 第一次世界大戦ごろです。ムッソリーニが党を率いるようになったのは大戦後です」

その歴史は知らなかった。本人の弁によれば、ライムの頭にはもともと犯罪科学に関係のない知識はほとんど入っていない。事件を解決するのに役立たない事実は、そもそも事実のうちに入らない。それでもファシズムの語源は知っていた。さっそくその知識を披露した。「〝ファシスト〟の語源は束桿斧（ファスケス）だ。ローマの高位公職者の権力の象徴として、儀式の場で護衛が捧げ持った、斧の柄に何本もの棒を縛りつけたものだよ」

「〝棍棒を振りかざし、だが穏やかに話せ〟みたいな話？」サックスが言った。

うまい切り返しだ。しかしリンカーン・ライムは、切り返しのうまさを競いたい気分ではなかった。コンポーザー事件という、異例の、しかも焦れったい捜査を早く進めたくてたまらなかった。

おお、ようやく来たか。

男性が二人、ロビーに現れ、アメリカ人の一行にひたと視線を据えた。一人はよれた印象の体格のいい五十代くらいの男性で、口髭を生やしていた。ダークスーツに白いシャツを着て、ネクタイを締めている。もう一人は背の高い若い男だ。三十歳くらいで、胸と肩に記章のついた灰色の制服を着ている。二人は目配せを交わしたあと、三人に近づいてきた。

「あなたがリンカーン・ライム？」年長のほうが言った。イタリア語の癖の強い英語ではあったが、理解に支障はない。

「そうです。こちらはアメリア・サックス刑事と、トム・レストン」

事前に打ち合わせたとおり、サックスは市警の金バッジを掲げた。ファスケスには負けるが、権力の象徴と言えなくもない。

この国に到着してからまだわずかな時間しかたっていないが――せいぜい三時間といったところだ――イタリア人はやたらにハグをしたり頰にキスをしたりするらしいことにライムは気づいていた。男と女、女と女、男と男。ところがいまは、握手さえ交わされる気配がない。少なくとも、捜査の指揮官と思しき年長の刑事は手を差し出さなかった。警戒した硬い表情のまま、一つうなずいただけだった。若いほうは一歩前に出て手を差し出したが、上官の用心深い態度に気づいて、すぐにまた一歩下がった。

「マッシモ・ロッシ警部です。国家警察の。ニューヨークから、みなさんで、わざわざ？」

若いほうは感激したように目を輝かせている。生きたユニコーンを見つけたとでもいうようだった。「エルコレ・ベネッリです」

「そうだ」

エア・コーレー。不思議な発音の名前だ。

エルコレ・ベネッリが続けた。「高名な方にお会いできて、たいへん光栄です。それにあなたにも、電話だけでなく実際にお目にかかれて光栄です、シニョリーナ・サックス」ロッシより英語がうまく、イタリア語の癖もあまりなかった。世代の違いかもしれない。この若い警察官のほうが、ＹｏｕＴｕｂｅやアメリカのテレビドラマに接する時間が長いだろう。

ロッシが言った。「上に行きましょう」それから、念を押す必要を感じたかのように、付け加えた。「とりあえず」

一行は無言で三階に上った。アメリカ式に言えば、四階か。イタリアに来る飛行機で読んだガイドブックに、ヨーロッパでは道路と同じ高さの階を〝1〟ではなく〝ゼロ〟と数えると書いてあったのをライムは思い出した。

エレベーターを降り、照明の明るい廊下を行く。エルコレが尋ねた。「民間の飛行機でいらしたんですか」

「いや。個人所有のジェット機を使えたものでね」

「プライベートジェット？　アメリカから！」エルコレが口笛を吹く。

トムがこらえきれない様子で笑った。「私たちのではありません。少し前にある事件でリンカーンが助言した弁護士が貸してくれたんですよ。飛行機はこれから十日間、証言録取に臨むクライアントの送迎のためにヨーロッパ各地をぐるぐる回るそうです。本当は別の旅行に使わせてもらう予定でしたが、今回の事件が起きて」

そう、本当はグリーンランドに飛ぶはずだった——ライムは頭のなかでつぶやいた。またはどこかハネムーンにふさわしい目的地に。ただし、エルコレ・ベネッリにそれを話すことはしなかった。

三人の滞在予定——一日ではなく、一日のうちの数時間でもなく、十日間——を聞いて、ロッシは浮かない顔で首をかしげた。エルコレのメールを受け取り、コンポーザーがイタリアに現れたと知ってサックスと顔を見合わせ、イタリアに行こうと決めた瞬間から、ライムは、決して歓迎されないだろうことは予期していた。だから、十日間滞在する予定だとトムが匂わせたことを喜んだ。どうやら簡単には追い払えそうにないとイタリア側に観念してもらえれば好都合だ。

サックスがエルコレに言った。「英語がお上手ね」

「ありがとう。子供（ラガッツォ）のころから勉強しました。イタリア語は話せますか」

「いいえ」

「しゃべってるじゃないですか！　いまのはイタリア語で〝いいえ〟って意味ですよ」

誰も笑わなかった。エルコレは頬を赤らめて黙りこんだ。

ライムは周囲を見回した。やはり初めて来たという気がしない。ニューヨーク市警の本部があるワン・ポリス・プラザ、通称〝ビッグ・ビルディング〟とどこも変わらなかった。刑事や制服警官がせわしなく行き交っている。ジョークを言い合っている者もいれば、顔をしかめている者、退屈そうな顔をしている者もいた。上層部からの通達文書が掲示板を埋め、あるいは壁にテープで留められている。ここ一年ほどに発売されたばかりの最新のパソコン。電話の着信音——固定電話より携帯電話の使用率のほうが高いらしい。

違うのは、言葉だけだ。

いや、もう一つ目立つ違いがある。紙のコーヒーカップが見当たらないことだ。アメリカなら、警察官のデスクの上は紙カップだらけだ。ファストフードの袋もここにはなかった。イタリアの警察官は、そういうだらしのないことはしないらしい。けっこうなことだ。ニューヨーク市警の科学捜査部長を務めていたころ、ライムは、サンプルを載せたスライドを顕微鏡で観察しながらビッグマックにかぶりついていた鑑識技術者を解雇したことがある。「証拠物件が汚染されるだろう！」ライムはそう怒鳴った。「出ていけ！」

ロッシの案内で、三人は三メートルかける六メートルほどの広さの会議室に入った。使いこまれたテーブルが一台、椅子が四脚、それにファイルキャビネットとノートパソコン一台。壁際のイーゼルに大判の紙の束が立てかけられ、そこに手書きの文字や写真が並んでいた。紙かホワイトボードかの違いだけで、ライムがいつもかならず作る証拠物件一覧表とまったく同じだ。意味のわからない語もあったが、物的証拠のリストにある項目のほとんどは理解できた。

「ミスター・ライム」ロッシが口を開いた。

「警部です」エルコレが早口で割りこんだ。「ニューヨーク市警を警部の階級で退職しています」そう言ったあとになって、上官の言い誤りを正すべきではなかったと思ったらしく、また顔を赤らめた。

ライムは動かせるほうの手で払いのけるようなしぐさをした。「どちらでもかまわん」

「失礼しました」ロッシが話を再開した。言い間違いがよほど痛恨だったか、いかにもうろたえた表情をしていた。「ライム警部」

「でもいまは市警のコンサルタントです」エルコレがまた口をはさむ。「記事で読んだことがあります。こちらのサックス刑事とよく一緒に捜査をしているんです。そうでしたね？」

「ええ」サックスが答えた。

エルコレのようなチアリーダーがいてくれるのは好都合かもしれないとライムは思った。不思議な若者だ。自信に満ちているところもあれば、新米（ルーキー）の気配も漂わせている。それに、この建物に来てから、灰色の制服はほかに一度も見かけていなかった。何か事情がありそうだ。

サックスが自分のショルダーバッグを軽く叩いた。「ニューヨークのコンポーザー事件の犯行現場二カ所で採取した証拠の分析結果を持ってきました。現場写真、靴底の写真、そのほかいろいろ」

ロッシが言った。「ありがたい。届くのを待っていました。ベネッツリ巡査と話をして以来、新しい情報は集まっていますか」

「確実なことはまだ何も」サックスは答えた。「首吊り縄に使われた楽器用の弦の入手先については何もわかっていません。キーボードは、大型販売店で現金で購入していました。指紋はどこからも検出されませんでした。小さな部分指紋は見つかっていますが、照合には足りません」

ライムは付け加えた。「イタリア行きの便の搭乗者名簿は、いまFBIが調査中だ」

「こちらでも調べましたが、該当者は見つかっていません。しかし搭乗者名簿を調べても、ええと、英語では……〝見込み薄〟と言うんでしたか。顔写真もない、パスポートの番号もわからない状態ではね。EUに数十ある空港のどれかに飛行機で来れば、あとは国境を越えても記録が残りませんし。アムステルダムやジュネーヴで車を借りるか盗むかして、イタリアに入ったのかもしれない。きっとそちらでも検討したでしょうが、アメリカを発つときも、ニューヨーク周辺の空港から出国したとは限りません。ワシントン、フィラデルフィア……アトランタからデルタ航空に乗ったのかもしれない。アトランタのハーツフィールド空港は、世界で一番忙しい空港だそうですね」

ふむ。ロッシはきわめて有能な刑事のようだ。

「ああ、そういった可能性は検討した」ライムは言った。

ロッシが尋ねた。「コンポーザーはアメリカ人だと思いますか」

「そう考えているが、断定はできない」

エルコレが訊く。「連続殺人犯が自分の国を離れて、わざわざイタリアまで人を殺しに来た。どうしてそんなことをするんでしょう」

サックスが言った。「コンポーザーは連続殺人犯ではありません」

エルコレはうなずいた。「そうか、まだ人を殺してはいないんでしたね。あなたが被害者を救出したし、こちらでも誘拐された男性の遺体はいまのところ見つかっていない」

ロッシが言った。「サックス刑事は、そういう意味で言っているのではないと思うよ、エルコレ」

「おっしゃるとおりです、警部。連続殺人犯の犯罪者としての定義は、ごく限定的で、具体的です。男性の場合、動機はだいたい性的なもの、または性的ではないサディズムです。儀式めいた行動は見られますが、被害者を縛る、異様なポーズを取らせる、異常な執着の対象物を現場に残す、死後に記念品を奪うといった行動はほとんど見られません。動画、首吊り縄、音楽——今回のコンポーザーほど手のこんだ演出はしないんです。コンポーザーは多重犯罪者に分類されます」サックスが言った。

しばし沈黙が流れた。やがてロッシが口を開いた。「貴重なご意見とご協力に感謝します」

「微力ながら、できるだけのことはしますよ」ライムは言った。言葉遣いは謙虚だったが、口調は少しも謙虚ではなかった。

「それに、捜査資料を届けるためだけにはるばる来てくださったことにも」ロッシの言葉遣いは遠回しだったが、言いたいことは明らかだった。

それからロッシはライムを眺め回した。「ライム警部、あなたは、えーと、何て言うんだ（コメ・シ・ディーチェ）？　逃亡中犯？……には慣れていないのではありませんか」

「逃亡犯」エルコレがロッシの言い間違いを正した。それから凍りついたように固まり、またしても顔を赤らめた。

「さよう、慣れてはいない」ライムは芝居がかった調子で応じた。少々やりすぎたかもしれないが、この場合はそれくらいでちょうどいいだろうと思った。ロッシも、逃亡中犯の追跡は得意ではなさそうだという気がしたからだ。

「逃亡犯罪人の引き渡しを期待しているわけだ」ロッシが続けた。「こちらで逮捕したら」

「そこまでは考えていなかったな」ライムは嘘をついた。

「そうですか？」ロッシは口髭をなでた。「こっちで裁判をするか、アメリカでやるか、決めるのは裁判所です。私でもなく、あなたでもなく。さて（アッローラ）、ご尽力には感謝しますよ、ライム警部。骨折りに。きっとたいへんな道のりだったでしょう」車椅子を見ないようにしている。「しかし、捜査資料は届けていただいたわけだし、これ以上、協力していただけそうなことを思いつかない。あなたは科学捜査のエキスパートですね。科学捜査のエキスパートなら、ここにもいます」

「科学警察だね」

「ああ、ご存じでしたか」

「何年も前に、ローマの本部で講演をしたことがある」

「計画を台無しにするようで申し訳ない。あなたにも申し訳ないと思います、シニョリーナ・サックス。しかし、先ほども言ったように、ほかに協力していただけそうなことがないんですよ。それ以外には」ロッシはサックスのショルダーバッグに顎をしゃくった。「実務上の問題もあります。ベネッリ巡査と私はそこそこの英語を話せますが、この捜査に関わっているほかの者はほとんど話せません。それに、ナポリは、その……適切な言葉を探す。「……移動しやすい街ではない。あなたのような人にとっては」

「そのことにはさっそく気づいたよ」ライムは肩をすくめた。その動作は難なくできる。

ふたたび静寂が流れた。

気まずくなりかけたころ、ついにライムが静寂を破った。「言葉の問題は簡単に解決できる。グーグル翻訳さまさまだ。移動に関しては——ニューヨークでは、犯行現場まで出かけていくことはほとんどない。必要がないからね。サックスを始め、警察の者に任せている。彼らが花蜜を集める蜜蜂のように、証拠を集めて戻ってくる。集まった蜜を、私も含めた全員で濃縮して蜂蜜にするわけだ。妙なたとえで申し訳ないが。そもそも、私たちがうろうろしていたところで、何か害があるというものでもないだろう、警部。反響板として役に立てると思う」

ロッシは〝反響板〟という語につまずいたらしい。

エルコレが〝相談役〟のような意味だと解説した。

ロッシは少しためらってから言った。「あなたのご提案は例外的なものだし、私たちは例外を認めるのをあまり好みません」

このとき、誰かが部屋に入ってくる気配がした。ライムが車椅子の向きを変えると、ほっそりとした体つきの男性がこちらに歩いてこようとしていた。スタイリッシュなジャケットとスラックス、爪先のとがったブーツ、禿げかかった頭、ごま塩の山羊鬚。目は細くて小さかった。〝悪魔のように冷酷〟といった印象だ。男性はサックスとライムを見やって言った。「断る。反響板など必要ない。助言も、協力も不要だ。論外だね」

ロッシやエルコレより訛は強烈だが、文法や語法は完璧だった。日常的に英語を読んではいるが、アメリカやイギリスにはほとんど行ったことがなく、英語のテレビ放送もあまり見たことがないのだろう。

男性はエルコレのほうを向くと、早口のイタリア語で質問した。

狼狽(ろうばい)し、そして顔を赤らめながら、エルコレは弁解するような調子で否定の言葉らしきものを返した。ライムにもスピロの質問の見当がついた――「きみが彼らを呼び寄せたのか」

ロッシが言った。「ライム警部、サックス刑事、シニョール・レストン、こちらはスピロ検事。今回の捜査の一員です」

「捜査の一員？」

ロッシは一瞬黙りこんだ。ライムの質問の意図を計りかねたらしい。「ああ、そういうことか。たしかアメリカでは事情が違うんでしたね。イタリアの検事は、部分的に警察官の役割も果たします。コンポーザー事件では、スピロ検事（プロクラトーレ）と私が捜査の指揮を執っているんですよ。二人で」

スピロの濃い色をした目は、レーザー光のようにライムの目を射貫（いぬ）いた。「我々の仕事は容疑者の身元を特定し、イタリアのどこに隠れて被害者を監禁しているかを突き止め、逮捕後の公判に提出できるよう証拠を集めることだ。第一の任務について、きみたちにできることはないだろうね。自国でも容疑者の身元を特定できなかったのだから。イタリアのことは何も知らないだろうから、いくら証拠分析の専門知識があろうと役に立たない。三番目に関しては、イタリアでの裁判に協力するつもりなど初めからないのだろう。容疑者をアメリカに送還して、アメリカで裁判にかけるのが目的なのだろうから。つまり、要約すれば、きみたちが捜査に参加したとしても、何ら貢献を望めないどころか、最悪の場合、利害が衝突しかねない。捜査資料を提供してくださったことには礼を申し上げる。とはいえ、ここはお引き取り願わなくてはなりませんな、ミスター・ライム」

エルコレが横から言った。「警部（カピターノ）です――」「何だと？（ケ・コーザ）」

スピロは視線一つでエルコレを黙らせた。

「何でもありません、プロクラトーレ。申し訳ありません」

「というわけで、お引き取り願おうか」

イタリアの検事は――少なくともこの検事は――事件捜査においては警察の刑事より大きな権威を有しているようだ。表情を見るかぎり、ロッシ警部に異論はないらしかった。ライムはサックスにうなずいた。サックスはショルダーバッグから分厚いファイルを取り出してロッシ警部に差し出した。ロッシは中身をぱらぱらとめくった。一番上は、証拠物件と一覧表の写真だった。

ロッシはうなずき、ファイルをエルコレに渡した。「巡査、この情報をボードに転記してくれ」

スピロが言った。「空港まで送らせようか」

ライムは答えた。「出発の手配はこちらでできますよ」

「プライベートジェットで来てるそうですよ」感激の余韻が覚めやらぬ口調で、エルコレが言った。

スピロが唇を引き結び、そこに冷たい笑みを浮かべた。

ライムら三人は、引き上げようと出口に向かった。ロッシが顎をしゃくって暗黙の指示をし、それを受けたエルコレが見送りに出ようとした。

しかし部屋を出る直前、ライムは車椅子を止め、くるりと向きを変えた。「一つ二つ、気づいたことがある。関心はあるかね？」

スピロは冷ややかな表情を崩さなかったが、ロッシはうなずいた。「ええ、うかがいましょう」

「〝フェッテ・ディ・メタッロ〟は、〝金属の細片〟という意味で合っているかな？」ライムは一覧表に目を注いで尋ねた。

スピロとロッシが顔を見合わせた。「ええ。正確には〝スライス〟ですが」

「〝フィブレ・ディ・カルタ〟は〝紙の繊維〟？」

「そうです」

「ふむ。そうであれば――コンポーザーは外見を変えている。山羊鬚を剃り落とした。十中八九、頭髪もきれいに剃っている。被害者はひじょうに古い建造物、しかも地中深くに隠されている。田園地帯ではなく、おそらく都市部だろうね。現在は一般に公開されていない建物、過去には出入りできたが、何年も前に立ち入りが禁じられた建物だ。かつて街娼が商売していた地区だろう。いまもいるかもしれないが、そこまでは断言しかねる」

エルコレは陶然とライムを見つめていた。

ライムは続けた。「もう一つ。やつはもうＹｏｕＶｉｄを使わないだろう。ＩＰアドレスを隠すのにプロキシを利用したが、そういったことは本来あまり得意ではないようだ。だが、そのことに気づかないほど愚かではない。イタリア警察のＩＴ系技術者やＹｏｕＶｉｄの監視員が目を光らせていることを予想しているだろう。だから、ＹｏｕＶｉｄ以外の動画投稿サイトを見張るべきだ。それから、戦術チームにすぐ出動できるよう待機しろと伝えたほうがいい。被害者にはもうあまり時間が残されていない」車椅子の向きを変えて出口へと進めながら、最後に付け加えた。「では、さようなら。アリヴェデルチ」

15

自分は死んだのだろうか。

死んで庭園（ジャンナ）にいるのか？

正直言ってわからない。アリ・マジークは、これまでずっと善良な人間、よきイスラム教徒として生きてきた。死後に庭園に入る資格はあるだろうと思っている。預言者や殉教者（じゅんきょうしゃ）しか入れない最高位の庭園フィルダウスは無理かもしれない。しかしそれなりの庭園には迎え入れてもらえるだろう。

しかし……しかし……

ここが天国なら、こんなに寒いはずがない。こんなに濡れて、薄暗いはずがない。恐怖が背筋を駆け抜けた。アリ・マジークは身を震わせた。寒いせいだけではない。ここは火獄（アルナール）なのか？

もしかしたら、自分のしたことは何もかも間違っていて、まっすぐ地獄に送られたのかもしれない。一番新しい記憶を呼び戻そうとした。一瞬にして現れた人影。たくましくて、大柄な人物だった。それから頭に何かをかぶせられ、悲鳴がくぐもった。

そのあとは――？　はじける閃光。意味のわからない言葉。音楽。

そのあとがこれだ……寒くて、湿っぽくて、上のほうのどこかに弱々しい明かりがあるだけの暗い場所。

そうだ。きっとそうだ。ここはジャンナではない。アルナールだ。

ここは地獄だという予感めいたものがあった。きっとそうだ。自分はさしてりっぱな人生を送ってこなかったから。そこまで善良な人間ではなかったから。よからぬ行ないもした。具体的に何とは思い出せなかったが、何かよからぬことはした。

ひょっとしたら、それが地獄というものなのかもしれない。罪を犯したと思いながら、どの行ないが罪だったのかわからず、永遠の苦悩に閉じこめられることが。

そのとき、理性が目覚めた。合理的で、経験に基づいた認識が働く。自分は死んでいるのではない。苦痛を感じているのだ。そして、アッラーに――アッラーに讃えあれ――アッラーによってアルナールに送られたのだとすれば、こんなものではすまない苦しみを味わっているはずだろう。またここがジャンナなのだとすれば、苦痛などいっさいなく、神の――神に讃えあれ――栄光だけがあるはずだ。

つまり、自分は死んでいない。それが答えだ。

とすると、次の疑問はこれだ――ここはどこだろう?

思考の奥からおぼろな記憶が転がり出た。記憶、あるいは想像の寄せ集めかもしれない。うまく頭が働かないのはなぜだろう。ほとんど何も思い出せないのはなぜか。イメージの断片。芝生のにおいのする地面に横たわっている。食べるものの味。口を潤す水の心地よい感触。冷たくてうまい水、まずいお茶。オリーブ。両肩に置かれた男の手。

力強い手。大柄な男だ。周囲が暗くなった。

音楽。西洋の音楽。

咳が出て、喉が痛んだ。ひりひりとした強い痛み。喉を絞められたのかもしれない。酸欠のせいで記憶がそこなわれたのだ。頭も痛かった。転倒したせいで、頭が混乱しているのだろう。

アリ・マジークは、自分の身に何が起きたのか、記憶を呼び覚まそうとするのをあきらめた。

ここはどこなのか、どうやったら逃げ出せるのか、それに意識を集中する。

細目を開けると、椅子に座っている――縛りつけられているのがわかった。ここは石壁に囲まれた直径六、七メートルくらいの円筒形の空間らしく、天井はない。頭上には何もない薄暗がりが広がっているだけで、そのほのかな光が室内を照らしている。床はやはり石敷で、あばた状の小さなくぼみがあって傷だらけだ。

この空間は見たことのある何かに似ている。

何だ？　何だった？

記憶が一つ、心の奥の暗がりからこぼれ出た。遠足で行ったトリポリの博物館の記憶だ――古代カルタゴの殉教者が葬られた地下墓所。

また一つ、もっと最近の記憶が脳裏に閃いた。冷たい水を飲み、オリーブを食べ、酸味の強いお茶を飲んだ記憶。お茶は、カプチーノマシンのスチーマーから噴き出す熱湯を使ったせいで、パイプに残っていたミルクが混じっていた。

誰かと一緒だったのか？

次に思い出せるのはバス停留所だ。バス停留所で何かが起きた。

いまいるのはどの国だろう。リビアか？

違う。リビアではないだろう。

だが、ここは間違いなく地下墓所だ……

静かだった。聞こえるのは、室内のどこかで水がしたたっている音だけだ。

口に布きれが押しこまれ、そのうえからテープでふさがれていた。それでも助けてくれと叫んでみた――アラビア語で。ここがリビアではなく、別の言語を話す土地だったとしても、声の調子で意図は伝わって、誰かが救助に駆けつけてくるだろう。

しかし猿ぐつわは強力で、声らしい声はまるで出せなかった。

気道にふいに圧力を感じて、アリはぎくりとして息をのんだ。いまのは何だ？　周囲はよく見えず、手も使えなかったが、首を左右にひねり、感触を頼りに考えた。どうやら細い寄り紐のようなものでできた輪を首にかけられているらしい。その輪がたったいま、ほんの少しだけきつくなったのだ。

上を見る。右を見る。

あれか――彼を殺すための装置があった。

首にかけられた紐は、まず上に伸び、壁に刺した棒を経由してまた別の棒に伸びて、そこから下ってバケツまで続いている。バケツは錆びた古いパイプの真下にあって、パイプの先から水滴がしたたっていた。

まさか、そんな！　神よ、どうかご加護を！

音の源、その理由がわかった。水のしずくはゆっくりとバケツを満たしていく。バケツが重くなるにつれて、首吊り縄が引っ張られてきつくなる。

バケツの大きさからすると、五、六リットルは入りそうだ。重量で言うと何キロになるのか、アリにはわからない。しかしこのおぞましい仕掛けを作った人物は知っていたのだろう。そしてその人物は——神のみぞ知る理由から——バケツがまもなく、アリを窒息死させるに充分な重量になると計算してこの仕掛けを作ったのだ。

ああ、待てよ！　いま、足音が聞こえなかったか。

呼吸が落ち着くのを待って、耳を澄ました。

誰かに彼の声が届いたのだろうか。

だが、違ったようだ。聞こえるのは、ぽたり、ぽたり、ぽたり、古びたパイプからしたたった水滴がバケツに落ちる音だけだった。

首吊り縄がまた上に引っ張られた。助けを求めるアリ・マジークのくぐもった声は、彼の地下墓所に頼りなく反響した。

16

「あれ？　違反切符を切られるだろうと覚悟してたんですがね」トムの端整な顔に怪訝(けげん)そうな表情が浮かんだ。

ライムら三人は国家警察(クエストゥーラ)ナポリ本部を出たところだった。トムは、あらかじめネットでレンタル予約し、数時間前にナポリ空港で受け取ったバリアフリー仕様のバンを見つめていた。メルセデスベンツ・スプリンターを改造した傷だらけ、埃だらけのバンは、駐車スペースに、というより歩道の上に駐まっている。ナポリ本部周辺で空いていたスペースはここ一つだけだった。

サックスは猛スピードで車が行き交うカオスのような通りを見回して言った。「ナポリは駐車違反にやかましい街ではないみたいね。マンハッタンももうちょっと寛容になってくれるとありがたいんだけど」

「ここで待っていてください。車を回しますから」

「待て、その前に何か飲みたい」

「アルコールの飲みすぎは体に障りますよ。飛行機の旅の直後でしょう。ほら、与圧の関係で」

与圧が悪影響を及ぼすという懸念は、完全な作り話に違いないとライムは思っている。たしかに、四肢麻痺患者は障害を持たない人々に比べれば刺激に敏感だから、身体的なストレスが深刻なトラブルにつながることはあるだろう。神経系が混乱し、同時に心循環系も不調を来した場合、即座に適切な処置を行なわなければ、血圧が天井知らずで急上昇し、脳卒中、神経の損傷範囲の拡大、場合によっては死を招きかねない。飛行機の客室の与圧が原因でその症状——自律神経過反射——が誘発されることもあるが、アルコールの摂取でそのリスクが高まるという理屈は、酒を控えさせたいがための見え透いた計略だろう。

――と、ライムは言った。

するとトムが応酬した。「ある研究論文にリスクが高まると書いてありました」

「いずれにせよ、私が何か飲みたいと言ったのは、コーヒーのことだ。第一、急ぐことはないだろう。飛行機はいまごろロンドンだ。アムステルダムに送り届ける証人を迎えに行っている。いきなり回れ右をして、私たちをアメリカまで運ぶというわけにはいかない。今夜はナポリに泊まるしかないだろう」

「ホテルに帰りましょう。何か飲むのはまたあとに。ワインを一杯とか。小さなグラスで」

トムが見つけた海辺のホテルに、寝室二つのスイートルームを予約していた。「バリアフリーかつロマンチックな宿ですよ」予約を入れたあとトムはそう説明し、ライムはうんざり顔で白目をむいてみせた。

通りを見回しながら、ライムは言った。「コーヒーくらい、かまわないだろう。疲れたことは事実だからな。見ろ。すぐそこにカフェがある」ライムはメディナ通りの反対側を顎で指した。

サックスは、濡れたように輝くボディをした車高の低いスポーツカーが野太いエンジン音を残して通り過ぎるのを目で追った。ライムにはメーカーも車種も馬力もわからない。しかしサックスの目を引きつけたということは、よほどの車なのだろう。まもなくサックスはライムに向き直ると、不機嫌な声で言った。「まるで子供の喧嘩よね。事件を取り合っちゃって」

ライムはにやりとした。サックスはまだ事件のことを考え続けているのだ。

サックスが続けた。「アメリカでは、ＦＢＩと州が事件を取り合う。ここでは、イタリアとアメリカの取り合い。世界中どこに行っても同じみたい。つきあってられないわよ、ライム」

「ああ、つきあい切れんな」

「あなたはそこまで気にしてないみたいだけど」

「まあな」

サックスは振り向いて国家警察ナポリ本部を見上げた。「犯人を止めなくちゃいけないのに。まったく。でも、ニューヨークからでも協力はできるわよね。帰ったらすぐロッシに電話する。話せばわかる人のようだから。少なくとも、もう一人よりは話が通じそう。あの検事よりはね」

ライムは言った。「私はあの名前が気に入ったよ。ダンテ・スピロ。さて、コーヒーでも飲もう」

ペストリーとジェラートの専門店らしきカフェに向かいながら、トムがライムに釘を刺した。「疲れてるんですから、ティラミスを食べましょう。甘いデザートですよ。イタリア語で〝私を元気にして〟という意味です。イギリスのお茶の時間みたいなものですね。午後にエネルギーを補ってくれるわけだから。ところで、イタリアの〝コーヒー〟は、アメリカで言えば〝エスプレッソ〟ですから、忘れないように。あとはカプチーノとラテとアメリカーノあたりが定番です。アメリカーノを頼むと、お湯で薄めたエスプレッソが大きなカップで出てきます」

三人は屋外のテーブルに案内された。歩道とテラス席を仕切る金属の柵に近いテーブルだった。柵には手書きのバナーが下がっていた。新品のときはおそらく赤だったのだろうが、いまは色褪せてピンク色になっていて、そこに〈チンザノ〉の文字が並んでいる。

黒っぽい色のスカートと白いブラウスという出で立ちの、さばさばした雰囲気の二十代なかばと思しきウェイトレスが来て、あやしげな英語で注文を取った。

サックスとトムはカプチーノを注文した。トムはバニラ味のジェラートも頼んだ。ウェイトレスに目で促されて、ライムは言った。「ペル・ファヴォーレ、ウナ・グラッパ・グランデ」

「シ」

トムが抗議する間もなくウェイトレスは行ってしまった。サックスは笑った。トムがぶつぶつ言った。「やられたな。ここはアイスクリーム・パーラーです。まさかお酒を置いてるなんて、誰も思いませんよね」

ライムは言った。「この国が気に入ったよ」

「どこでイタリア語を覚えたんです？　グラッパなんて、どうして知ってるんです？」

「フローマーのイタリア旅行ガイド」ライムは答えた。「飛行機での移動時間を私は有効活用したからな。きみは寝ていたようだが」

「本来ならあなたも休んでおくべきでした」

飲み物が運ばれてきて、ライムは右手でグラスを持ち上げると、一口飲んだ。「ふむ……未体験の味わいだな。慣れると癖になりそうだ」

トムがグラスに手を伸ばす。「好みじゃないなら……」

ライムはグラスをトムから遠ざけた。「せっかくだから全部味わいたいね」

たまたま近くを通りかかったウェイトレスにもそのやりとりが聞こえたらしい。「うちのグラッパ、あんまりおいしくないかも」申し訳なさそうな口ぶりだった。「もっと大きなレストランに行くと、うちよりおいしいグラッパが飲めますよ。ぶどうのブランデー（ディスティッラート）も。グラッパに似たお酒。ぜひ両方試してみて。おいしいのは、ピエモンテ州バローロ、またはヴェネトのもの。イタリアの北部です。個人的な意見だけど。お客さんたち、どこから？」

「ニューヨーク」

「ニューヨーク！」ウェイトレスは目を輝かせた。「マンハッタン？」

「そうです」サックスが言った。

「いつか行きます。ディズニーには、家族と行ったことがあります。フロリダの。いつかニューヨークにも行きます。ロックフェラー・センターでアイススケートがしたい。

一年中いつでもスケートはできますか」

「冬のあいだだけです」トムが答えた。

「あら知らなかった（アッローラ）。ありがとう！」

ライムはグラッパをまた口に含んだ。最初の一口よりまろやかに感じたが、もっとうまいというほかのグラッパもぜひ試してみなくてはと思った。ライムの視線は、少し前までいた場所――国家警察（クエストゥーラ）ナポリ本部に注がれていた。グラッパをごくりと飲み下し、また次の一口を味わった。

ジェラートとコーヒーをいたく気に入った様子のトムが、怪しむような目をライムに向けた。「さっきより顔色がいいですね。疲れた感じが消えてます」

「やはりか。奇跡だな」

「ただし、何か焦れったいことがあるんでしょう」

そのとおりだった。

「何に――」

「それだよ」ライムは言った。ちょうどサックスの電話が鳴り出したところだった。

サックスが眉をひそめる。「非通知の番号から」

「いいから出ろ。発信者はわかりきっている」

「誰よ？」

「スピーカーフォンにしてくれ」

サックスは画面をタップした。「もしもし？」

「サックス刑事ですか」

「そうです」

「よかった、よかった。マッシモ・ロッシです」

「精算だ」ライムはトムに言い、グラッパを飲み干した。

「ライム警部もそちらに？」ロッシが確かめた。

「いますよ、ロッシ警部」

「まだ近くにいらっしゃるといいんですが」

「通りの向かいのカフェにいる。グラッパを味わっていたところでね」

短い沈黙があった。「実はですね、コンポーザーが動画を投稿したんです。おっしゃるとおりでした。ＹｏｕＶｉｄではなく、ＮｏｗＣｈａｔにアップロードされました」

「いつ？」ライムは訊いた。

「タイムスタンプによれば、二十分前」

「なるほど」

ロッシが続けた。「頼みます、ライム警部。あなたは回りくどい駆け引きをするタイプではないとお見受けしました。ええ、違うはずです。スピロ検事とも話しましたが、控えめに言っても、私たちはあなたの推測に感服しています」

「推測ではない。推論だ」

「あっと、失礼しました。で(アッローラ)、ぜひ意見を交換できないかと思いまして。その、いまもお気持ちに変わりがなければ――」

「五分で行く」

17

ライムの要望で――というより、要求で――捜査司令室は上階の一室から、科学警察のラボに隣接する地下の大きな会議室に移された。

ラボは効率的な造りになっていた。微細証拠を選り分けて分析するための無菌区域と別に、指紋やタイヤ痕、靴跡など、汚染にさほど神経質にならずにすむサンプルを分析するためのやや広い区域が設けられている。捜査司令室が置かれる会議室は、後者の区域とつながっていた。

ライムとサックスとトムのほかに、ロッシ警部やひょろりと背の高いエルコレ・ベネッリも会議室にいた。

さらに制服警官も二人いる。エルコレが着ている明るい灰色の制服ではなく、紺色の制服を着た若い警邏課員で、ジャコモ・シラーと、そのパートナーと思しきダニエラ・

カントンだ。二人とも金髪で――ダニエラの髪色のほうがやや暗い――生真面目な表情でロッシ警部の指示を待っている。ロッシは孫を相手にするように二人に接した。話しかける口調は優しい半面、相手を従わせる威厳も持っている。ロッシの説明によれば、二人は〝ナポリ遊撃隊〟に所属している。ニューヨーク市警で言えば、いわゆる〝RMP〟、無線通信設備を積載したパトロールカーで街を巡回し、事件発生の一報が入れば現場に急行するパトロール警官に該当するだろう。

ライムは尋ねた。「ダンテ・スピロは？」

「プロクラトーレ・スピロは、ほかの事件も担当しています」

つまり、あの気むずかし屋の検事は、ライムたちを呼び戻すことにはしぶしぶ同意したものの、自分は接点を持たずにすませようとしているのだろう。それでも別にかまわない。ライムに言わせれば、地方検事が捜査に積極的に関与するイタリアの制度は疑問だった。おそらく利害の衝突には当たらないのだろう。それに、スピロは有能な人物と見えた。ライムが抱いている忌避感を要約する常套句(じょうとうく)が思い浮かんだ――〝料理人が多すぎるとスープがだいなしになる〟。

エルコレはイーゼルを並べて一覧表を広げ、イタリア語を英語に翻訳しながら書き直していた。ラボとの出入口に、ぽっちゃり体型の生真面目なベアトリーチェ・レンツァが立って、あれこれ助言していた。

〝Beatrice〟という同じ綴りでも、イタリアでは〝ベアトリーチェ〟と読むらしい。イタリア語の発音に慣れるにはしばらくかかりそうだが、味気ない英語読みの〝ベアトリス〟より、音楽的で美しく聞こえる。

ベアトリーチェは歯切れのよい早口のイタリア語でエルコレに何か言い、エルコレはむっつりとした表情で何か言い返した。書き写している情報の翻訳について、あるいは証拠物件の解釈について、反対意見を述べたらしい。手のこんだデザインの眼鏡をかけたベアトリーチェはあきれ顔で天井を見上げ、会議室に入ってくると、エルコレの手からマーカーを奪い取って書き直した。

まるで口やかましい女教師だなとライムは心中でつぶやいた。口やかましさでは自分も負けていないとも思った。ベアトリーチェの仕事ぶりには感心していた。証拠の抽出スキルも大したものだ。微細証拠の分析は見事だった。

ダニエラとジャコモが大型ノートパソコンの設定を終えた。ダニエラがうなずくのを待って、ロッシがライムに言った。「投稿された動画です」

ジャコモがキーボードを叩き、画面が明るくなった。

軽いアクセントのある英語でダニエラが言った。「投稿サイト側はすでに動画を削除しています。露骨な暴力を含む動画は投稿できないという規定があるからです。イタリアでは、そういった動画の投稿は刑法に抵触する場合があります。投稿サイトに要請して、問題の動画のコピーを送ってもらいました」

「投稿ページに視聴者からのコメントはつきましたか」サックスが尋ねた。「動画について」

ロッシが答えた。「ええ、こちらも同じことを考えて期待しました。コンポーザーがコメントに返事をすれば、そこから手がかりを得られるかもしれないとね。しかし、いまのところ反応はありません。動画投稿サイトは、動画そのものは削除しましたが、こちらの要請に応じてページ自体は削除せずにいます。ジャコモがコメントを監視していますが、コンポーザーは沈黙を保っています」

ジャコモ・シラーが苦々しげな笑いを漏らした。「嘆かわしい話ですよ。コメントの大部分は、動画が削除されたことに腹を立てた人々からのものです。みんな人が死ぬところが見たいらしいですよ」そう言って画面に顎をしゃくった。「これです」

一同はそろって画面を凝視した。

薄暗い部屋が映し出された。壁は濡れているらしく、点々とカビが生えている。猿ぐつわを嚙まされた被害者――痩せた体つき、浅黒い肌、山羊鬚の男性――が椅子に座っていた。細い首吊り縄が首にかけられている。今度もまた楽器用の弦で作られた縄は、上に伸びて画面の外に消えていた。ぴんと張ってはいない。男性の意識はなく、ゆっくりとした呼吸を繰り返している。ニューヨークの事件で投稿された動画と同様に、入っている音はキーボードで演奏された音楽だけだ。カシオのキーボードを買い直したか、似たような楽器で演奏したのだろう。

今回の音楽もワルツだ。前回と同じく、三拍子の一拍目が男性が息を吸いこむ音になっていて、画像が暗くなるのに合わせ、音楽のテンポと呼吸音もゆっくりになっていった。

「ひどいな（クリスト）」すでに少なくとも一度は同じ動画を見ているだろうに、エルコレがそうつぶやき、ダニエラのほうを見た。ダニエラは平然と画面を見つめていた。エルコレは咳払いをして、冷静な顔を装った。

耳にしたことのある曲だが、タイトルが思い浮かばない。ライムは、この曲は何だったかと尋ねた。

その場の全員が驚いた顔をした。答えたのはトムだった。「『花のワルツ』ですよ。『くるみ割り人形』の」

「そうか」ライムはジャズならときおり聴く。数学的な絶対性を持つ音楽作品にアドリブ演奏が解け合う様に魅力を感じるからだ（ライムが科学捜査に取り組む流儀に通じるものがある）。しかし音楽を含めたアート全般は、リンカーン・ライムにとって、総じて時間の無駄でしかない。

壁か天井から砂か小石が落ちて、被害者が身動きをしたが、目は覚まさなかった。映像はさらに暗くなり、音楽はいっそうテンポを落とした。ついに画面が真っ暗になって音楽も途切れた。

入れ違いに、あの忌々しいコピーライト表記が現れた。

ライムは尋ねた。「メタデータは？」写真や動画に埋めこまれるデータ本体に関する付帯情報のことだ——カメラの型番、焦点距離、撮影日時、シャッター速度や絞り。場合によってはGPSの位置情報まで含まれていることもある。ニューヨークの動画では位置情報は削除されていたが、今回はコンポーザーが削除しそこねているかもしれない。

ロッシが答えた。「何もついていませんでした。郵便警察は、リエンコードされていて、メタデータはすべて削除されているとか」

「郵便警察？」

「うちの通信関係を扱う部門です」

ロッシは暗転した画面をしばし見つめた。「どのくらい時間が残されていると思いますか」

ライムは首を振った。どう答えても当てずっぽうにしかならない。考えるだけ無駄だ。

サックスが考えこむように言った。「絞首の仕組みはどうなってるのかしら。カメラに写っていないところに、首吊り縄を引く仕掛けがあるということよね。おもりか何か」

動画をもう一度再生したが、手がかりは見つからなかった。

「先へ進みましょう。知恵を絞ってこのパズルを解くしかない。ライム警部——」

「さっき話した推論をどこから引き出したか？」

「そうです。そこから始めましょう」

英語に翻訳された一覧表のほうに一つうなずいて、ライムは言った。「もちろん、微細証拠からだよ。まず、プロピレングリコールとの組み合わせで見つかった物質は、シェービングクリームだ。そこに血が混じっているわけだから、容疑者はひげ剃りをしていて肌を切ってしまったと考えるのが合理的だろう。外見の印象をできるかぎり変えるために、頭髪と鬚をそり落とした。イタリアでは丸坊主は人気のヘアスタイルのようだね。

　次に、インドール、スカトール、チオール。これは糞便だ」一覧表をまた一瞥する。「クソだよ。そこに紙繊維が混じっている。人間の大便でしかありえない。ほかに尻を拭く動物は知らないからな。古い大便だ。かなり古くて、からからに乾燥している。これは写真を見ればわかる――複数のタイプのものが混在していることも見て取れる。色や質感が違うだろう。それを考えに入れると、近くに下水道があるようだ。おそらくしばらく使われたことのない下水道だ。

　動物の毛はネズミのものだ。抜け落ちたのは、かきむしったからだろう。つまり、皮膚病にかかっている。バルトネラ菌が原因だ。このエリザベサエという株は、通常ネズミに感染する。ネズミと下水道の組み合わせは、まあ、どこにでもあるだろうが、小さな町より都会に多い。つまり監禁場所は都市部だ」

「すばらしい（ベーネ）」ベアトリーチェ・レンツァが言った。

「鉄の削りかすは、コンポーザーはその場所に侵入するのに錠前か鎖を切断したことを示している。いまどき、鉄はあまり使わない。錠前のほとんどはスチール製だ。つまり、古いものだろうということになる。片面だけが錆びていることから――そこの写真を見ればわかる――切断されたのは最近だ」

ロッシが言った。「過去には出入りができた場所だとおっしゃいましたね」

「言った。その根拠はゴムだ」

「ゴム？」エルコレが訊いた。ライムの一言ひとことを記憶に刻みつけようとしているような顔をしていた。

「ほかに加硫処理するものがあるかね？　半透明で、変質しかけた切れ端。加硫処理されたゴム」

うなずいたのはベアトリーチェだった。「古いコンドーム。そうですね？」

「そのとおりだ。ロマンチックな逢い引きの場所とはお世辞にも言えない。ネズミがうろうろしていて、下水道が近くを通っているのだから。しかし、街娼にとっては理想的だ」ライムは肩をすくめた。「少々飛躍した推論だな。しかし、人ひとりが首を絞められ、いまにも命を奪われようとしている。弱気になっている時間はない。というわけで、いまの推論を手がかりに、被害者の監禁場所に心当たりはないか？　ナポリの地下に、条件に当てはまる場所はあるかね？　むろん、人のいない場所だ」

ロッシが言った。「人のいない場所はほとんどありませんね。ナポリはどこもかしこも人だらけだ」

ベアトリーチェが言った。「イタリアのどの都市よりも地下道や地下通路が多い街でもあります。ヨーロッパのどこよりも、かもしれない。延べ何キロもあります」

エルコレが異議を唱えた。「でも、人気(ひとけ)のない地域から入れる地下通路はそうないでしょう」

ベアトリーチェが小さな声で反論した。「そんなことない、たくさんあるわよ。数を絞りこむにはもっと条件が必要ね」

ライムは言った。「地図。地下の構造がわかる地図が何かあるはずだ」

「古地図」ダニエラが提案した。

エルコレがダニエラに微笑みかけた。「それです。図書館か大学か、歴史研究団体にあるはずです」

ライムはエルコレのほうを向いて眉を吊り上げた。

エルコレが口ごもりながら言った。「間違ってましたか。思いついたことを言ってみただけなんですが」

ロッシが言った。「いや、エルコレ、ライム警部はきみの思いつきに異論を唱えているのではなく――誰にでも考えつくことではあるが、着眼点は悪くない――そういった地図をさっさと捜してこいとおっしゃりたいんだろう」

「ああ、そうか、はい、わかりました」

サックスが言った。「ネット検索してみて。『ダ・ヴィンチ・コード』みたいに、街中の図書館を一つずつ当たってる時間はないから」

『ダ・ヴィンチ・コード』というのは小説のタイトルだろうとライムは推測した。あるいは映画か。

サックスがベアトリーチェに尋ねた。「ナポリには地下道がたくさんあると言ったわね。旅行客向けのツアーはある？」

「あります」ベアトリーチェが答えた。「姉の子供たちと、よくそういうツアーに行っています。何度か――三度行きました」

「エルコレ」ライムは言った。「地下道ツアーのルート図もすべてダウンロードしてくれ」

「はい、すぐにやります。目当ての通路を絞りこむのに、ツアーのルートはまず除外できるからですよね。観光客がたくさん来る場所は、当然、避けるはずだから」

「地理を頭に入れたい。ナポリ市街の地図はないか。地図がいる」

ロッシがダニエラに何か指示し、ダニエラはいったん会議室を出て行ったが、間もなく大きな折りたたみ地図を持って戻ってきて、壁にテープで貼った。

「どうだ、エルコレ、必要な地図は見つかったか」

「えーと……ナポリにはものすごい数の地下道があります。知りませんでしたよ、これほど――コメ・シ・ディーチェ？――広範囲に地下道が延びていたなんて」

「だから言ったでしょ」ベアトリーチェがエルコレに言った。

「矛盾しているものもあります。一つの地図には載ってますが、別のを見ると、載っていません」

「一部は埋められているんだろうな。新しい何かを建設するときに」ロッシが言った。それからライムやサックス、トムに向かって説明した。「イタリアならではの困った問題でしてね。不動産業者がオフィスビルやアパートを建てようとして地面を掘ると、ローマや――ナポリではとくに――ギリシャの遺跡が出てきて、建設計画が頓挫する」

「とりあえず足がかりになりそうなものを探してくれないか、エルコレ。時間がない」

「何件か見つかりました。可能性のありそうな地下通路、古い建造物、穀物貯蔵庫。洞窟も」エルコレは顔を上げてダニエラに尋ねた。「印刷するにはどうしたら？」

「貸して」ダニエラがキーボードのほうに身を乗り出し、キーを叩いた。会議室の隅に設置されたヒューレットパッカードのプリンターが目を覚ましたように動き出す。なぜ意外に感じるのだろう――ライムは首をかしげた。彼はいま古式豊かな街で、古地図を調べている。それとワイヤレスルーター経由のプリントアウトがなんとなくそぐわないように思えるからだろう。

サックスがプリントアウトをトレーから取り、ダニエラに渡した。ライムは指示を出した。「地図に地下通路を描きこんでくれ」

「トゥッティ？――ええと、全部ですか？」

「ああ、全部頼む。煉瓦の壁でふさがれているのが明らかな箇所を除いて」

迷いのない手ですばやくペンを動かして、ダニエラは地下通路網のあらましを地図に描き入れた。

ライムは次の指示をした。「そこに公共建造物を加えてくれ。下水道だ。ただし古いものだけ、古地図に載っているものだけだ。見つかった人糞は古びていたからね。埋め込み型の水路ははずしてくれ。開放型の水路だけでいい。コンポーザーは微細証拠を踏みつけている」

エルコレが新たな検索を開始した。見つかった地図は不完全ではあったが、十八世紀から十九世紀に使われていた下水路がいくつか描かれていた。ダニエラがその情報を地図に反映する。

「よし、今度は旅行者向けツアーのルートを除外しよう」ライムは言った。

エルコレは〈ナポリ地下街ツアー——歴史を目近に観察しましょう！〉をはじめ、いくつかのウェブサイトから集めた情報をプリントアウトした。ダニエラがそれと地図を照合し、これまでに見つけた地下道や下水道と重なっているところがあれば、除外した。

それでもまだ、被害者を監禁できそうな場所の候補は、何キロメートル分も残っていた。

ロッシが言った。「街娼がいたエリア。そうおっしゃってましたね」ロッシはジャコモに視線を向けた。ジャコモは地図を眺め渡してから言った。「アメリカの警察で言えば風俗取締班（ヴァイス・スクワッド）にいたころ、街頭で商売をしている男女が多い地域をパトロールしたことがあります。スペイン地区、ガリバルディ広場、ウンベルト一世大通り、ジャントゥルコ、テッキオ広場──スタディオ・サンパオロ、テッラチーナ通り、フォリグロッタ、アニャーノ、ルッチ通り。いま挙げた界隈は、いまも商売が盛んです。また、ドミツィアーナ通り──現在のドミティアーナ通りの周辺、ナポリ北部から西部にかけては、かつて売春地区として有名でしたし、いまもそのままです。しかし、人口密集地域ですし、住人のほとんどは移民です。コンポーザーがそこに被害者を連れて行くとは考えにくいでしょうね。しかも周辺に地下道がありません」

ライムは言った。「最初に列挙した界隈に印をつけてもらえないか」

ジャコモはダニエラからマーカーを受け取り、地図に丸印をつけた。

候補の地下通路や地下空間は二十数カ所まで絞りこまれた。

「もともと何に使われてたのかしら」サックスが尋ねた。

ロッシが答えた。「ローマ時代の道路や路地、歩道ですね。後の時代にその上に建物が造られた。あとは、混雑した通りを避けて商品を流通させるためのトンネル。貯水池や送水路。穀物倉庫」

「送水路？」

「そうです。古代ローマ人は、世界でもっとも優れた送水インフラを建設しました」

それを聞いて、ライムは大きな声で言った。「ベアトリーチェ。石灰岩と鉛が見つかっていたね？」

ベアトリーチェはその英語が理解できず、エルコレが通訳した。

「シ。はい、見つけました。そこ。そこにあります」

「ローマ時代の送水路は石灰岩で造られていたかな」

「ええ、石灰岩でした。そして、お考えを推測するにパイプ……水を送る管、水を噴水や家庭や建物に送っていた管は、鉛でできていました。いまはもちろん、健康上の理由で別の素材に置き換えられてますけど」

「エルコレ。ローマ時代の水道配管図を探してくれ」

該当する文書は歴史資料のなかからすぐに見つかった。

エルコレは印刷してダニエラに渡し、それを指さしながら言った。「いま残っているエリアに、ローマ時代の貯水槽が十箇所ありますね。大きな井戸やサイロみたいな筒型をしています。そこに貯めた水は、送水路経由で北や西から都市部に運ばれていた。二十メートルかける二十メートルくらいの大きな公営貯水槽もあれば、もっとせまい範囲や個々の家庭に水を供給するためのずっと小さなものもあります。水槽システムが近代化して、ポンプ場も造られるようになると、貯水槽のほとんどは倉庫や貯蔵室に造り替えられました。壁に穴を開けて、ドアや窓が取り付けられています」

ダニエラが該当箇所に印をつけた。

ライムは言った。「投稿された動画をもう一度見せてくれ」

画面に映像が流れ始めた。「壁を見ろ。石の壁だな。これは貯水槽か？」

「かもしれません」エルコレは肩をすくめた。「切り出した石を積んだ壁ですね。水の染みらしきものが見える。転用された貯水槽なら、壁に出入口が造られているはずです。あ、見てください。あの影。出入口がありそうですよ」

サックスが言った。「残った候補は九箇所か十箇所よね。全部を捜索することはできる？　百名規模の捜索は可能？」

ロッシが困ったような顔をした。「そうしたいところですが、そこまでの人員は確保できません」イタリアおよびヨーロッパで新たなテロが計画されているという情報が入り、テロ対策部門以外の人員も駆り出されてしまっているのだという。

ライムはもう一度動画を再生させた。石の壁、首吊り縄、意識のない被害者、ゆっくりと上下を繰り返す被害者の胸、ときおり落ちてくる砂――

「そうか。そういうことか」ライムはささやくような声で言った。それでもそこに居合わせた全員が即座に振り向いた。ライムは顔をしかめた。「思いつかなかったな。最初からずっと見えていたのに」

「何、ライム？」

「壁から落ちてくる砂や小石だ」

サックスとエルコレが同時に叫んだ。サックスが――「地下鉄（サブウェイ）！」。エルコレは――「レーテ・メトロポリターナ！」

エルコレはノートパソコンに地下鉄路線図を呼び出した。ダニエラがそれを見ながら地図に線路を描き入れていった。

「そこだ！」ロッシが大きな声で言った。「そこの貯水槽。小さなやつ」

送水路の一本の行き止まりにある、六メートルかける六メートルほどの空間だった。マルゲリータ通りに面した広場から伸びる路地に沿って通っている地下道から出入りできる。

ジャコモが言った。「この界隈なら知っています。その貯水槽は古い廃ビルの下にあります。地下通路も、昔、街娼が商売に使っていたものかもしれません」

「廃ビルか」ライムは言った。「入口はチェーンと南京錠でふさがれていたとしてもおかしくないな。コンポーザーはそれを切断して侵入したわけだ。錆と金属の薄片の由来はそれだろう」

「SCOに連絡しよう」ロッシが言った。

ダニエラが解説した。「治安作戦中央部隊（セルヴィーツィオ・チエントラーレ・オペラティーヴォ）。国家警察のSWAT隊です」

ロッシは電話を取って険しい調子で指示を伝えたあと、通話を終えた。「本部がいま戦術チームを招集している」

サックスがライムの視線をとらえた。ライムはうなずいた。

「ここまではどのくらいの距離？」サックスは地図上のダニエラが赤い丸印をつけた建物の入口を指さした。

「このクエストゥーラからなら、二キロか三キロ」

「私が行くわ」サックスがきっぱりと言った。

わずかにためらったあと、ロッシが応じた。「いいでしょう」それからジャコモとダニエラのほうを向き、イタリア語で短いやりとりを交わした。

ロッシが英語で説明した。「この二人の車はほかの者が使っているそうだ。エルコレ、きみがサックス刑事を車で送ってくれ」

「僕が？」

「そうだ、きみがだ」

二人がさっそく出発しようとしたところで、ライムは言った。「サックスに銃を渡してやってくれないか」

「え？」ロッシが訊き返す。

「丸腰で戦術作戦に参加させるわけにはいかない」

「しかし、そんな前例はありません」

私たちは例外を認めるのをあまり好みません……

「ニューヨーク市警の刑事だ。しかも射撃に関しては競技会に出場するほどの腕前だ」

ロッシは無言でその要請を検討した。それから言った。「アメリカと取り決めがあるかどうかは知りませんが、フランスから容疑者を追ってきた刑事がカンパニア州内で銃を携帯するのを許可した例がある。その例にならうことにしよう」いったん部屋を出て行き、プラスチックの拳銃ケースを手に戻ってきた。ケースの番号を書類に書きこんでから、蓋を開けた。「これは――」

「ベレッタ96ですね」サックスが言った。「A1。四〇口径」拳銃を手に取り、銃口を下に向けてスライドを軽く引き、弾が入っていないことを確認した。やはりロッシが持ってきていた黒いマガジンを二つと弾丸の箱一つを受け取った。

「ここにサインを。〈階級〉と〈所属〉の欄——ことここ——には、読めない字を適当に書いて。ただし、お願いしますよ、サックス刑事。どうしても避けられない場合はともかく、誰も射殺せずにすませてください」

「努力します」

サックスはロッシが指さした欄に適当な文字を走り書きし、マガジンを挿入してスライドを動かしてチャンバーに弾を装填(そうてん)した。セーフティがオンになっていることを確認してから銃をウェストバンドの腰のあたりに差し、急ぎ足で出口に向かった。

エルコレはダニエラを見て、次にロッシを見た。「僕も——？」

ライムは言った。「行け！　とにかく行くんだ」

18

「これ？」国家警察ナポリ本部(クエストゥーラ)から通りに走り出たところで、アメリア・サックスは訊いた。「これがあなたの車？」

「そうですそうです」エルコレはルノー・メガーヌという四角張った小型車のかたわらに立った。水色のボディは埃をかぶり、へこみができていた。エルコレはサックスのいる側に回ってドアを開けようとした。

「いいから」サックスは手を振って追い払った。「行きましょう」

エルコレが運転席に乗りこみ、サックスは助手席に収まった。

「すみません、こんな車で」エルコレは悲しげな笑みを浮かべた。「遊撃隊にはランボルギーニが二台もあるんですよ。一台は何年か前に事故に巻きこまれたらしくて、いまもまだ二台そろってるのかどうかわかりませんけど。ふつうのパトロールカーと同じカラーリングですよ。なんだか──」

「話はまたあとで」

「そうでした」

エルコレはエンジンをかけた。ギアを一速に入れ、左にウィンカーを出して、肩越しに後方を確認し、車の流れが途切れるのを待つ。

サックスは言った。「運転、替わって」

「はい？」

サックスはギアをニュートラルに戻してハンドブレーキを引き、助手席から降りた。

エルコレが言った。「だけど、あの、免許は持ってるんですか。何か書類に記入しなくちゃいけないと思うんです。だってほら——」

そのときにはサックスはもう車の左側に回って運転席のドアを開けていた。エルコレは車を降りた。サックスが言った。「道案内をお願い」エルコレは小走りに助手席側に回った。サックスは運転席に座った。シートの位置を直す必要はなかった。エルコレのほうが背が高く、シートは目いっぱい後ろまで下げてあった。

サックスはエルコレを一瞥して言った。「シートベルト」

「この国じゃ誰も締めませんよ」含み笑い。「違反切符だって誰も切らないし」

「いいから締めて」

「わかりましたよ。締めま——」

かちりという音が聞こえた瞬間、サックスはギアを一速に叩きこみ、アクセルペダルをぐいと踏みこむと同時にクラッチをつないで、車の流れに生じたほんの小さな隙間に車を割りこませた。後続の一台は大きくハンドルを切り、別の一台はブレーキをかけた。二台ともクラクションを鳴らす。サックスは振り返ることさえしなかった。

「マンマミーア」エルコレがかすれた声を出す。

「どっち？」

「この道をまっすぐ。一キロくらい」

「ライトはどこ？」

「これです」エルコレはスイッチの一つを指さした。ヘッドライトのスイッチだ。

「ヘッドライトじゃなくて、フラッシャー。イタリアにも青い回転灯(フラッシャー)はあるんでしょう？」

「青いフラッシャー？　ああ、回転灯ですね。いや、この車には──」エルコレはひっと息をのんだ。サックスがトラックとオートバイ三台の隙間に強引に割りこんだからだ。

「これは僕の個人所有の車ですから」

「そうなのね。で、馬力は？　八十くらい？」

エルコレが言った。「いやいや、百近くあります。百十だったかな」

百馬力。胸が高鳴っちゃうわよね──サックスは胸のうちで皮肉をつぶやいたが、口には出さなかった。アメリア・サックスは、他人が自分の車に抱いている幻想を打ち壊すようなことは決してしない。

「私物の車には回転灯を積んでおかないの？」

「国家警察の職員なら積んでるかもしれません。ロッシ警部とか、ダニエラとか。だけどほら、僕の所属は森林警備隊ですから。森林警備隊員はふつう積んでいませんね。少なくとも僕の同僚は誰も積んでません。あ、少し先で曲がります」

「どの通りをどっちに？」

「左です。次の交差点。言うのが遅すぎました。すみません。いまからじゃ間に合わない」

サックスは強引に間に合わせた。

二速でギアを鳴らしながら直角に曲がる。エルコレは悲鳴をのみこんだ。

「次はどこでどっちに曲がる？」

「五百メートルくらい先を右。レティツィア通りです」

サックスはたちまち時速八十キロまでスピードを上げ、四車線の道幅いっぱいを使って車のあいだを縫うように走った。

「国家警察は弁済してくれる？」

「ガソリン代を数ユーロ払ってくれるだけです。書類を書いてる時間のほうがもったいない」

トランスミッションの修理代を国家警察がもってくれるだろうかという意味で訊いたのだが、その件は持ち出さないほうが無難かもしれないとサックスは思い直した。第一、たかだか百馬力のエンジンだ。トランスミッションにそこまで負荷がかかるとは思えない。

「そこです。次の角」

レティツィア通り……

しかし、その少し手前から渋滞が始まっていた。車の後部とブレーキランプが目の前に迫ってくる。

サックスは二種類のブレーキを両方使い、横滑りしながら、渋滞の最後尾から十センチの距離を残して急停止した。

クラクションを鳴らす。誰も道を譲らない。

「バッジを見せてやって」サックスは言った。

エルコレの笑みは、そんなことをするだけ無駄だと言っていた。

サックスはまたクラクションを鳴らすと、車を縁石に乗り上げ、歩道を走り出した。憤慨した顔がこちらを振り返ってにらみつけたが、迷惑なドライバーが赤毛の美人だと気づいたとたん、一部の若い男たちは怒りの表情を引っこめて愉快そうな顔をした。なかには感嘆の目を向ける者さえいた。

サックスは歩道から交差点に入り、エルコレの道案内どおり右折すると、エンジンの轟音を轟かせながら猛スピードで飛ばした。

「電話して」エルコレに指示を出す。「えっと――戦術チーム（タック）は何て言うんだった？」

「タック？」

「ごめんなさい。戦術チーム（タクティカル）。状況を確認して」

「ああ、ＳＣＯですね」エルコレは携帯電話で問い合わせた。ここまでにサックスが耳にした会話と同じように、今回のやりとりも電光石火で行なわれ、ほどなく「チャオ、チャオ、チャオ、チャオ……」で完了した。サックスがトラック二台のあいだに割りこもうとしているのに気づいて、エルコレはダッシュボードに手をついた。「隊員を招集して出発したそうです。現場には十五分で到着します」

「私たちはあとどのくらい？」

「チンクエ。あっと――」

「五分ね」サックスは顔をしかめた。「誰かもっと早く来られそうな人はいない？　突入チームが必要よ。コンポーザーは今度もまた出入口やゲートに鍵をかけてるだろうから。ニューヨークではゲートに南京錠をかけてた」

「きっとその辺のことは考えてると思いますよ」

「念のため伝えておいて」

エルコレはまた電話をかけた。言葉ではなく、その口調から、戦術チームの到着を早めるのは無理そうだとわかった。

「ハンマーとカッターとトーチを持って出たそうです」

すばやいシフト操作で、四速から二速に落とす。アクセルペダルを踏みこむ。エンジンがうなりを上げた。

父親がよく言っていたフレーズが思い浮かぶ。サックスの人生を支える基本原理。

動いてさえいれば逃げ切れる……

ちょうどそのとき、金髪の十代の少年が長い巻き毛をそよ風になびかせながら、鮮やかなオレンジ色のスクーターの進行方向を急に変えて赤信号を突っ切ろうとした。ほかの車にはまったく注意を払っていない。

「ちょっと、やめてよね」

サックスは早業（はやわざ）のように手足を動かし、ギア、フットブレーキ、ハンドブレーキを操作して急減速し、横滑りしながら、衝突ぎりぎりでホンダのスクーターと少年をよけた。少年は危険に気づいてさえいなかった。見ると、耳にイヤフォンを入れていた。

即座に一速に落とし、ふたたび速度を上げて走り出す。

「そこを左」エルコレが、自分の車のエンジンの苦しげな悲鳴にかき消されないよう、大きな声で言った。

左折して、細い通りを猛スピードで飛ばした。住宅街だ。商店はない。白っぽい洗濯物が頭上で旗のように翻っている。やがて四角い広場が見えてきた。四方を道路に囲まれた中央部分が小さな公園になっているが、活気とは無縁だった。ベンチに腰かけた高齢の男女が五、六人、ベビーカーを押した母親が一人、みすぼらしい犬と遊んでいる子供が二人。こういった人通りの少ない界隈なら、車に乗せてきた被害者をこっそり降ろして地下に連れこんだとしても誰にも見られずにすむだろう。

「あれです。あそこ」エルコレが指さす。ジャコモ・シラーが言っていた廃ビルの朽（く）ちかけた木のドアが見えた。ドアは落書きだらけだ。近隣の建物の入口はどれもそうだった。色褪せた案内板の文字がかろうじて読めた――〈立入を禁ず（ノン・エントラーレ）〉。

サックスは、あとから来る戦術チームや救急車のためのスペースを残し、メガーヌをドアの五、六メートル手前に駐めた。急いで車を降りる。エルコレも即座にあとに続いた。

小走りになった。ただし、慎重に足を運んだ。サックスは自分の脚の状態につねに気を配っている。しばらく前、関節炎の持病が悪化して、ついに捜査の最前線からはずされかけた。手術が功を奏して、痛みを感じることはほとんどなくなった。それでもあまり負担をかけないよう、ふだんから気を配っている。肉体はいつ何時、持ち主を裏切るかわからない。しかし今日のところは何もかもが支障なく機能していた。

「こういうこと——突入作戦は初めてよね？」

「突入？」

訊き返すということは、初めてなのだろう。

状況は把握できた。「まずは現場の安全を確認する。敵から攻撃されることがないかどうか、よく確かめるということ。たとえ被害者が一刻を争って助けなくては死んでしまうような状況にあるとしても、その前に私たちまで死んだら元も子もないでしょう。ここまではいい？」

「シ」

「安全が確認できたところで、被害者を救出する。心肺機能蘇生、気道の確保、出血があれば傷口を圧迫する。ただ、今回は命を落とすほどの出血はないと思う。そのあと現場の証拠を保全する」

「了解です……あ。しまった！」

「何？」

「カバーを忘れました。靴にかぶせるカバー。現場に入るときはかならず——」

「突入の際はカバーはしないほうがいいわ。すべりやすいから。代わりにこれを」

サックスはポケットから輪ゴムを取り出してエルコレに渡した。「靴の親指の付け根あたりにかけて」

「まさかいつも持ち歩いてるんですか」

二人は靴に輪ゴムをかけた。

「手袋は？」エルコレが尋ねる。「ラテックスの手袋」

サックスは微笑んだ。「いらない。戦術作戦ではね」

ドアを封じていたのは、意外なことに、見るからに安物の錠前と、木のドアと枠に小さなねじで取り付けた掛けがね一つだけだった。

サックスはポケットから飛び出しナイフを取り出した。エルコレが目を見開く。このナイフはイタリア製であることを思い出して、サックスは内心でにやりとした。シカの角のハンドルがついた刃渡り四インチのフランク・ベルトラーメのナイフの刃を出し、受けがねを手早く取り外すと、ナイフをポケットにしまった。

サックスは人差し指を唇に当て、エルコレの緊張の汗で濡れた顔を観察した。汗をかいている理由の一つは、地獄のドライブだろう。もう一つの原因も明らかだった。意気込みは充分だが、修羅場に慣れていない。「私の後ろを離れないで」サックスはささやいた。

「はい」返事というより、空気が漏れるような音だった。

サックスはポケットからハロゲンの懐中電灯を取り出した。超小型だが、光束一千ルーメンの強力なモデル——フェニックスPD35だ。

エルコレが目を細めた。こう考えているのは明らかだ。輪ゴムに懐中電灯、飛び出しナイフ？　このアメリカ人刑事はずいぶんと用意周到だな。

ドアに一つうなずく。

エルコレの喉仏が上下した。

サックスがドアを押し開け、懐中電灯と銃を持ち上げた。

大きな音が響いて、ぎくりとした。ドアがテーブルにぶつかり、サンペレグリノのミネラルウォーターの大瓶が床に落ちた音だった。

「やつがいるんだ！」エルコレがかすれた声を出す。

「そうとは限らない。でも、いるつもりで動きましょう。誰か来たらわかるように、わざとテーブルをこうしておいたのかもしれない。急がないと逃げられる」

入ってすぐの空気はいやな臭いをさせていた。壁は落書きだらけだ。人工の建造物というより、人里離れた場所にある洞窟を思わせた。下りの階段が地下二階まで続いている。二人はゆっくりと下りていった。懐中電灯の光でこちらの居場所を教えているようなものだが、消せば真っ暗になってしまう。急な石階段を転げ落ちたら、命に関わるかもしれない。

「何か聞こえる」階段を下りきったところでサックスは立ち止まった。うめき声かつぶやく声が聞こえたような気がした。しかし、それきり聞こえない。

そこは幅およそ二・五メートルの煉瓦のトンネルだった。その真ん中に、幅六十センチほどの底の四角い送水路が刻まれていた。送水路自体に水は流れていないが、頭上二メートルほどの高さの天井を通る古い鉄パイプから水がしたたっていた。

エルコレが左を指さす。「貯水槽はこっちです。さっき見た地図が合ってるなら」

遠くからごろごろという低い音が聞こえてきた。少しずつ大きくなっていく。床が震えた。おそらく地下鉄だろう。地図によれば、このすぐ近くを通っている。その一方で、ナポリ近郊にはベスビオ山があることも思い出した。いつ噴火してもおかしくないとされる火山だ。火山は地震を起こす。どんなに小さな地震でも、トンネルが崩壊して生き埋めにされ、やがて考えうる最悪の死を迎えることになるかもしれない。サックスがこの世で何より恐れているのは、閉所だ。

しかし轟音はクレッシェンドに達したあと、遠ざかった。

地下鉄だ。大丈夫、心配ない。

分岐点に来た。トンネルは三つに分かれていて、それぞれに送水路が刻まれている。

「どれ？」

「すみません、わかりません。地図にこんな分岐はありませんでした」

さあ、どれを選ぶ？

迷いかけたとき、左に伸びる一本には送水路だけでなく、壊れかけたテラコッタのパイプも通っていることに気づいた。昔の下水管だろう。コンポーザーの靴跡から糞便の痕跡が見つかっている。「こっちね」サックスは濡れた床を踏んで歩き出した。カビの臭いで喉がむずむずする。コンポーザーの最初の殺人未遂事件の現場、ブルックリンのウラン精製工場を思い出した。

どこにいるの？　サックスは頭のなかで被害者に問いかけた。教えて、どこ？

二人は前進を続けた。送水路を慎重にたどっていくと、やがてトンネルの終点――薄暗い大きな地下室に出た。天井の通気坑やひび割れから、ぼんやりと外の光が射している。送水路は、いくつものアーチを抜けてさらに続き、石の壁でできた直径六メートル、高さ六メートルほどの円筒形の空間まで伸びていた。壁をくり抜いた出入口が手前にあった。

「あれだ」エルコレがささやく。「あれが貯水槽ですよ」

二人は送水路から上がって石の階段を下り、三メートルほど低くなった床に立った。なるほど、円筒形の空間から苦しげな息づかいが聞こえている。サックスはいまたどってきた送水路や地下室にあるほかの出入口を警戒するよう、身ぶりでエルコレに伝えた。エルコレは指示を的確に察して銃を抜いた。そのぎこちない握り方を見るに、銃などほとんど使ったことがないのだろう。それでもチャンバーに弾が装填されていることやセーフティが解除されていることを確認した。それに、銃口がどちらを向いているか、つねにきちんと意識している。あれなら大丈夫だ。

深呼吸を一つ。もう一つ。

それから勢いよく角を曲がり、腰を落とすと、懐中電灯の光を円筒形の空間に巡らせた。

五メートル先に被害者の男性がいた。いまにも壊れそうな椅子にテープで縛りつけられ、首吊り縄に引っ張られて、首を限界まで上に伸ばしている。コンポーザーが作った仕掛けの全体像が初めて見えた――おぞましいウッドベースの弦は、男性の頭上の壁の割れ目に差した木の棒に延び、そこからまた別の棒を経由して、水がしたたり落ちるバケツにつながっている。バケツの重量が増すに従って首吊り縄が絞まり、やがて男性は窒息する。

懐中電灯のまぶしさに、男性が顔をしかめて目を閉じた。

円筒形の空間にほかに出入口はない。コンポーザーがいないのは明らかだった。

「入ってきて。出入口の警戒をお願い！」サックスは大声で言った。

「シ！」

銃をホルスターに戻し、むせび泣く男性に駆け寄った。口の猿ぐつわをはずしてやる。

「サーイドゥーニ！　サーイドゥーニ！」

「もう大丈夫です」英語はどのくらい通じるだろう。

手袋は持っているが、着ける暇も惜しかった。あとでベアトリーチェに指紋を採ってもらって、現場から検出された指紋からサックスの指紋を除外してもらえばすむことだ。

サックスは首吊り縄をつかんで下に引っ張った。バケツが持ち上がる。首吊り縄を男性の首からはずして、バケツをそっと下ろした。しかし完全に床に下りる前に、壁の石の隙間に差しこまれていた棒がはずれ、バケツは勢いよく床に落ちた。

しまった。石の床に残っていた微細証拠が水で汚染されてしまうだろう。

だが、どうしようもない。サックスは男性に向き直り、怪我がないか確かめようとした。怯えきった目がサックスを見つめ、次に両腕を縛っているテープや天井を見たあと、またサックスに戻った。

「もう心配いりませんから。救急車がもうじき到着します。私の言ってること、わかりますか。英語は？」

男性はうなずいた。「はい。わかります」

大きな怪我はないようだった。差し迫った危険はないとわかったところで、サックスはラテックスの手袋をはめた。またナイフを取り出してボタンを押した。刃が勢いよく飛び出す。男性が身をすくめた。

「心配しないで」サックスは男性の両手と両足を縛っているテープを切断した。

大きく見開かれた男性の目は、焦点が定まっていなかった。アラビア語で何か話し続けている。

「名前は？」サックスは尋ねた。アラビア語で同じ質問を繰り返す。ニューヨーク市警重大犯罪捜査課の刑事は対テロ捜査に参加する機会も多く、みなアラビア語のフレーズをいくつか暗記していた。

「アリ。アリ・マジーク」

「怪我はありますか、ミスター・マジーク」

「喉。喉が痛い」またとりとめもなく話し始めた。目が落ち着きなくあちこちを飛び回る。

エルコレが言った。「ひどい怪我はなさそうですね」

「そうね」

「ただ、だいぶ混乱してるみたいだ」

狂気じみた男に手足を縛られ、古代ローマの廃墟の底で首をくくられてあやうく死ぬところだったのだ。パニックを起こすのは当然だろう。

「地上に連れていきましょう」

19

戦術チームが到着した。

ＳＣＯ隊員十二名から成るチームだった。真剣そのものの様子で現れ、自信に満ちあふれた態度で現場に視線を走らせ、熟練したプロらしい手で銃をかまえた。

　サックスは廃ビルの入口に立ちふさがった。効果のほどはともかく、多少なりとも権威づけになればと、ニューヨーク市警のバッジ――刑事であることを示す金色のバッジをベルトに下げておいた。ＳＣＯの指揮官が尋ねた。「ＦＢＩ？」イタリア語のアクセントが強い。

「まあそんなところ」サックスは答えた。指揮官は納得したらしかった。

　大きな体に大きな頭をしている。ふさふさした巻き毛は、サックスの赤毛とほぼ同じ色をしていた。指揮官はサックスにうなずいて名乗った。「ミケランジェロ・フラスカ」

「アメリア・サックスよ」

　ミケランジェロは力強い手でサックスの手を握った。

　サックスはＳＣＯに続いて到着した救急チームを手招きした。たくましい体つきをした男性と、同じくらい存在感のある女性――きょうだいかもしれない――は、アリ・マジークをストレッチャーに横たえ、バイタルサインを測定した。首筋に赤く残った索痕（さくこん）を丁寧に調べ、相棒にイタリア語で何か言ったあと、サックスのほうを向いた。「大丈夫、心配なさそうです。体はね。頭は朦朧としているようです。イスラム教徒でなければ、酒に酔っていると言うところですよ。きっと犯人が使った薬品のせいでしょう」二人はマジークに手を貸して救急車に乗せたあと、エルコレと言葉を交わした。

　エルコレはそのあとミケランジェロと話をした。おそらく何があったか説明したのだろう。それから廃ビルの入口を指さした。

「どことどこを捜索してもらいたいか伝えました。あと、犯人がまだ近くにいるかもしれないってことも」

ＳＣＯ隊員はみな黒い手袋をしている。指紋の心配はなさそうだ。フードもかぶっているから、毛髪による汚染もないだろう。サックスはポケットから輪ゴムを一ダースほど取り出してミケランジェロに渡した。

ミケランジェロは不思議そうにサックスを見た。

「こんな風に（ファイ・コジ）」エルコレが自分の足を指さした。

ミケランジェロは感心したような目をしてうなずいた。「俺たちの靴跡がわかるように（ペル・レ・ノストレ・インプロンテ）」

「シ」

「ブオーノ！」笑い声。「アメリカーナ！」

「入ってすぐの部屋、テーブルと水のボトルがあった部屋は素通りしてって伝えてもらえる？　それから、被害者がいた貯水槽には入らないでって。証拠はその二箇所に集中してるだろうし、いま以上の汚染は避けたいから」

エルコレの説明を聞いたミケランジェロはうなずいた。それから部下にてきぱきと指示を出して捜索を開始した。

背後から話し声が聞こえた。サックスが振り返ると、見物人が集まっていた——記者もいて、大声で質問を浴びせてくる。警察はマスコミを無視していた。アメリカと同じように、制服警官が黄色いテープを張って無関係な市民を押しとどめている。

ついで大型の白いバンがやってきた。脇腹に〈科学警察（ポリツィア・シエンティフィカ）〉とある。男性二名と女性一名が降り、荷台の両開きのドアを開けた。右胸に〈科学警察〉、左胸に〈飛沫ガード〉の文字が入った白いタイベックの防護服を取り出して身に着けてから、制服警官の一人に歩み寄った。制服警官がサックスとエルコレを指さす。三人が来て、エルコレと言葉を交わした。エルコレは、身ぶりから察するに、現場の様子を説明しているようだ。長い説明の途中で、女性が一度か二度サックスのほうにちらりと視線を向けた。

サックスは言った。「防護服を貸してもらえれば、一緒に捜索するわ。どこを重点的に見るべきか――」

男性の声がサックスの言葉をさえぎった。「その必要はない」

振り返ると、ダンテ・スピロ検事の姿が見えた。何人か集まった制服警官や車両を迂回してこちらに近づいてくるところだった。スピロが腰をかがめずにすむよう、制服警官の一人がさっと前に出て黄色いテープを持ち上げた。

「検事（プロクラトーレ）」エルコレが口を開いた。

しかしスピロは早口のイタリア語でエルコレを黙らせた。

エルコレは何も言い返さずに下を向き、ときおりうなずきながらスピロの話をおとなしく聞いた。

やがてエルコレはマジークのほうに顎をしゃくって何か言った。救急車の後部に座ったマジークは、顔色がだいぶよくなっていた。

スピロがエルコレに向けてまたもや鋭い言葉を発した。見るからに不愉快そうな顔をしていた。

「シ・プロクラトーレ」

エルコレはサックスに向き直った。「僕らはもう引き上げてかまわないそうです」

「私も現場検証に参加したいんだけど」

「だめだ。それは不可能だ」スピロが言った。

「私の専門は鑑識です」

ミケランジェロが薄暗い戸口から顔をのぞかせた。スピロに気づき、近づいて何か話をした。

エルコレが通訳した。「捜索が完了したそうです。コンポーザーはいません。全部の送水路を行き止まりまで確かめて、地下にある全部の部屋を捜索しました。物資輸送用のトンネルがあって、地下鉄駅につながっています。でも、地下鉄駅にもコンポーザーはいませんでした」

「地下室の真上の建物は？」サックスは背後の構造物に顎をしゃくった。

ミケランジェロが言った。「コンクリート壁で囲まれてます。地下（ソット・テッラ）から入るのは不可能です」

鑑識チームの女性がサックスのそばを通り過ぎざまに微笑んだ。「これからグリッド捜索にかかります」

　サックスは目をしばたたいた。

「あなたのことなら知ってます。リンカーン・ライム捜査官（イスペットーレ）の本を研修で使いますから。イタリア語じゃないけど、みんなで手分けして翻訳してるんです。お二人は私たちの励みです。イタリアへようこそ！」

　鑑識チームはビルの入口から奥に消えた。

　スピロは、エルコレに向かってまた弾丸のように言葉を浴びせたあと、青いラテックスの手袋をはめながら廃ビルの入口に向かった。

　エルコレが通訳した。「スピロ検事は、あなたのここまでの協力や、現場検証を手伝いたいという気持ちにはお礼を言いたいが、証拠の保管継続の観点から、捜査はイタリアの警察官が行なうのが一番いいだろうと」

　これ以上ごり押しすればエルコレを困らせるだけだろうと考えて、サックスはあきらめた。エルコレは一心に愛車のメガーヌを見つめ、そちらに歩かせようとするようにサックスの肩に手を触れた。サックスが鋭く一瞥すると、エルコレは重力に負けたみたいに手を下ろした。二度とサックスをどこかに誘導する気にはならないだろう。

　車の近くまで来ると、エルコレはおずおずと運転席を見た。

　サックスは言った。「あなたが運転して」

エルコレがほっとしたように脱力する。

サックスは車のキーを渡した。

それぞれシートに収まり、エルコレがエンジンを始動させたところで、サックスは尋ねた。「さっき、証拠の保管継続の観点からって言ってたわよね。スピロは本当にそう言ったの？」

エルコレは頰を赤らめ、ギアを一速に入れることに集中しているような顔をした。

「ええ、意訳すればそういうことです」

「エルコレ」

エルコレは覚悟を決めたように言った。「検事はこう言いました。あの女性――というのは、あなたのことです――をすぐに現場から遠ざけろ、もし彼女――というのは、やはりあなたのことです――が検事の許可なくイタリアの警察官、ましてやマスコミと話をするようなことがあれば、僕はクビだそうです。この捜査からも、森林警備隊からも、追い出されます」

サックスはうなずいた。それから訊いた。「スピロは本当にあの女性って言った？」

短い沈黙があった。「いいえ。別の表現を使いました」それから、ウィンカーを出し、クラッチをつなぐと、公園を囲む通りに車を出した。足腰がおぼつかなくなった自分のおばあちゃんを後部座席に乗せているかのように、そろそろと。

20

放心状態。

アリ・マジークの第一印象がそれだった。

国家警察ナポリ本部の一階に設置された捜査司令室の開放されたドア越しに、ライムは誘拐事件の被害者を見つめた。マジークは廊下の向かいの空いたオフィスにいる。

痩せて骨張ったマジークは椅子に座り、サンペレグリノのアランチャータ・ソーダのボトルを握り締めている。オレンジ味のソーダをすでに一本飲み干したあとで、顎鬚に小さな滴がいくつか散っていた。頰がこけている――といっても、恐ろしい体験はほんの一日程度で解決したことを思うと、ふだんからあんな感じなのかもしれない。目の下に黒いくまができている。横に張り出した耳、大きな鼻……縮れた黒い髪はびっくりするほど多く、頭皮と顔の下半分が完全に覆われていた。

ロッシ、エルコレ、サックスはライムと一緒に捜査司令室にいた。トムはここにいてもやることがないため、広告どおりのバリアフリー設備が整っているかどうか確認しておくと言って、予約したホテルに先に向かった。

マジークは三十分ほど前から、アラビア語と英語を流暢に話せる国家警察の刑事の事情聴取を受けていた。

サックスは同席を希望した。自分にも事情聴取の機会を与えてくれるのでもいいと言ったが、ロッシはその要請を却下した。おそらくダンテ・スピロの指示があったのだろう。

ようやく事情聴取が終わり、刑事が捜査司令室に戻ってきた。ロッシにメモを渡して、また廊下の向かいのオフィスに戻った。まだ途方に暮れたままのマジークに声をかけ、立ち上がったマジークを伴って廊下の先に消えた。マジークはお守りか何かのようにオレンジ味のソーダのボトルを握り締めていた。

ロッシが言った。「とりあえず保護拘置します。まだ――英語ではどう言うんでしたっけ？――精神状態？　混乱した精神状態にあるようです。誰かの目が光っていたほうが安心だ。それにコンポーザーが自由の身でいるあいだは、マジークがまた狙われないとも限りませんし。まあ、明らかな動機はなさそうですが」

「身元はわかりましたか」サックスが尋ねた。

「リビアからの難民です。大勢いるなかの一人ですよ。乗っていた船がぶつかってきた」ロッシは額に皺を寄せてエルコレに何か尋ねた。エルコレが英語で言った。「漂着した、ですね」

「シ。それだ。先週、バイアに漂着した船に乗っていたんです。ナポリの北西にある古いリゾート地ですよ。で、一緒に乗っていた四十名とともに逮捕された。彼らは幸運でした。天候に恵まれたおかげで、全員無事でしたから。同じ日にランペドゥーザ島沖で難民船が沈没したんですが、そちらは十数名が死亡しています」

サックスが言った。「逮捕されたなら、どうして丘陵地帯にいたのかしら」

「いい質問です」ロッシが言った。「難民を巡るイタリアの事情をざっと説明しておくと理解しやすいかもしれませんね。シリア難民がトルコやギリシャ、マケドニアに押し寄せていることはご存じですか」

ライムは時事問題にほとんど関心がないが、中東からの難民の窮状を伝える報道を目にしない日はない。アメリカからの飛行機のなかで、ちょうどそういった記事の一つに目を通したばかりだった。

「イタリアも似たような問題を抱えています。シリアからイタリアまでの旅は、遠くて危険に満ちていますが、エジプトやリビア、チュニジアから来るよりは近い。リビアはすでに国家の体(てい)をなしていません。〝アラブの春〟のあと、ISISなどの武装勢力が力を持って、各地で内戦が勃発した。政治的な混乱に加えて、危機的な貧困も蔓延した。さらに追い打ちをかけるように、サハラ砂漠以南(サブサハラ)のアフリカ諸国は干魃(かんばつ)や飢餓に見舞われて、アフリカ南部からの難民がリビアにあふれた。リビアにはそれだけの難民を受け入れる余力がなかった。そこで密入国斡旋(あっせん)組織――レイプと窃盗の常習集団でもある――は、大金を取って人々をランペドゥーザ島に運んだ。さっきも話に出たランペドゥザ島は、アフリカに一番近いイタリア領の島です」ロッシはため息をついた。「昔は家族と一緒に休暇旅行に行ったものですよ。子供のころにね。いまは子供を連れていくことなど考えられない。というわけで、密入国斡旋組織は、貧しい難民をランペドゥーザ島に送りこむ。それ以外の難民は、余分の料金を払って本土行きの船に乗り、逮捕されずにすむことを祈る。マジークもそういった一人です。

しかしマジークもそうでしたが、大部分は捕まります。陸軍や海軍、警察にとってはそれが過大な負担になっているんです」ロッシはライムを見た。「アメリカでは難民はさほど問題になっていないでしょう。イタリアでは危機的な問題になっています」

ライムが飛行機で目を通した記事は、まさにいまローマで開催中の難民問題を話し合う国際会議に関するものだった。困難な状況にある人々に手を差し伸べるという人道上の課題と、難民受け入れ国の経済的・安全保障上の負担とのバランスを模索するため、世界各国がこの会議に参加していた。緊急措置として、記事中ではアメリカ合衆国議会が検討中の十五万人の受け入れ枠設定などが紹介されていた。イタリア議会は国外退去の条件を緩和する方向でまもなく裁決を行なうという。ただ、いずれの案も議論を呼んでおり、強硬な反対意見も議会内に存在する。

「アリ・マジークは典型的な難民です。難民申請のルールを定めたダブリン規則に従えば、最初に入った国——イタリアで、難民申請を行なわなければならない。ユーロダックの照会は済んで——」

「指紋照会(ダクテイロスコピー)か」ライムは確かめた。指紋照合のより専門的な用語だ。

答えたのはエルコレだった。「そうです。難民は指紋をデータベースに登録して、身元の照会を受ける決まりです」

ロッシが続けた。「マジークの件に話を戻せば、第一段階のチェックはパスした——犯罪歴やテロ組織とのつながりはない。もしあれば、その時点で国外追放になっています。これはパスしたので、受け入れキャンプから次の宿舎に移された。ホテルや軍の兵舎です。こっそり外出することは可能で、現に大勢が抜け出しますが、それきり戻らずにいると、発見されしだい故国に送還されます。

マジークはナポリ市内の長期滞在用ホテルに仮住まい中でした。住み心地抜群とはいきませんが、最低限の設備はそろっている宿舎です。誘拐事件の直前にどこで何をしていたか、マジーク本人は思い出せないようです。事情聴取の担当者は、嘘ではなさそうだと判断しています。おそらく事件の影響だろうと——薬物や酸欠のね。しかし、ホテル周辺の聞き込みやほかの難民の事情聴取をしたダニエラによれば、マジークは、人と食事をする約束があってダブルッツォまでバスで行く予定だと話していたらしいんですな。ダブルッツォというのは、ナポリ郊外の小さな町です」

サックスが言った。「食事をした相手を探して話を聞いたほうがよさそうね。その人物がコンポーザーなのかもしれないし、マジークを尾行していたということも考えられる」

ロッシが言った。「その可能性はありますね。拉致された現場で発見されたプリペイド電話カードのデータを郵便警察が分析しました。間違いなくマジークが使っていたものです。コンポーザーではなく。難民はみんなそうですが、マジークもプリペイド式の携帯電話を使用しています。拉致される直前に複数のプリペイド式携帯に電話をかけていました。通話先はナポリ、リビア、イタリア北部の国境沿いにあるボルツァーノという町です。郵便警察からは、ＰＩＮＧを使って追跡できそうだと報告を受けています。意味はわかりますか」

「わかる」ライムは答えた。「どこに食事に行ったか突き止められるという意味だね」

「そのとおりです。もうじき連絡があるはずです」

サックスが言った。「本人はどう話してるの？」

「ほとんど記憶がないようです。ずっと目隠しをされていたと思うと。貯水槽で目が覚めたとき、犯人はすでにいなくなっていたそうです」

仏頂面のベアトリーチェ――ボッティチェッリの絵画のモデルのように女性らしい曲線の持ち主――がラボから捜査司令室に入ってきた。

「できた（エッコ）」プリントアウトを何枚か差し出す。

エルコレがマーカーを持って一覧表の前に立った。ベアトリーチェはきっぱりと首を振り、エルコレの手からマーカーを取った。ロッシのほうを見て何か言う。

エルコレは眉根を寄せ、ロッシは笑った。「エルコレの書く文字は読みにくいからだめだそうです。エルコレは科学警察の分析結果を英語にして読み上げ、ベアトリーチェが一覧表に書くからと。英語に訳す手伝いだけでいいからと」

エルコレが分析結果を読み上げ、ベアトリーチェは太く短い指でマーカーを握り、イーゼルに立てかけた大判の用紙にすばやく書き留めていった。すばらしく優雅な筆跡だった。

〝コンポーザー〟誘拐事件
ナポリ　マルゲリータ通り22番地

・現場：ローマ時代の送水路／貯水槽
・被害者：アリ・マジーク
・難民、ナポリの仮宿舎（パラダイス・ホテル）
・首と喉に絞扼による軽傷
・軽度の脱水症状
・薬物と酸欠による見当識障害および記憶喪失
・被害者の衣類から検出された微細証拠
・複数の薬物、アモバルビタール

・微量の液体クロロホルム
・粘土主体の土、由来不明
・靴跡
・被害者のもの
・コンバース・コン、サイズ45、ほかの現場のものと同一
・水の入ったボトル。由来不明
・ノキアのプリペイド式携帯電話（分析のため郵便警察に送付）、E-IDナンバーから、2日前にエマヌエル通りのタバコ店で購入したものと思われる。現場に突入したさいこぼれた水によりショート。SIMカードから、事件当日、すでに使用停止となったプリペイドの番号を使用して5回発信している
　・電話機からDNAを採取（主に汗）
　・コンポーザーのDNAと一致
・微量のオランザピン（抗精神病薬）
・微量の塩化ナトリウム、プロピレングリコール、鉱物油、モノステアリン酸グリセリン、ステアリン酸ポリオキシエチレン、ステアリルアルコール、塩化カルシウム、塩化カリウム、メチルパラベン、ブチルパラベン
・ダクトテープ。由来不明
・綿布、猿ぐつわに使われたもの。由来不明

・首吊り縄、楽器用の弦2本で作られたもの、ウッドベースのE音の弦。ニューヨークのロバート・エリス誘拐事件現場で見つかった首吊り縄と酷似
・バケツ、汎用品。販路不明
・入口ドアを固定していた錠前と掛けがね。汎用品。販路不明
・木の棒、即席の絞首台に使用。由来不明
・被害者のもの以外、指紋の検出なし。輪郭のにじんだ痕跡、ラテックスの手袋着用か
・関連：動画投稿サイトＮｏｗＣｈａｔに投稿された動画、長さ4分3秒、被害者の映像、首吊り縄。背景で流れる音楽：『くるみ割り人形』の『花のワルツ』、人間の呼吸音（おそらく被害者のもの）
・郵便警察が送信元を調査中。プロキシと仮想プライベートネットワークを使用しており、追跡には時間が必要

書き終えたベアトリーチェは、マジークが監禁されていた貯水槽で撮影された写真を十数枚と、廃ビルの入口や送水路、古い煉瓦造りの地下室の写真を並べてテープで留めた。

エルコレは、中世の拷問部屋を再現したような貯水槽の写真を見つめていた。

ライムはエルコレにはとくに何も言わず、自分は一覧表を眺めた。「犯人は精神を病んでいるようだとは前にも言った。だが、まさか本当に病んでいるとは思わなかった」

「それはどういう意味ですか、ライム警部」

「塩化ナトリウムやプロピレングリコールを含む微細証拠があるね」

「ええ。何の成分かな」

「電極用の粘着ゲルだ。精神科で行なわれている電気ショック療法の際、電極を取り付ける部位の皮膚に塗る。最近ではもうあまり行なわれていない療法だ」

「コンポーザーはイタリアで精神科にかかっているとか」エルコレが尋ねた。「電気ショック療法を受けているのかも」

「いや、それはないな」ライムは言った。「時間のかかる療法だ。抗精神病薬を処方したのと同じ場所――アメリカの病院で受けたのだろうな。支障なく動き回っていることから考えるに、おそらくニューヨークの事件を起こす数日前に受けている。アモバルビタールというのは何だ？　これも抗精神病薬か？」

サックスが言った。「ニューヨーク市警のデータベースを検索してみる」まもなく答えが出た。「即効性鎮静剤。パニック発作に使われる。百年前、自白剤としてドイツで開発されたもの――その目的では期待したほど効果がなかったみたいだけど、興奮したり攻撃的になったりしている被験者を落ち着かせる効果があることが判明した」

過去のケースを通じて、双極性障害や統合失調症の患者には、パニック発作を抱える者が多いことをライムは知っていた。

入口に人影が現れ、ゆっくりと室内に入ってきた。ダンテ・スピロだ。無表情に全員の顔を眺め渡す。

「検事（プロクラトーレ）」エルコレが声をかけた。

スピロは首をかしげ、革綴じの手帳に何か書きつけた。

エルコレ・ベネッリがなぜか不安そうな顔でその様子を見つめていることにライムは気づいた。

スピロは手帳をポケットにしまい、一覧表に目を走らせながらひとことだけ言った。

「英語か」

それからサックスとライムのほうを向いた。「ついでに言っておこう。今回の捜査できみたちが活躍する範囲をこの部屋に限定させてもらう。そういうことでいいね、警部？」ロッシにうなずく。

「もちろんです」

「ミスター・ライム、きみは私たちの厚意でここにいる。本来なら、この国で犯罪捜査を行なう権限を持たない。証拠分析への貢献は、捜査の参考になるかぎり歓迎する。これまでの貢献は認めるよ。コンポーザーの精神状態に関するきみの洞察も考慮に入れさせてもらう。しかしそれ以上の口出しは無用だ。ご理解いただけたかな」

「ええ、わずかの疑問の余地もなく」ライムはぼそりと言った。

「もう一つ、言っておきたいことがある。前にも話に出た問題だ。逃亡犯罪人引き渡しについて。コンポーザーがアメリカで起こした事件に関して、きみたちは捜査権を失い、我々が捜査権を獲得した。きみはおそらく引き渡しを要求するのだろうが、私はそれに断固として抵抗する」スピロは二人をじっと見つめた。「ここで一つ法律の講義をさせてもらおうか、ミスター・ライム、サックス刑事。チオッチェ・デル・ルーポという町がイタリアにあるとしよう。この名前はジョークだ。こんな名前の町は実在しない。意味は〝オオカミのおっぱい〟」

「ロムルスとレムス、王政ローマ建国の初代の王」ライムは言った。いかにも退屈そうな声だった。本当に退屈しているからだ。目はイーゼルの上の一覧表に向けられていた。

エルコレが言った。「オオカミの乳が育てたふたごです」

ライムはなかば上の空で誤りを訂正した。「オオカミの乳で育てられたただな」

「あ。言葉の使い方を間違って覚えてい——」

スピロのひとにらみでエルコレは黙った。スピロがライムに向かって続ける。「学ぶべき法の真理はこれだ——アメリカから来た法律家は、チオッチェ・デル・ルーポで起きた事件を奪えない。チオッチェ・デル・ルーポで起きた事件は、チオッチェ・デル・ルーポの法律家が担当する。きみたちは、チオッチェ・デル・ルーポのど真ん中にいるアメリカ人だ。犯罪人を連れて帰ることはできないことはもう決まっている。だから、考えるだけ時間の無駄だ」

ライムは言った。「そんなことより、やつを捕らえることに集中すべきだ。そうは思わないかね？」

スピロは何も答えず、携帯電話を取り出してテキストメッセージあるいは電子メールを送信した。

やりとりを聞いていたロッシが居心地悪そうに身じろぎした。

エルコレが言った。「スピロ検事、ロッシ警部、一つ提案があります。お話ししてもいいですか」

スピロはしばし画面を見つめていたが、すぐに携帯電話をポケットに戻し、エルコレに向かって片方の眉を吊り上げた。「シ？」

「マジークが監禁されていた現場を監視すべきだと思います。送水路の入口です」

「監視？」

「はい。監視すべきです」エルコレは、自分の目には明らかな事実がスピロの目にはまるで映っていないらしいのを察して微笑んだ。「事件はまだ報道されていません。警察も現場周辺から引き上げています。入口のドアはテープで封鎖されていますが、遠くからは見えません。犯人は現場に舞い戻るかもしれない。廃ビルの近くに来たところで、ばん！　逮捕するというわけです。現場に行ったとき、人目につきにくい場所が通りの反対側にいくつかあるのに気づきました。隠れて監視できます」

「人員の無駄遣いだとは思わないか。ただでさえ人員が限られているのだぞ」

エルコレはまた微笑んだ。「いいえ。無駄？　どうして無駄だと思うんですか」

スピロは片手を振り上げた。「なぜそんなことをせねばならんのだ？　森林警備隊は森でいつもそんなことをしているのか？　シカやクマの扮装をして密猟者を待ち伏せするのか？」

「いや、あの……」そこからは早口のイタリア語になった。

ライムが何気なく入口のほうを見ると、刑事らしき人物が廊下に立ってやりとりをうかがっていた。整った顔立ちをした若者で、洗練された装いをしていた。真っ赤に染まったエルコレの顔を無表情に見つめている。

「監視する価値はあると思うんですが、スピロ検事」

ライムは謎に終止符を打ってやることにした。「やつは現場には戻らないよ」

「そうですか？」

「戻らないだろう」スピロが言った。「そのわけを話してやってくれないか、ミスター・ライム」

「きみとサックスが入口のドアを開けた拍子にこぼれた水だ」

「どういうことですか」

「その水は何にかかった？」

エルコレは一覧表に添えられた写真を見た。「電話です」

「コンポーザーは入念に計算した上でテーブルと品物を配置した。誰かがドアを開けると――しかも勢いよく開けると――はずみでボトルが倒れて水がこぼれ、携帯電話がショートする」

エルコレは一瞬目を閉じた。「ああ、そういうことですね。コンポーザーは、たとえば十五分おきにその電話を呼び出すわけだ。電話が通じるかぎり、廃ビルには誰も入っていない。でも、通じなくなっていたら、誰かがそのドアを破ったとわかる。つまり、現場に戻るのは危険だということです。簡単なことなのに、気づきませんでした」

スピロは嘲りの視線をエルコレに向けた。それから尋ねた。「マジークはいまどこにいる？」

「保護拘置下にあります」ロッシが答える。「ここで」

「おい、森林警備隊」スピロが言った。

「はい？」

「少しは役に立て。アラビア語が話せる者を探すんだ。一覧表にある物質――電極用の粘着ゲルについて知りたい」

「えっとそれは（アッローラ）……」エルコレは言葉をのみこんだ。

「何だ？」

エルコレは咳払いをした。

ライムはまた口をはさんだ。「コンポーザーが現場に運んできたものではないかとさっき話していたところだ。抗精神病薬を服用していることから、電気ショック療法も受けているのではないかとね」

　スピロが応じた。「なるほど、筋の通った推測だ。しかし、マジークが何らかの治療のためにリビアで電気ショック療法を受けたということも考えられる。その可能性を排除しておきたい」

　ライムはうなずいた。自分の頭には浮かばなかった可能性だからだ。確認する意義はある。

「シ、スピロ検事」

「それから、もう一つの物質。アモバルビタール」スピロは一覧表に視線を注いだまま言った。

　パニック発作の予防としてコンポーザーが処方されている鎮静剤のようだとサックスが説明した。

「マジークが処方されたことがないか、それも確かめろ」

「すぐに通訳を捜します」エルコレが言った。

「さっさと行け」

　エルコレの後ろ姿を見送って、ライムは言った。「スピロ検事。電極用の粘着ゲルの成分が頭に入っている人物はそういないと思うが」ライム自身は、スピロが来る前に成分を見て粘着ゲルだと推測していた。

「そうか?」スピロはぼんやりと訊き返した。目はあいかわらず一覧表を見ている。

「お互いに妙なことに詳しいようだ。職業柄かな」

捜査司令室から出たとたん、エルコレ・ベネッリはロッシ警部の秘蔵っ子、シルヴィオ・デカーロと正面衝突しそうになった。

国家警察一の洒落者（ステイリスタ）、ファッショニスタ。

マンマミーア。それに、今度こそ何か言われるだろうな。

デカーロは、床にこぼしたミネラルウォーターをせっせと拭いていたことについて、いまさら皮肉めいたことを言うだろうか。それとも、いましがたスピロにこっぴどく叱られたことだけをちくちく言うだろうか。

デカーロもやはり、森林警備隊を見下すようなことを言うだろうか。

ズッキーニ警官。ブタの警察官……

エルコレにはとても買えないし、たとえフェラガモの倉庫に連れていかれて、好きなものを持っていっていいと言われたとしても、自分には選ぶセンスさえないような服を着た警部補の脇を、知らぬ顔で通り抜けてしまおうかという考えが頭をよぎった。だが思い直した。だめだ。逃げてはいけない。子供のころ、このひょろ長い体格や運動神経の鈍さを同じ年頃の少年たちからからかわれたときに学んだ。手ごわい相手には立ち向かうのが一番だ。そのせいで鼻血が噴き出すことになろうと、唇がざっくり切れることになろうと。

デカーロの目をまっすぐに見た。「シルヴィオ」

「やあ、エルコレ」

「担当の捜査は順調ですか」

デカーロは世間話には乗ってこなかった。エルコレの背後に視線をやり、廊下の左右を確かめた。それから濃い茶色の瞳をエルコレに戻して言った。「ついてるな」

「ついてる？　僕が？」

「ダンテ・スピロのことだよ。いろいろやっちまったのに……」

やっちまった？

「……あの程度ですんだ。立ったまま足をちょん切られたりしなかったし、ブタみたいに串刺しにされたりもしなかった」

やっぱり。ブタというのはきっと森林警備隊からの連想だ。

デカーロが続けた。「せいぜい手袋で頬をひっぱたかれた程度ですんでる」

エルコレは黙って侮辱の言葉を待った。嘲笑を。憐れむような態度を。それがどんな形でやってくるのかはわからなかったが。

こっちはどう応じたらいい？

どう応じたって同じだ。何を言っても裏目に出るだろう。みじめな思いをするだけのことだろう。シルヴィオ・デカーロのような人間が相手だと、いつもそうだ。

ところがデカーロはこう続けた。「どうにか無事に乗り切りたいなら、森林警備隊から国家警察に移りたいなら——きっと移りたいんだよな?——チャンスはこの一度しかないかもしれないぞ——ダンテ・スピロの下でうまくやるすべを身につけなくちゃいけない。泳げるか、エルコレ?」

「え……まあ」

「海でも泳ぐか」

「もちろん」

ここはナポリだ。男の子なら誰だって海で泳げる。

デカーロは言った。「じゃあ、引き波は知ってるな? 抵抗しちゃいけない。勝ち目なんか初めからないからな。どこへ流されようと、なされるがままになるのが一番だ。それから静かにゆっくり斜めに泳いで浜を目指す。ダンテ・スピロは引き波だ。スピロに抵抗しちゃいけない。反対意見を述べちゃいけないってことだ。スピロの言うことに反論はしない。ひたすら同意する。スピロほど優秀な人間はいないとほのめかす。何か思いついたことがあって、それを突き詰めてみたいと考えたとしても、スピロに受け入れてもらえそうになかったら、斜めに進む方法を探さなくちゃいけない。スピロに気づかれずにすむ方法、ぱっと見は——あくまでも〝ぱっと見は〟だ——スピロの意向に沿っているような方法。わかるな?」

言葉の上では理解できる。しかしそのアドバイスを実践するには、時間をかけてその言葉を噛み砕く必要がありそうだ。エルコレがこれまでに見てきた警察の仕事とはまるで別物だった。

　とりあえずこう答えた。「はい、わかります」

「よし。幸いおまえには、スピロよりずっと思いやりのある——しかもスピロと互角の才能に恵まれた——上官がついている。マッシモ・ロッシは、力の及ぶかぎりおまえを守ってくれるはずだ。ロッシとスピロは対等な立場にあるし、互いを尊重している。それでも、おまえがライオンの口にわざわざ飛びこむような真似をすれば、さすがのロッシにも助けようがない。おまえはどうやらライオンの口に飛びこみたがるタイプのようだが」

「ありがとう」

「いいんだ」デカーロは向きを変えて歩き出しかけたところで、振り返った。「そのシャツ」

　エルコレは今朝、家を出る前に灰色の制服の下に着たクリーム色のシャツを見下ろした。ジャケットの前を開けていたことを忘れていた。

「アルマーニか？　それとも、アルマーニの下で修業したデザイナーのブランドのものか？」デカーロが尋ねた。

「あわてて支度したから。ブランドまでは」

「そうか。なかなかいいシャツだな」

　皮肉で言っているのではないとわかった。デカーロはこのシャツを心から気に入って褒めてくれている。

エルコレは礼を言った。このシャツはミラノで作られたものではなく、ベトナムの工場で縫製されたもので、またヴォメロ地区の高級ブティックではなく、スパッカナポリと呼ばれる下町のアルバニア人の露天商から買ったものだとはあえて言わずにおいた。値段交渉の末の価格は四ユーロだった。

二人は握手を交わした。デカーロ警部補は洒落たスラックスの後ろポケットから洒落たケースに入ったｉＰｈｏｎｅを引っ張り出しながら、ぶらぶらと廊下を歩いていった。

21

〝ここはカンザスじゃないみたいね〟。

ナポリの住宅街を歩きながら――夕飯時とあって、あまり人は多くなかった――ガリー・ソームズは『オズの魔法使い』の有名なせりふを頭のなかでつぶやいた。それから、携帯電話で話しながら向こうから歩いてきた濃い茶色の長い髪と長い脚をした若い女を横目で見て、同じせりふを今度は口に出してつぶやいた。意味ありげなガリーの視線に、女も意味ありげな視線で応えた。ほんの一瞬のこととはいえ、その目は、携帯電話で話し続けているにしてはほんのわずかに長すぎる時間、アメリカ中西部出身のガリーの彫りの深い顔を見つめた。

いかにもイタリア南部人といった風貌の女は、なまめかしく腰を左右に振りながら行ってしまった。

たまらないな。すごい美人だったぞ。

ガリーは歩き続けた。次に目を奪われたのは、おしゃべりに花を咲かせている二人組の女だった。マンハッタンのアッパー・イーストサイドの高級住宅街で見かけるイケてる女のように洗練された——そして抜かりなく計算された——服装をしていた。

さっきの携帯電話の女とは違い、今度の二人組はガリーに視線を向けることさえしなかったが、ガリーはへこまなかった。気分は浮き立っていた。ふるさとのミズーリ州（カンザスと同レベルの田舎だ）を出てイタリア（翼の生えたサルがいないオズの国）に来たのだ。二十三歳の若者の胸がときめかないわけがない。

筋骨たくましいガリー・ソームズ（アメリカンフットボールのランニングバックになれそうな体格だ）は、ずり落ちかけた重たいバックパックを肩にかけ直し、角を曲がって、いまの住まいがあるウンベルト一世大通りを歩き出した。軽い頭痛がしている。三十分ほど前に早めの夕食を取ったとき、ヴェルメンティーノと安価なグラッパ（軽率だった）を少し飲み過ぎた。

しかし、祝杯を挙げる理由があった。今日の午後、授業で出された課題を仕上げたあと、街をぶらぶら歩いてイタリア語の練習に励んだ。イタリア語はゆっくりとだが着実に上達していた。初めは覚えきれないと思った。名詞に性別がある言葉なんて。カーペットは男の子で、テーブルは女の子ときている。

そのうえ発音が難しい！　ついこのあいだも、発音のまずさが原因で驚かれ、笑われた。レストランで〝ペニスのトマトソース〟を注文してしまったからだ。男性器の発音と、パスタの〝ペンネ〟の発音はそっくりすぎて危険だ（ついでに言えば、〝ペンネ〟と、パンを表す〝パーネ〟の発音も似ている）。

徐々にイタリア語を覚え、徐々にイタリア文化を理解している。

徐々に（ポコ・ア・ポコ）……

そう、気分は上々だ。

ただし、深夜のパーティは控えたほうがよさそうだ。酒も多すぎ、女も多すぎる。いや、いまのは撞着語法（どうちゃく）か。異性経験はどんなに多くても多すぎるということはない。束縛がきつくて、怒りっぽくて、依存心の強い女は、たとえ一人でも手に余るが。

なぜかガリーは、その手の女と深い関係になってしまうことが多かった。

故郷のセントルイスの一部地域に比べたらナポリは治安がよい部類だが、ガリーの本能は、見知らぬ他人の部屋に泊まる回数が多すぎると警告していた。目を覚ますと、充血した目をした女が何かもごもごとつぶやきながらとまどった表情で彼を見つめている。そして帰ってくれと言う。

な、自制心だぞ――と自分に言い聞かせた。

数週間前のヴァレンティナの顔が思い浮かぶ。

ラストネームは何だった？

ああ、それそれ、モレッリだ。ヴァレンティナ・モレッリ。吸いこまれそうに魅惑的な茶色の目……ベッドのなかで彼がささやいたらしいことを覚えていないとわかると、その目は美しさを失い、冷たい光を放った。どうやらガリーは――恩に着るよ、ミスター・ワイン（ヴィーノ）――一緒にアメリカに来ないかと誘ったらしい。二人でサンディエゴに遊びに行こうと。サンノゼだったかもしれない。そのどちらでもなかったかもしれない。

ガリーが忘れていると察するなり、ヴァレンティナは怒れる雌オオカミに豹変し、ワインボトルを彼の部屋のバスルームの鏡に投げつけ（高価なスーパータスカンのワインだったが、幸いにも飲んだあとの空き瓶だった）、ボトルと鏡の両方が粉々になった。そして彼に向かってイタリア語で何か言った。呪いの言葉のように聞こえた。

ふう。もう少し気を引き締めたほうがいい。

「一年間、ヨーロッパを満喫してくるといい」ガリーの父親は、セントルイスのランバート国際空港から旅立とうとしている息子に言った。「楽しめ。成績など最下位でもかまわん。それより人生経験を積め！」長身の父親――金髪に銀髪が混じり始めた、ガリーの初老バージョン――は、そこで声をひそめた。「ただし、コークだのポットだのを一ミリグラムでもやってみろ。親子の縁を切るぞ。ナポリの刑務所で反省するがいい。

うちから届くのは絵葉書くらいのものだろう。いや、絵葉書が届けばましかもしれないな」

父親の目をまっすぐに見て言える。コカイン（コーク）は一度もやっていないし、マリファナ（ポット）も一度もやっていない。

娯楽はほかにいくらでもあった。

たとえば、ヴァレンティナ（サンディエゴだって？　ほんとに？　殺し文句のつもりで、そんなことを口走ったのか？）。たとえば、アリエッラ。たとえば、トニー。

それから、フリーダを思い出した。

月曜に行ったナターリアのパーティで知り合ったオランダ人の女。屋上で過ごした二人きりの時間を思い出す。彼の肩に触れる美しい髪、腕に押しつけられた張りのある乳房、唇をむさぼる濡れた唇。

「ねえ、思うんだけどあなたって美青年よね？　フットボールの選手？」

「アメリカのとヨーロッパの、どっちの〝フットボール〟？」

フリーダは笑った。

「フット……ボール……」唇と唇がまた重なった。頭上に広がるナポリの夜空で、無数の星が明るく輝いていた。金色の髪をしてミントの味がするオランダ人の美しい女とガリーは、誰もいない屋上の奥まった場所に二人きりだった。

フリーダのまぶたが閉じて……

ガリーは彼女を見下ろして考えた――ごめんよ、ごめんよ……自分じゃどうにもできない。自分じゃコントロールできないんだ。

現実に返って身震いをし、目を閉じた。フリーダのことはもう二度と思い出したくない。

浮き立った気持ちが急速に萎えた。家に帰ったら、新しいグラッパの封を切ろうと思った。

フリーダ……

くそ。

古びたアパートのエントランスはもうすぐそこだった。通りの閑静な一画に建つすすけた二階建てのアパートだ。もともとは一つの家族が暮らしていた建物なのだろうが、どこかの時点で二世帯のアパートに改装された。ガリーは下の階に住んでいる。

立ち止まって鍵を取り出す。そのとき、二人組が近づいてくるのが見えて、ガリーはどきりとした。用心していたのに。ナポリに来て、すでに一度強盗に遭っていた。よくわからない脅されかたをした。痩せているが危ない目をした二人組から、金を貸してくれと頼まれた。ガリーは持ち金を全部渡した。よこせと言われる前に腕時計も差し出すと、二人組は嬉しそうに受け取った。

しかしよく見ると、いま近づいてきている二人組は警察官だった――男と女の二人組で、どちらも中年、ずんぐり体型をしている。国家警察の紺色の制服を着ていた。

それでも、当然のことながら、ガリーは警戒をゆるめなかった。

「何か？」

女性のほうが流暢な英語で尋ねた。「ガリー・ソームズ？」

「そうですけど」

「パスポートを拝見できますか」

イタリアでは、パスポートか身分証の携帯――と、要求に応じて提示すること――が全員に義務づけられている。ガリーのなかの市民的自由至上主義者が憤ったが、ガリーは抵抗せずにパスポートを差し出した。

女性の警官はさっと目を走らせたあと、自分のポケットにしまった。

「あ、ちょっと」

「月曜の晩、ナタリーリア・ガレッツリ宅で開かれたパーティに参加しましたね」

ついさっき思い出していたパーティだ。

「え……はい。そのパーティなら行きました」

「一晩中いましたか」

「一晩中の定義によりますけど」

「何時から何時までいましたか」

「そうだな……十時ごろから、夜中の三時くらいまで。どうしてですか」

「ミスター・ソームズ」今度は男性のほうが言った。女性よりイタリア語の訛がきつい英語だった。「そのパーティで起きた事件の容疑者として、あなたを逮捕します。手を前に出してください」

「手――？」

鋼鉄の手錠が現れた。

ガリーはためらった。

男性警官が言った。「手を前に出してください。従ったほうがご自分のためですよ」

女性がガリーの肩からバックパックを取り、なかを検(あらた)めた。

「勝手に見ないでくださいよ！」

女性警官は無視して荷物をかき回している。

男性のほうが手錠をかけた。

女性警官はバックパックの検査を終えたが何も言わなかった。男性がガリーのポケットを探り、財布だけを取ってあとの所持品はそのままにした。財布から、未使用のコンドームのパッケージを三つ取り出して持ち上げ、女性警官と目を見交わした。男性警官は取り出したものすべてを証拠品袋に入れた。

両側から腕を取られ、ガリーは通りの少し先に駐めた無印の車両に引き立てられていった。

「いったいどういうことですか」何度もそうわめいた。二人は一度も答えなかった。

「僕は何もしてません！」イタリア語に切り替え、切羽詰まった声で同じことを言った。

「ノン・オ・ファット・ニエンテ・ディ・ズバリアート！」

やはり反応はなかった。ガリーは噛みつくように言った。「何の容疑ですか（クアル・エ・イル・クリミネ）」

「暴行と強姦です。義務として、逮捕者のあなたには弁護士と通訳を呼ぶ権利があることをお伝えしておきます。シニョール、車に乗ってください」

22

ライムとサックスは、ベアトリーチェとエルコレがまとめた一覧表を検討している。その背後に並んで立ったロッシとスピロも、一覧表を凝視し、凝視し、また凝視していた。

さまざまな物質を分離し、同定することにかけて、ベアトリーチェの仕事ぶりは確かだった。

「土壌データベースはないのか」ライムはロッシに尋ねた。「粘土を主成分とする土の出どころを絞りこみたい」

ロッシは科学捜査ラボにいたベアトリーチェを呼び寄せた。

ライムの質問をロッシが伝え、ベアトリーチェが答えた。ロッシが英語に訳す。「ほかのたくさんの土壌サンプルと比較したそうですが、数百の地域で採取されるようなありふれた土で、これ以上絞りこむのは無理だそうです」

ライムは尋ねた。「ダクトテープや木の棒、バケツを取り扱っている販売店の聞き込みは可能か？」

ロッシとスピロは愉快そうな表情で顔を見合わせた。ロッシが答えた。「人手が足りません」

「コンポーザーがプリペイド式の携帯電話を購入したタバコ店に防犯カメラがないか、それくらいはたしかめられるだろう」

ロッシが言った。「ダニエラとジャコモを行かせています」

エルコレ・ベネッリが入口に現れ、おっかなびっくりといった様子で捜査司令室に入ってきた。ダンテ・スピロに殴りかかられるのではと警戒しているような顔だった。

「スピロ検事、アリ・マジークは電気ショック療法を受けていませんでした。そんな療法は聞いたこともないそうです。薬ものんでいません。あ、いまのは正確じゃないな。鎮痛剤のタイレノールくらいはのむそうです」

「それは事件と関係ないだろうが、森林警備隊」

「ええ、そうでした、検事（プロクラトーレ）」

スピロが言った。「電気ショック療法に抗精神病薬、抗不安薬。コンポーザーが最近、アメリカで精神科のある病院にかかったことは確かだろう。そういった病院には当たったのかね？」

　イタリアの警察が木の棒やダクトテープ、バケツの販売経路を追跡できないことをライムから非難されたと解釈し、それに反撃するつもりで発せられた質問なのだろうかとライムは思った。

「病院や医師の数が多すぎて、確認しきれない。それに、少量の鎮静剤が盗まれた程度のことで、全国規模の犯罪データベースに登録するとも思えない。ＮＣＩＣは検索したが、類似の事件は起きていなかった。一度も」

　人手が足りません……

　スピロは一覧表に視線を戻した。「アジト、アジトを示す手がかりもない」

　そんな古くさい言葉をイタリアで耳にすることになるとは。

「アジト……？」エルコレがおずおずと尋ねた。

「やつの潜伏場所だよ。拉致した直後に被害者を連れていった場所だ」

「あの送水路ではないんですか」

「違うな」スピロはそう答えただけで、何の説明も加えなかった。

　そこでライムは言った。「送水路で小便をしていない。大便もだ」そう言い切れるのは、もし用を足していたら、サックスや救急隊が気づいて報告しているだろうからだ。

「コンポーザーは、ナポリ市内か近郊に活動拠点を持っている。マジークの動画を撮影したのは送水路の貯水槽だが、動画の編集や投稿は別の場所でしている。そのアジトが見つかれば、何らかの手がかりが残っているだろう。何も残っていないかもしれないが」そう付け加えて一覧表に顎をしゃくった。

ロッシの携帯電話に着信があった。短いやりとりを終えて、ロッシが言った。「郵便警察の同僚からでした。マジークのプリペイド電話カードの分析結果です。バス停留所で拉致される直前の一時間に、マジークが電話を使用した地域を一気に絞り込めました。ダブルッツォの北東十キロほどのところにある基地局周辺です」

スピロがロッシに言った。「私はその地域に縁がない。コンポーザーはなぜ、市街地から遠く離れた土地で被害者を物色した？　そうだ(アッローラ)、誰か行かせることはできるか、マッシモ。明日にでも」

「ええ、おそらく。ただ、明日の朝一番からというのは無理でしょう。ダニエラとジャコモには先にナポリ市内の聞き込みを終わらせてもらわないと。エルコレに行ってもらうというのはどうかな」

「森林警備隊か」スピロの目がエルコレのほうを向く。「聞き込みの経験はあるのかね」

「被疑者や目撃者の事情聴取なら経験があります。何度も」

スピロなら、どうせ相手は野生動物だろうと嘲るかとライムは思ったが、スピロは意外にも肩をすくめただけだった。「いいだろう。きみが行け」

「シ。了解しました」エルコレは考えこむような顔をして、マジークが事情聴取を受けていた部屋のほうを振り返った。「アラビア語の通訳を同行させていただけませんか。

さっきマジークの通訳をしていた人とか」

ロッシが訊く。「アラビア語の通訳？　どうして？」

「スピロ検事がおっしゃった理由から」

「私が言った？」

「ええ。たったいまおっしゃいました。コンポーザーはなぜわざわざあんな遠くまで出かけてターゲットを捜したのか。イスラム教徒のコミュニティがあるとしか考えられません。マジークはイタリア語が話せない。となればなおさら、アラビア語を話す人物と会っていたと考えて間違いないでしょう」

スピロはしばし熟考した。「筋は通っている」

しかしロッシが言った。「うちの通訳——マルコもフェデリカも、予定がいっぱいで動けません」ライムに向き直る。「我々に決定的に欠けているものは——決定的に欠けているものの一つは、アラビア語の通訳です。これだけの難民が押し寄せているのに」

エルコレが眉間に皺を寄せた。そしてサックスのほうを向いて言った。「さっき、アラビア語を話してましたよね」

「私？　あれは——」

「とても流暢なアラビア語でした」エルコレが早口で言い、ロッシに向き直った。「現場でマジークと話しているのを聞きました」またサックスのほうを向く。「よかったら手伝ってもらえませんか」まじめくさった顔で続けた。「もちろん、通訳に限定しての話ですけど。僕の質問をアラビア語に通訳するだけ。よけいなことはいっさい言わない」

サックスが目をしばたたく。

やかまし屋で説教好きの父親のような口をきこうと奮闘している、気の優しい青年エルコレ。何やらコミカルだとライムは思った。

エルコレはスピロに言った。「ご指示は忘れていませんから、プロクラトーレ。サックス刑事には通訳をしてもらうだけです。誰かに何か訊かれたら、そう答えます。マジークが食事をした相手を探し出すのは重要な課題です。そうですよね？　それに、コンポーザーが残した証拠、コンポーザーを目撃した人物もぜひとも探さなくちゃいけない。ひょっとしたら、あなたがおっしゃってたパターンを特定できるような手がかりにつながるかもしれませんから」

「いかなる状況であっても――」

「サックス刑事にマスコミと話をさせるな」

「そのとおり」

スピロはエルコレを見て、次にサックスを見た。「それが条件だ。そこの森林警備隊の言葉を通訳する以外、一言たりとも話してはならない。必要がない場面では車のなかで待機する」

「わかりました」

スピロは出口に向かった。廊下に出る前に立ち止まって振り返り、サックスをじっと見つめた。「アラビア語を話せますか（ハル・タタハッダス・アルアラビーヤ）?」

サックスは平然とスピロを見つめ返して答えた。

「はい（ナアム・フィアラン）」

スピロはほんの一瞬、サックスの視線をとらえたあと、ポケットからライターを取り出して葉巻と一緒に握り締め、廊下に出ていった。

スピロはいまのたった一往復のやりとりで知っているアラビア語の単語を使い果たしたのではないかとライムは思った。サックスの語彙（ごい）にしても、ざっと二ダースほどしかないことは知っている。

ふと見ると、トムが入口に立っていた。

「ホテルに行きましょう」トムは厳しい声で言った。

「いや、まだ——」

「だめです、体を休ませないと」

「まだ答えの出ていない疑問が十以上もある」

「車椅子のコントローラーを引っこ抜きましょうか。車椅子ごとバンに積みこみますよ」

この車椅子は重さ五十キロほどある。だが、トムならそれごと抱え上げてバンに放りこむくらいのことは楽勝でやってのけるだろう。

ライムは顔をしかめた。「わかった、わかった、わかったよ」車椅子の向きを変え、ほかの面々におやすみを言う役割をサックスに一任して出口に向かった。

23

まもなく午後十一時になる。

ステファンはナポリ郊外を車で走っていた。神経がぴりぴりしている。落ち着かない。次の作品作りを早く始めたかった。次の作品作りを始める必要に迫られていた。

汗を拭う。何度も拭う。使ったティッシュはポケットに押しこむ。ＤＮＡを残さないよう、用心に用心を重ねた。

絶えず音を意識しているのはいつもどおりだ。しかし今夜は、音を聞いても気が鎮まることも不安が和らぐこともなかった。車の低いうなり、タイヤがアスファルトをこする音。一ダースの昆虫が奏でる二ダースの異なった歌、一羽ではなく二羽のフクロウの鳴き声。飛行機が頭上を通り過ぎていき、その堂々としたうなりがほかのすべての音をかき消す。

音を聞くには夜が一番だ。冷たく湿った空気が地面や木立から音をすくい上げ、ふだんなら聞こえない音を解き放ち、東方の三博士の贈り物のように人の耳に届ける。

ステファンは制限速度を超過しないよう気をつけた。無免許だし、盗んだ車だ。だが、ギリシャ神話の神々の娘や息子がすぐ後ろを追ってきていたりはしない。国家警察の車が追い越していった。国家治安警察隊(カラビニエリ)の車も。いずれのドライバーも、そして混雑した通りを行き交う者の誰一人として、ステファンには見向きもしなかった。

薬が血中を巡っているし、心の内を漂っている彼のミューズ、エウテルペの存在も心強いが、それでもやはり不安は拭いきれない。震える手、汗で湿った肌。

コンポーザーの最新作の出演者、アリ・マジークを思い出すことはなかった。あの痩せたちっぽけな男は、すでにステファンの世界には存在していない。ステファンのハーモニーへの旅に必要な役割を演じきった――大いに貢献してくれた。

『花のワルツ』の一節をハミングした。

ひっ、2、3、ひっ、2、3……

坂を登りきったところで、雑草に覆われた路肩に車を寄せて駐めた。カポディキーノの丘を見渡す。現在はナポリ郊外に当たるここは、かつて壮絶な闘いが行なわれた地だという。一九四三年、有名な〝ナポリの四日間〟の三日目のことだ。この四日間でナポリ市民は蜂起(ほうき)し、侵攻してきたナチスドイツ軍を撤退させた。

ナポリ国際空港はこの丘陵地帯にある。また、あまたの企業や小さな工場、倉庫もひしめいていた。質素な住宅も多い。

加えて、ごく特徴的なもの、ここを通る者の目をかならず引き寄せるものがある——イタリア最大の難民キャンプの一つ、カポディキーノ難民一時収容センターだ。何エーカーもの敷地に青いビニールテントが整然と並び、その屋根に真っ白な文字で内務省（ミニステーロ・デリンテルノ）と書かれている。

キャンプの敷地は有刺鉄線つきの高さ二・五メートルのフェンスで囲まれているものの、簡単に破ることができそうだし、警備員の巡回もほとんど行なわれていないようだ。夜のこんな時間だというのに、キャンプは騒がしい。ものすごい数の人が歩き回り、あるいは座ったりしゃがんだりしている。イタリアの難民キャンプはどこも超満員で、セキュリティも不十分だとステファンは聞いていた。

言うまでもなく、ステファンには好都合な条件ばかりだ。混沌とした猟場は、すなわち格好の猟場だ。

キャンプ周辺の通りには、車や徒歩でパトロール中の警備員がほんの何人かいるだけだった。それを確かめると、ステファンはまた車を出した。おんぼろメルセデスを正面ゲートの近くに駐めて、降りた。人情話を求めて集まっていると思しき眠たそうな記者たちにまぎれて、ゲートに近づいた。抗議集団もいた。プラカードの大部分は何が書いてあるのかわからなかったが、英語のものもちらほらあった。

〈もといた国に帰れ！〉

キャンプをさっと見渡す。ついこのあいだ初めて来たときより、さらに人数が増えていた。しかしそれを除けば、前回とほとんど変わっていない。ターキーやクフィをかぶった男たち。女たちはほぼ全員がヒジャブなどで頭部を覆っていた。スーツケースを持っている者もいたが、大多数はわずかな所持品を布袋やビニール袋に詰めて提げていた。厚手のキルトを抱き締めるようにしている者もいる。密入国斡旋グループの船が拿捕されたとき、あるいは地中海に投げ出されたところを救助されたあと、イタリア海軍から支給されたものだろう。オレンジ色の救命ベストを着たままの者も見えた。それもやはりイタリア軍やNGOから支給されたものだ。場合によっては密入国斡旋グループが用意することもある（顧客に溺死されるとのちの商売に響きかねないと案じるグループは、あらかじめ着用させる）。

難民の多くは家族で来ている。次に多いのは独身男性と見受けられた。ほかに数百、数千の子供がいる。歓声を上げて遊んでいる子供もいるが、ほとんどは呆然とした様子で黙りこくっていた。

そして、どの子も疲労困憊している。兵士や警察官がむやみと大勢いて、多種多様な制服が入り乱れているところからすると、それぞれ政府のまったく別の機関から派遣されてきているのだろう。不機嫌そうな険しい顔をしてはいるが、難民には丁寧に接していた。前回来たときもそうだったが、誰もステファンのことを気にしていない。

カオスだ。

猟場……

視界の隅で何かが動いた。見ると、フェンスの向こう端、金網に縦に入った切れ目をすり抜けて、難民の男が一人出てきた。脱走するつもりか？　しかし男は急ぐ様子もなく歩き出し、キャンプの周囲で食品や衣類、衛生用品などを販売している十数軒の屋台の一つに近づいた。買い物をすませ、またフェンスの内側に戻っていく。

ふむ。キャンプの警備態勢は、文字どおり穴だらけのようだ。

ステファンは屋台の一軒で中東料理を買った。うまいが、食欲はあまりない。単なる燃料としてカロリーを摂取しておきたいだけのことだ。食べながら、キャンプ沿いの道を行ったり来たりした。最後にまた正面ゲートに戻った。

まもなく大型のパネルトラックが到着した。貴重な積み荷は、やはり難民だった。さまざまな濃さの褐色の肌、おそらく北アフリカの典型的な装束。シリアから来た人々もきっといるはずだ。波に翻弄される小舟に乗って、数百キロ先のイタリア西岸を目指す旅――想像を絶する困難だったろう。

ステファンの心の耳に、やわな船の板が軋む音が聞こえた。ゾディアックのポンツーンボートが波と次の波のあいだに落ちる音。いまにも息絶えそうなモーターの不規則なうなり。赤ん坊の泣き声、船縁を打つ波の音、鳥の声、風のうなりやささやき。目を閉じて耳を澄ます。想像のなかの音に圧倒されて、背筋がぞくりとした。気持ちを落ち着かせ、汗を拭って、ティッシュをポケットに押しこむ。見たろ？――〈女神〉に向けて念じた。僕はこんなに気をつけているんだよ。いつだって用心している。ミューズのために。

到着したばかりのトラックから三十数名の難民が降りて、正面ゲート前に集まった。警備員二名が監視していた。マシンガンは携帯していない。銃紐に結ばれた拳銃を白い革のホルスターに差しているだけだ。警備員は新入りの難民たちを手続き所に誘導している。低く細長いテーブルに難民救援員が四人いて、クリップボードやノートパソコンの上にかがみこんでいた。

ステファンはさらにゲートに近づいた。混雑のおかげで、誰もステファンには目をくれない。疲れて話す気力も尽きたような顔をしたカップルのそばに近づいた。母親の腕に抱かれた二歳の子供も、疲れた顔で眠りこんでいる。カップルはテーブルの前に立ち、夫が——二人とも結婚指輪をしていた——言った。「ハーリド・ジャブリルです」それから妻のほうにうなずいた。「こちらはファティマ」次に子供の髪をそっとなでて付け加えた。「ムナです」

「私はラニア・タッソ」二人と向かい合った女性救援員が言った。会釈のやりとりはあったが、握手は交わされなかった。

ハーリドは西洋風の服装をしていた——ジーンズ、ヒューゴ・ボスのコピー品のTシャツ。ファティマは頭にスカーフを巻き、長袖のチュニックを着ているが、下はやはりジーンズを穿いていた。そして二人とも足もとはランニングシューズだ。幼い娘は黄色のベビー服を着ていた。ディズニーのキャラクターがついている。

二人のパスポートを確認している救援員、ラニアは、腰まで届く暗い色味の赤毛を二つにわけて三つ編みにしていた。ベルトに無線機を、首から身分証を下げている。難民救援団体の職員なのだろう。しばらく観察していたステファンは、ラニアは団体のかなり上のほうの幹部らしいと思った。もしかしたらこのキャンプの責任者かもしれない。鼻筋の通った顔立ちをして、肌の色はオリーブ色がかっている。おそらく祖先にギリシャ系イタリア人がいるのだろう。あるいはチュニジア系か。

難民の夫婦は質問に答えていた。それにしても、ファティマの声ときたら、聞くに堪えない代物だった。〝ボーカルフライ〟あるいは〝エッジボイス〟と呼ばれる声の出し方で、ステファンの印象では男性より女性に多い。低いしゃがれ声を喉から無理に絞り出しているような声だ。

ファティマがまた何か言った。

だめだ、あの声はどうにも苦手だ。

ラニアがパソコンにデータを打ちこむ。それから、掌サイズのカードにアラビア語で何か書きつけてファティマに渡した。ファティマが質問する。難しい顔をしていた。イタリアの厚意でここにいる側、ファティマのほうが、ラニアの今後の見通しや資産を調べているかのようだった。

ラニアは根気強く答えている。

ファティマがまた何か言いかけたが、夫のハーリドが小さな声で何か言った。ハーリドの声は耳に心地よいバリトンだった。ファティマは口を閉じてうなずいた。それからまた何か言った。おそらく謝罪したのだろう。

そこでやりとりは終わり、バックパック一つと大きなビニール袋二つ、そして娘を抱えて、夫婦はテントの長い列をたどってキャンプの奥のほうへと歩き出した。

そのとき、驚いたことに、突如として音楽が流れ始めた。中東の音楽だった。ゲートに近いテントの前に集まった若者たちがCDプレイヤーを設置したようだ。アラブ世界の音楽は風変わりだった。主旋律もストーリーもない。西洋の音楽の聞き慣れた拍子やコード進行もなかった。音で書いた詩のようだ。繰り返しが多いが、不思議と惹きつけられる。魅惑的だった。官能的と言ってもいい。

アリ・マジークの息遣いがステファンのワルツのリズムを刻むとすれば、この音楽は肉体のささやきやバズ音だ。

いずれにせよ、その音楽はステファンの心をなだめ、頭をもたげかけていた〈ブラック・スクリーム〉の芽を摘み取った。だらだらと流れていた汗まで引いた気がした。

ファティマがふいに足を止め、美しいが意地の悪そうな顔を若者たちに向けた。顔をしかめて何か言う――あのがらがら声で。

気まずそうな顔で、若者の一人が音楽を止めた。

なるほど、耳障りな声の持ち主であるだけでなく、音楽が嫌いらしい。

エウテルペはこの女に嫌悪の情を催すだろう。

ミューズの不興を買うのはあまり賢明なことではない。女神は親切で優しいと世間は信じている。オリュンポス山の世俗と隔離された芸術と文化の世界でひっそりと暮らしている繊細な生き物だと思っている。しかし、忘れてはいけない。ミューズたちは、オリュンポス山でもっとも強大でもっとも非情な神の娘なのだ。

第四部　希望のない国

九月二十四日　金曜日

24

アメリア・サックスは、宿泊先のグランド・オテル・ディ・ナポリ一階のロビーに下りていった。

壮麗なホテルだ。おそらくロココ調と呼ばれる様式だろう。金と赤の壁紙。アンティークのベルベット。手のこんだ装飾が施されたガラスの飾り棚。そこに飾られた、インク壺や扇、キーホルダーなど、陶磁や銀や金や象牙でできた小物。壁にはベスビオ山の絵が並んでいる——噴火の様子をとらえたものもあれば、平時を描いたものもある。画家は、もしかしたら、まさにこの場所で絵筆をキャンバスに置いたのかもしれない。東や南の窓から、黒ずんだ茶色のピラミッド形をした山が望める。穏やかな山に見えた。威圧感や殺気めいたものはまったく感じられない。でも——とサックスは考えた——殺人者もたいがいそういうものではないか。

グランド・オテルの壁には著名人の写真も数多く飾られている。宿泊したか、食事に来たことのある人々だろう。フランク・シナトラ、ディーン・マーティン、フェイ・ダナウェイ、ジミー・カーター、ソフィア・ローレン、マルチェロ・マストロヤンニ、ハリソン・フォード、マドンナ、ジョニー・デップら、俳優やミュージシャン、政治家が数十人。その半分くらいはサックスも顔と名前を知っていた。

「ご朝食ですか、シニョリーナ？」フロント係がカウンターの奥から微笑んだ。

「いいえ。グラツィエ」まだ時差ボケを解消できておらず、サックスの体内時計は午前二時を指していた。それに、オレンジジュースをもらおうとダイニングルームをのぞくなり、朝食のボリュームに圧倒された。一食で丸一日分のカロリーがとれそうだ。どこから手をつけていいかさえわからない量だった。

九時きっかり、エルコレ・ベネッリの車がホテル前で停まった。すぐ前のパルテノペ通りは基本的に歩行者専用道路だが、灰色の制服を着たひょろりと背の高い若者が運転する車が進入するのを誰も止めなかったらしい。くたびれた水色のメガーヌは、バンパーに鳥のシルエットのステッカー——なぜ鳥？——が貼ってあるきりで、警察の標章などはいっさいないにもかかわらず。

サックスは通りに足を踏み出した。外は暑いが、美しいナポリ湾が目を楽しませて暑さを忘れさせた。しかもホテルのすぐ前には、なんと、古びた城がある。

エルコレが車のキーを抜いて降りてこようとしていることに気づき、サックスは手を振って運転席に戻らせた。エルコレがほっとした顔をした。今日はＦ１ごっこの必要はない。

車内のカップホルダーに酔い止め薬ドラマミンの容器があるのを見て、サックスは愉快になった。昨日はそんなものは置いていなかった。

サックスは黒いジャケットを脱いだ。下に着ていたベージュのブラウスの裾は黒いジーンズにたくしこんである。ベレッタはショルダーバッグに移し、バッグを床に置く。

二人ともシートベルトを締めると、エルコレは――ほかの車は一台もいないのに――ウィンカーを出し、パルテノペ通りから混雑して無法地帯同然のナポリ市街に向かった。

「ホテルは快適ですか」

「ええ、とても」

「すごく有名なホテルです。宿泊したことのある人たちの写真を見ましたか」

「見た。きっと長い歴史のある建物なのね。十九世紀築？」

「いやいや、ナポリには古い建物が多いのは確かです。アリ・マジークが監禁されてた遺跡とか。だけど、木と石の建物の地上部分はほとんど破壊されてしまったんです」

「戦争でってこと？」

「そうですそうです。ナポリは、第二次世界大戦中にイタリアのどこよりもたくさん爆撃された都市です。もしかしたらヨーロッパで一番かもしれない。正確なところは知りませんけど。二百回以上も空爆に遭ってるんですよ。ところで、一つ心配なことがあります。あなたに通訳をしてもらう気はないんです」

「そうよね、おかしな話だと思った」

「ええ、ええ。僕はあの地域に詳しいです。ナポリ郊外の丘陵地帯のことは、自分の家の庭みたいによく知ってます。それに、アラビア語を話す人たちのコミュニティなんてないことも知ってます。でも、行けば手がかりが見つかる可能性が大きいんじゃないかと思います」

「リンカーンも私も同意見よ」

「ただ、僕は役者不足です。どんな質問をしたらいいか、どこを調べたらいいかわかりません。あなたなら知ってますよね。専門分野だから。それで、一緒に来てもらいたかったんです」

「スピロをうまく言いくるめたわよね」

「いいくるめる——？」

「だました、みたいな意味」

エルコレの細長い顔がこわばった。「そうですね、だましちゃいました。ある人から、その、別の警察官からアドバイスされたんです。スピロ検事はとにかく持ち上げておけ、たとえ間違っていても検事の意見を尊重しろって。そのとおりにしました。少なくとも努力はしました」

「うまくいったわ。そういう駆け引きには慣れていなくて」

「はい」

「私も打ち明けておくと、知ってるアラビア語のフレーズは数えるほどしかないの。昨日、ダンテ・スピロから〝アラビア語は話せるか〟って訊かれて答えた〝はい〟とか、〝身分証明書を見せて〟〝銃を置いて両手を挙げなさい〟とか」

「その一番最後のフレーズは使わずにすむといいな」

それから十分ほど、黙って車を走らせた。都会の密集した景色は、工場と倉庫と民家が一緒くたに並ぶものに変わり、やがて秋の白くかすんだ陽射しのもと、気が抜けたようにたたずむ農場や小さな村が見えてきた。エルコレの運転は、慎重すぎるくらい慎重だった。サックスは内心の焦れったさを顔に出さないよう最大限に努めた。メガーヌは、制限速度の時速九十キロをわずかに下回るスピードを維持していた。ほかの車が——トラックまで——次々と猛スピードで後ろに迫ってきては追い越していく。こちらの倍くらいの速度でかっ飛ぶミニ・クーパーも見かけた。

だだっ広い農場のそばを通り過ぎた。エルコレがなぜかその農場に興味を示した。

「あ、あれ、見てください。ここにはまた来なくちゃいけないな」

サックスは、エルコレが両手で指し示した左側を見やった。イタリア人はみなこうらしい。どれだけ飛ばしていても、どれだけ道路が渋滞していても、おしゃべりを始めると、両手でハンドルを握っていられない。片方の手さえハンドルに置いておけないのだ。

サックスは農場を見つめた。エルコレが指し示した農場、低い建物が並ぶ泥だらけの二エーカーほどの農場で主に飼育されている家畜はブタのようだ。強烈な臭気が車内に入りこんできた。

エルコレは心の底から何かを憂えているらしい。

「僕の仕事の一つは、家畜の飼育環境の監視です。ちらっと見ただけでも、ここのブタは劣悪な環境で飼育されているとわかります」

サックスには泥まみれのふつうのブタにしか見えない。

「農場主に改善を指導しなくちゃなりません。適切な排水設備と下水処理。人間の健康のためでもありますけど、それ以上に動物たちのためです。家畜にも魂がある。僕はそう信じてます」

車はダブルッツォの町中を通り過ぎた。エルコレは、ローマの東側にあるアブルッツォ州とは別なので混同しないようにと言った。その州のことも知らないから混同しようがないのにと思ったものの、サックスはとりあえず礼を言った。車はそのまま農地や休閑地が連なるなだらかに起伏した丘陵地帯を進み、郵便警察の分析の結果、アリ・マジークのプリペイド携帯が使われたと判明した地域に入った。

サックスは地図を持ってきていた。そこに描きこまれた大きな丸印の内側に、マジークと食事の相手が会った可能性がある小さな町、あるいは商店やカフェ、レストランやバーが集まっている場所が合わせて六つ含まれている。地図をエルコレに見せた。エルコレはうなずいて、集落の一つを指さした。「ここから一番近いのはこれですね。二十分で着きます」

車は二車線道路を進んだ。エルコレは、思い浮かんだことを端から話題にした。飼っているハトのこと——くうくうという鳴き声とレースのスリルが好きだというだけの理由で飼育しているという（なるほど、それでバンパーのステッカーの謎が解けた）。ナポリの便利な場所に借りているささやかなアパートのこと。家族——エルコレは三人兄弟の真ん中で、兄と弟はすでに結婚している——や甥っ子のこと。それから敬意をこめた調子で両親の話をした。二人とももう亡くなっているという。

「ところで（アッローラ）、一つ訊いてもいいですか。カピターノ・ライムともうじき結婚するんですか」

「ええ」

「それはすてきだ。いつになりそうですか」

「本当は二週間後の予定だったんだけど、コンポーザー事件が起きちゃって延期になってる」

ライムはハネムーンにグリーンランドに行こうとしていたのだと話した。

「え、ほんとに？　変わってますね。グリーンランドの写真を見たことがありますよ。草も木も花もほとんどない国です。僕ならイタリアを勧めます。チンクエ・テッレやポジターノもいいし——どっちもナポリからそんなに遠くないですしね。フィレンツェもいいな。ピエモンテ、コモ湖。自分のときはクールマイヨールに行きたいです。北の国境に近い、モンブランのあるところですよ。すごくきれいです」

「つきあってる人はいるの？」

エルコレがたびたびダニエラ・カントンをうっとりと見つめていることにサックスは気づいていて、コンポーザー事件以前からの知り合いなのだろうかと考えていた。ダニエラは、少しお堅い雰囲気ではあったが、優秀な人物と見えた。それに、美人であることは間違いない。

「いえいえ、いまはいません。それが唯一心残りで。母が死ぬ前に結婚できなかったことが」

「まだまだ若いわ」

エルコレは肩をすくめた。「いまはほかにやりたいことがたくさんあるし」

それから、キャリアの話を始めた。国家警察に移りたいのだという。国家治安警察隊（カラビニエリ）に入れたらなおいい。サックスは二つの違いを尋ねた。カラビニエリは軍の機能を持つ警察組織だが、民間の犯罪の捜査権も持っている。カラビニエリと国家警察のほかに財務警察があって、経済犯罪だけでなく移民に関連する事案も扱う。この財務警察にはあまり魅力を感じない。エルコレはいわゆる警察官、刑事に憧れている。

「あなたみたいな」エルコレは頬を赤らめて微笑んだ。

コンポーザー事件を憧れの世界への入口と見ていることは明らかだった。

ニューヨークでの仕事ぶりを尋ねられて、サックスは自分のキャリアについて話した。ファッションモデルを経て、ニューヨーク市警に入局したこと。生涯をパトロール警官として過ごした父のことも話した。

「この親にしてこの子あり、ですね！」エルコレが楽しげに言った。

「そうね」

まもなくリストの最初の村に着いて、二人は聞き込みを開始した。時間のかかる作業だった。レストランやバーに入り、ウェイターやウェイトレス、経営者をつかまえ、エルコレがマジークの写真を見せて、水曜日の夜にこの人を見ませんでしたかと尋ねる。最初に入った店で、エルコレが長々と話し込むのを見て、サックスはよい兆候だと受け止めた。いま話している人物から手がかりが得られたのだと。

車に戻ったところで、サックスは尋ねた。「マジークを覚えてたのね」

「え、誰が？　いまのウェイターですか。いえいえいえ」

「じゃあ、何を話してたの？」

「政府がこの近くに新しい道路を通そうとしていて、いまより人が集まるようになりそうです。さっきのウェイターによると、このところ売り上げがいまひとつだったそうなんです。ガソリンの価格は下がったのに、田舎町まで足を伸ばす人は減ってます。ちょっと雨が降っただけで、古い道路は流されてしまうんですよ。だから――」

「エルコレ、先を急がないと時間がないわ」

つかのま目を閉じて、エルコレはうなずいた。「そうでした。そうでしたね」それから微笑んだ。「イタリア人はおしゃべり好きなので」

それからの二時間で、十八軒を当たった。手がかりは何一つ得られなかった。

正午を回ったころ、小さな町の聞き込みがひととおり終わって、リストのその町の名前に線を引いて消した。エルコレが腕時計を見て言った。「ちょうどいい、お昼にしませんか」

サックスはこぢんまりとした交差点を見回した。「そうね、サンドイッチくらいはお腹に入れておきたいかも」

「ウン・パニーノ。シ。いいですね」

「テイクアウトできそうなお店はある？　コーヒーも」

「テイクアウト？」

「持ち帰りってこと」

エルコレは困ったような顔をした。「えーと……イタリアにはそういう習慣がありません。少なくともカンパニア州には。いや、イタリアのどこの地方でも聞いたことがないです。ちゃんとテーブルで食べましょう。時間はかかりませんから」ついさっき経営者から話を聴いたばかりのレストランにうなずく。「あの店でいいですか」

「ええ、私はかまわない」

二人はビニールクロスがかかった外のテーブルについた。クロスはエッフェル塔の絵柄だったが、メニューにフランス風の料理は一つも載っていなかった。

「モッツァレラをもらいましょうか。ナポリの特産ですから——ピザもそうです。ナポリはピザの発祥地なんですよ。ブルックリンがどう言おうと」

サックスは目をしばたたいた。「え、何？」

「何かで読みました。ニューヨークのブルックリンにあるレストランが、ピザを発明したのは自分たちだと言ってるって」

「私、ブルックリンに住んでるのよ」

「ほんとに？」エルコレは嬉しそうに叫んだ。「いまのピザの話は悪口じゃありませんから」

「わかってる」

エルコレが二人分の注文を決めた。できたてのモッツァレラチーズ、ラグーソースのパスタ。エルコレは赤ワインをグラスで頼み、サックスはアメリカーノ・コーヒーを頼んだ。ウェイトレスは不思議そうな顔をした――この国では、コーヒーはあくまでも食後に飲むものらしい。

チーズが運ばれてくる前に、頼んでいないアンティパストが運ばれてきた。透けて見えるくらい薄く切った肉やソーセージ。パンも添えられていた。飲み物も来た。

サックスは肉を一口食べた。また一口。塩気がある。複雑な風味がはじけるように口のなかに広がった。すぐにモッツァレラ・チーズが来た。スライスしたものではなく、ネーブルオレンジ大のボール状のものが皿にごろりと載っている。一人に一つずつ。サックスは言った。「これで一人分？」

その尋ねるまでもない質問に、すでにチーズを半分くらい片づけていたエルコレが笑った。サックスは少し食べた——こんなにおいしいチーズは食べたことがない。エルコレにもそう伝えた。しかしすぐに皿を押しやった。

「やっぱり口に合いませんでしたか」

「あのね、エルコレ。多すぎるの。いつもはコーヒーとベーグル半分でお昼をすませるから」

「テイクアウトで、ね」エルコレは首を振ってウィンクをした。「不健康な食事だ」そう言って目を輝かせた。「ああ、来た来た。パスタです」二皿運ばれてきた。「ジーティって名前のパスタです。カンパニア名物。強力粉で作るんですけど、セモリナ・リマチナータっていう細挽きの粉を使います。ソースは、地元産の肉を使ったラグーです。パスタは茹でる前に手で割ります。ここのニョッキもおいしいですよ。カンパニア州人はジャガイモ嫌いですがニョッキなら食べられます。ただ、昼から食べると胃がもたれます」

「きっと自分でも料理をするのね」サックスが言った。

「僕が？」エルコレは愉快そうに訊き返した。「いやいやいや。カンパニアの人はみんな料理に詳しいですね。それは……とにかく詳しいです」

ソースはこってりと濃厚で、柔らかくなるまで煮込んだ肉の小さな塊が載っていた。重たすぎるということはなかった。パスタにも歯ごたえと風味があって、ソースとバランスが取れていた。

二人はしばし無言で料理を口に運んだ。

やがてサックスは尋ねた。「ほかにはどんな仕事を……あなたの所属先は何て言うんだった?」

「英語では森林警備隊——CFSです。いろんな仕事がありますよ。職員は八千人くらい。森林火災の消火も仕事のうちです。僕はやりませんけど。飛行機が何機もあります。ヘリコプターも。登山者やスキーヤーの救助に使います。あとは、農産物の規制。イタリアにとって、食品やワインは重要な産物ですから。トリュフは知ってます?」

「チョコレートね」

エルコレが一瞬固まった。サックスの返事の意味を考えている。「あー、いやいやいや、そのトリュフじゃなくて。きのこのトリュフです。マッシュルームの仲間」

「ああ、そのトリュフ。ブタが探すきのこ」

「犬のほうが優秀ですけどね。トリュフ探し専門の犬種があるくらいで。ものすごく鼻がよくて、値段も高いです。トリュフ獲りがラゴット・ロマニョーロを誘拐した事件を何度か捜査したことがありますよ」

「難しい捜査でしょうね。だって、肉球の跡のデータベースなんてないだろうから」

エルコレは笑った。「ユーモアは国境を越えられないって言いますけど、いまのはおもしろいです。まじめな話、動物の足跡のデータベースがないのは残念ですね。犬の体にマイクロチップを埋めこむ飼い主もいますけど、絶対に害がないとは言えないって聞きますし」

エルコレは続けて、イタリア北部産の白トリュフ、中部から南部で収穫される黒トリュフは、いずれも高額で取引されるが、白トリュフのほうが価格が高いのだと説明した。一個千ユーロで売買されることもある。

ナポリでトリュフの産地を偽装し、中国産をイタリア産として販売している業者を追跡していたという話もした。「まったく不届き者ですよ！」ところがコンポーザー事件が発生して、捜査は中断した。エルコレは眉根を寄せた。「悪党（フルファンテ）……そいつには逃げられました。半年分の仕事が吹き飛びましたよ」しかめ面をして、ワインの残りを一息に飲み干す。

エルコレの携帯電話にメッセージが届いた。確認して返信する。

サックスは片方の眉を上げた。

「いや、コンポーザー事件の連絡ではないです。友達から。さっきハトの話をしましたよね。この友達と一緒にレースをやってるんです。もうじき競技会があります。鳥のことは詳しいですか、サックス刑事」

「アメリアでいいわ」

サックスが身近に知っている鳥は、セントラルパーク・ウェストに面したリンカーン・ライムのタウンハウスの窓台を住処にしているハヤブサの一家くらいのものだ。美しい生き物だ。それにおそらく、同程度の体格の鳥同士で比較したら、世界で最も有能で冷酷な捕食者でもあるだろう。

そして、ハヤブサの好物は、よく太って不注意なニューヨークのハトだ。

サックスは言った。「いいえ、エルコレ。鳥のことはまるで知らない」

「僕が飼育してるのは、レースバトです。五十キロから百キロくらいのレースに出ます」携帯電話にうなずく。「友達とチームを組んでるんです。レースはおもしろいですよ。負けてなるものかって燃えてきます。ハトに危険じゃないかって言う人もいます。タカにも狙われるし、天候不順や人造の障害物もあるし。だけど、僕なら、ガリバルディの銅像に朝から晩まで止まってるハトより、使命を帯びて飛ぶハトになりたいです」

サックスは笑った。「私もそっちがいい」

使命を帯びて飛ぶハト……

長すぎるくらいの休憩を取った。サックスは精算を頼んだが、エルコレは意地でもサックスに支払わせようとしなかった。

二人は目下の使命を再開した。

おもしろいことに、休憩に――おいしい食事に時間をかけたことが、幸運に結びついた。

次に訪れた町で入ったレストランのウェイトレスは、ちょうど出勤してきたところだった。もしその前の町で昼休みを取らずにまっすぐここに来ていたら、そのウェイトレスとは行き違いになっていただろう。リストランテ・サン・ジャンカルロのウェイトレスは、華奢な体つきをした女性で、金色の髪を二世代前に流行った外はねのスタイルにしている一方で、きわめていまどきなタトゥーを入れていた。サックスが差し出したアリ・マジークの写真を見てうなずいた。エルコレが通訳を務めた。「この写真の男性は、イタリア人男性と食事をしたそうです。彼女はセルビア出身で、カンパニア州の出身ではないだろうと言ってます。ただし、話しかたの癖がどの地方のものかわからないそうですが、この地方の人の訛とは違っていたと」

「名前はわかる？　以前にも見たことのある人？」

「いいえ」ウェイトレスはサックスに答え、イタリア語で何か続けた。

エルコレが英語でサックスに伝えた。マジークは居心地が悪そうで、食事のあいだもずっときょろきょろしていた。二人は英語を話していたが、ウェイトレスが近づいていくと、口をつぐんだ。マジークの連れ——友人同士には見えなかった——は「あまり感じのいい人ではなかった」。浅黒い肌とふさふさの黒っぽい髪をした大柄なその男性は、スープが冷めていると文句を言った。確かめると、冷めてなどいなかった。請求の金額が間違っていると言った。確かめると、間違っていなかった。ダークスーツは埃で汚れていて、他人の迷惑など気にしない様子で、いやな臭いのする煙草を吸っていた。

「支払いはクレジットカード？」サックスは期待をこめて尋ねた。

「いいえ」ウェイトレスが答えた。「ユーロでした。チップももらえなかったし」不満げに口をとがらせる。

二人はどうやって来たかとサックスは尋ねたが、ウェイトレスはよくわからないと答えた。道路の方角から歩いて入ってきたところしか見ていない。

サックスはさらに質問した。「その二人に関心を持っている人物はいましたか。黒い車に乗った人物は？」

ウェイトレスは英語のまま理解して答えた。「ダ！　あっと、〝イエス〟です」ウェイトレスは目を見開いた。「それを訊かれてびっくりしました」

そこからはイタリア語で続けた。

エルコレが訳す。「食事の途中で、黒か紺色の大型車が通りかかって、急に速度を落としたそうです。この店に関心を持ったみたいに。裕福な旅行者が食事をしに入ってくるかもしれないと期待したのに、違った。その車は素通りしてしまったそうです」

「マジークたちを見て速度を落としたということはありえる？」

「はい」ウェイトレスは答えた。「そうかもしれません。その二人組は、外のテーブルにいました。あのタヴォラ――テーブルです。あそこ」

サックスは顔を上げ、静かな通りのほうを見やった。通りを渡ったところに木立に囲まれた一画があり、そのさらに向こうには農場が広がっている。「あなたが近づいていくと話をやめたと言ってたけど、一部でも何か聞こえなかった？」

ウェイトレスと言葉を交わしたあと、エルコレが言った。「〝トレニタリア〟と言うのが聞こえたそうです。旧国営鉄道ですね。イタリア人のほうがマジークを指して〝おまえ〟と呼んで、おまえは六時間の旅をすることになると言った。マジークはそれを聞いて、げんなりしたような顔をしたそうです。列車で六時間――行き先は北部だということになりますね」エルコレは微笑んだ。「イタリアはさほど広くありませんから。六時間も列車に乗ったら、北側の国境まで余裕で行けてしまいます」

ウェイトレスはほかに話すことはないと言った。二人が二度目のランチを食べる気がないと知ってがっかりしていた。イタリア南部で一番おいしいトルテッリーニを出す店なのに、と。

ウェイトレスの証言からすると、コンポーザーは車で通りを流しながら、適当なターゲット――狙いはおそらく移民――を捜したということになりそうだ。そしてマジークを見た。それから――? 人っ子一人いない白くかすんだ通りを見回す。それから、ついてきてとエルコレに合図した。二人は通りを渡り、低木のあいだを抜けて、レストランの真向かいにある空き地に入った。

サックスは地面を指さした。タイヤの痕が残っている。ホイールベースが長かった。バス停留所の誘拐事件現場で採取されたミシュランのトレッドパターンに似ている。その車は空き地の奥のほうに乗り入れて駐まったようだ。その一画には草もなく、地面は湿っていた。おかげでドライバーが車を降りたときの足跡がくっきりと残っていた。足跡は助手席側に続いている。そこから木立と低木の茂みをはさんで、マジークと無礼な連れが座ったというテーブルがあった。コンポーザーは助手席側のドアを開けたまま、外を向いて——すなわちテーブルの側を向いて、シートに腰を下ろしたようだ。

「ちょうどいい獲物になりそうだと思ったんでしょう」エルコレが言った。「だからここに座ってマジークをのぞき見した」

「そのようね」サックスは言い、木立に近づいた。木のあいだから、トルテッリーニが自慢のレストランが見通せた。

サックスはラテックスの手袋をはめ、エルコレにも手袋をするよう言った。それから輪ゴムを差し出したが、エルコレは首を振り、自分のポケットから輪ゴムを出してみせた。用意がいいじゃない——サックスは微笑んだ。

「地面の写真をお願い——靴とタイヤの痕を撮って」

エルコレはさまざまなアングルから写真を撮った。

「ベアトリーチェ・レンツァは優秀？」

「科学捜査官としてですか。僕も昨日初めて会ったばかりなんです。国家警察の捜査に参加するなんて初めてですから。でも、ベアトリーチェは優秀らしいです。ちょっと取り澄ました感じですけど。それに……この表現で合ってますか。〝高飛車〟」

「合ってる」

「ダニエラとは大違いだ」エルコレは残念そうに言った。

「ベアトリーチェなら、写真があればタイヤの種類を特定できると思う？　それとも鑑識班に来てもらったほうがよさそう？」

「写真があれば充分です。写真を脅しつけてでも言うことを聞かせるだろうから」

サックスは笑った。「コンポーザーが立っていた場所、座った場所の土も集めて」

「わかりました」

サックスは未使用の証拠品袋を手渡そうとしたが、エルコレは制服のポケットから自分で持ってきたものを取り出していた。

「何です、サックス刑事？　じゃない、アメリア？」

サックスは目を細めてレストランの方角を見やった。「あと、もう一つ」

「森のおまわりさんよね？　車にのこぎりを一本、積んでいたりはする？」

「一本どころか、三本積んでますよ」

25

「コゼ・クエッロ？」

スピロが口にしたイタリア語は、通訳されるまでもなく理解できた。ライムもまったく同じことを考えていたからだ──〝そいつはいったい何だ？〟

おそらくは証拠物件であろう物体を載せた台車を押してきたエルコレが答えた。「聖ヨハネのパンです。キャロブの木、イナゴマメとも言います。学名ケラトニア・シリクア」その物体は、高さ一メートル半ほどの樹木だった。一本の幹から四本の枝が伸びている。根元で切断されていた。

手袋をはめたエルコレは、大きなビニール袋も持っていた。そこには土や草が入った小さな袋が複数入っている。

捜査司令室にひととおりの顔ぶれがそろっていた。サックスもエルコレとともに入ってきた。マッシモ・ロッシと、きまじめな表情を決して崩さない鑑識技術者ベアトリーチェ・レンツァもいる。証拠物件としては奇妙な代物なのに、ベアトリーチェは空薬莢や浮かび上がった潜在指紋を見るときと何も変わらない冷静な視線を大きな木に向けた。サックスが手袋をはめていないことにライムは目を留めた。通訳に徹しているためだろう。あるいは、通訳に徹している体裁を維持するためだろう。

エルコレが熱心に続けた。「とてもおもしろい植物です。実は、キャロブパウダーを作るのに使います。ココアみたいな味がするパウダーです。何より〝キャロブ〟という名前が興味深くてですね、ダイヤモンドの重さの単位〝カラット〟はこのキャロブから来ているんですよ」

「おい、森林警備隊。植物の殿堂でどれほど崇められている木であろうと、興味はない」スピロが言った。「私の質問にもう少し的確に答えてもらえないか」肌身離さず持ち歩いている小型の手帳をポケットから取り出し、何か書きつける。

エルコレはこのときもまた不安そうな目で手帳を見つめながら、早口で答えた。「コンポーザーがアリ・マジークや一緒に食事をした男をのぞき見した場所を見つけました」

「見つかったのか。アラビア語を話す男が」スピロが訊く。

「いいえ。イタリア人だとわかりました。カンパニア州の出身者ではなさそうですが」

エルコレはベアトリーチェにちらりと視線を投げて続けた。「さっき送った写真は?」

ベアトリーチェが答えた。「そうね、靴の跡は、ニューヨークの事件現場やマジークが誘拐されたバス停留所に犯人が残したものと矛盾しない。おおかたコンバース・コンだろうと思う。タイヤの溝のパターンも、バス停留所で採取されたものと同じ製品と推測できる。ミシュラン製」

一人前の科学捜査官なら、断定を避けた言い方をするのは当たり前だ。とはいえ、いまの状況を考えると、たとえば「シ、犯人の靴、犯人の車で間違いありません」と大胆に言い切ったところで、ライムもとやかく言わなかっただろう。

ロッシがレストランの正確な場所を尋ね、エルコレが答えた。ロッシは地図の前に立って印をつけた。「ここにはバスが通っていない。つまり、食事のあと、その協力者か誰かがマジークをバス停留所まで車で送っていったことになる。コンポーザーはそれを尾行した」

レストランの前を通り過ぎようとして速度を落とした車があったとエルコレが説明した。おそらく、屋外のテーブルで食事をしているマジークと連れに気づいたのだろう。

その人物は少し先で車を駐めて、二人をスパイした。「その人物が立っていた場所の土と草のサンプルを集めてきました」エルコレは手に持っていた証拠品袋にうなずいてベアトリーチェに差し出した。ベアトリーチェは手袋をした手でそれを受け取った。

イタリア語の短いやりとりがあった。何か言い争っているようだ。ベアトリーチェは首を振り、エルコレは顔をしかめて、口論は終わった。ベアトリーチェはラボに戻っていった。

枝のあいだから顔をのぞかせるようにして、エルコレが話を続けた。「靴の跡を見るかぎり、コンポーザーはレストランをよく見ようとして、低木の茂みに近づいています。マジークを見るのにこの木の枝をかき分けたのではないかと」

ロッシが携帯電話を取り出した。「アリ・マジークを警護している者に連絡しよう。いまきみが話したことを伝えたら、それをきっかけにマジークが何か思い出すかもしれない」

エルコレの顔を隠している葉の茂った太い枝を指し示しながら、スピロが言った。

「そいつをどこかへやってくれないか、森林警備隊。木と話をしているようで落ち着かん」

「すみません、プロクラトーレ」エルコレは木をラボに運んでいき、代わりに書類を何枚か持って戻ってきて、ベアトリーチェから渡されたと言った。国家警察ナポリ本部（クエストゥーラ）で自分の筆跡の評判が芳（かんば）しくないことを気にしてのことだろう、エルコレは読み上げる役割に徹し、代わりにサックスが一覧表に書きこんだ。

リストランテ・サン・ジャンカルロがよく見える空き地
ダブルッツォから13キロ地点

・コンポーザーによる誘拐事件の被害者アリ・マジークは、事件発生1時間前に協力者と会った
・連れの男
・身元不明
・おそらくイタリア人。カンパニア州出身ではない。大柄。浅黒い肌。黒い髪。土埃で汚れたダークスーツ着用。においの強い煙草。感じの悪い人物との証言
・英語のやりとり。ウェイトレスがいるときは話を中断
・トレニタリアで移動する話、所要6時間
・濃い色（黒または紺色）の車が店の前を通過。速度を落とす。マジークと連れを観察するためか
・空き地に残っていた靴跡：コンバース・コン、サイズ45、ほかの現場のものと同一

・ミシュラン205／55Ｒ16　91Ｈのトレッドマーク
・空き地で採取された微細証拠
・分析中
・空き地から持ち帰った木の枝
・微細証拠／指紋を検出中

ロッシは通話を終え、一覧表に目を走らせた。苦々しげな笑みを浮かべていた。「だめだ、シニョール・マジークはまだ、誘拐事件前後のことを何一つ思い出せずにいる。少なくとも、思い出せないと主張している。コンポーザーに盛られた薬物や首を絞められたせいというより、典型的な〝犯罪者の記憶喪失〟だろうな」

「どういう意味かな」ライムは尋ねた。

「前にも言ったように、難民キャンプから一時的に離れる程度なら、重罪とは見なされません。しかし、上陸国から出るとなると、話は別です。マジークがイタリアから出ようとしていたのは明らかだ」

スピロが付け加える。「そうだな、そう考えると、マジークが携帯電話でボルツァーノにいる人物と連絡を取り合っていたことにも筋が通る。ボルツァーノは南チロルの町だ。ここからはるか北にあるイタリアの町で、オーストリアとの国境に近い。列車で行けば、ナポリからおおよそ六時間の距離にある。イタリアを出て、難民により多くのチャンスが開かれているヨーロッパの北の都市に行こうともくろむ難民にとって、うってつけの中継地点だ。マジークが食事をともにしたという人物もやはり密入国斡旋グループの一員で、マジークをイタリアから北に逃がす手配をしていたのだろう。むろん、高額の手数料と引き換えに。それは重大な犯罪だ。だから、マジークは何も覚えていない」

エルコレが部屋の入口をちらりと見やって顔を輝かせたことにライムは気づいた。金髪の〝ナポリ遊撃隊〟メンバー、ダニエラ・カントンがきびきびとした足取りで入ってきた。ぴんと背筋の伸びた姿勢が美しい。

「カントン巡査」スピロが言った。

ダニエラは一同に向かってイタリア語で話し、エルコレがライムやサックスのために通訳した。「ダニエラとジャコモは、誘拐事件発生現場のマルゲリータ通り周辺で目撃者と防犯カメラを捜しましたが、収穫はありませんでした。夜中に黒い車を見かけたように思うという男性が一人だけ見つかりましたが、それ以上のことは覚えていないそうです。コンポーザーがノキアの携帯電話――送水路に誰か入ったらわかるように置いてあった携帯電話です――を購入したタバコ店に防犯カメラは設置されていなくて、店員も買った客を覚えていませんでした」

ダニエラが出ていき、エルコレの視線は子犬のようにその後を追いかけたあと、一同に向き直った。

サックスが言った。「コンポーザーは田園地帯を車で走りながらターゲット候補を捜した。マジークを見かけて、彼を誘拐しようと決めた。だけど、どうして？　なぜマジークを選んだの？」

「考えていたことがあります」エルコレがためらいがちに言った。

ロッシが促した。「何だ、言ってみろ」

エルコレはスピロをちらりと見た。「あなたがおっしゃってたパターンを考慮に入れました、プロクラトーレ」

「どう考慮に入れた？」スピロが言う。

「精神科で処方される薬や、電気ショック療法を受けた証拠が見つかりました。コンポーザーが精神科系の病気を患っていることは確かでしょう。重症の精神障害には、たとえば統合失調症があります。場合によっては、統合失調症の患者は、自分は善いことをしていると本気で信じます。神や宇宙人、神話の登場人物に代わって行動したりします。ぱっと見たところでは、マジークとロバート・エリスには共通点はなさそうに思えます。イタリアにいる難民と、ニューヨークを訪れた起業家。でも、コンポーザーはその二人を悪の権化の生まれ変わりと信じたのかもしれません」

スピロが訊いた。「ムッソリーニ？　ビリー・ザ・キッド？　ヒトラー？」

「そうですそうです、そういう誰かです。世界から悪を取り除くための正当な行為として、その二人を殺そうと考えた。あるいは、神や霊魂のような存在に代わって報復しようと思った」

「音楽はどう関わる？　動画は？」

「ほかの悪党や魔物に見せるためではないかと。地獄に逃げ帰らせるため」

「地獄でもネット接続ができるのならな」スピロは言った。「森林警備隊は暇な職場らしいな、エルコレ。そんな知識を詰めこむ時間があるのなら」

エルコレは頬を赤らめて答えた。「プロクラトーレ、いま話した犯罪心理学の知識は、ゆうべ仕入れたものです。家でえっと……コメ・シ・ディーチェ？」眉根を寄せて考える。「〝予習をした〟んです」

「神話の人物がコンポーザーを使って世界から悪を排除しようとしている、か」スピロは顔をしかめ、新聞用紙大の一覧表を見つめた。「私を納得させられるようなパターンはまだ見つかっていないように思うね」凝った造りの腕時計を確かめる。「おっと、ローマに電話しなくてはならない」

スピロはそれだけ言って向きを変えると、ポケットから葉巻を取り出しながら捜査司令室を出ていった。

ライムの携帯電話にメールが届いた。数時間の休暇をもらってナポリ観光に出かけているトムからだろうと思ったが、画面を確かめるなり、違うとわかった。長いメールだった。読み終えてサックスにうなずく。サックスは携帯電話を受け取って額に皺を寄せた。

「どう思う、ライム？」

「どう思うかって？」ライムは渋面を作った。「こう思うね――なぜこのタイミングで？」

26

一部の人々にとって、リンカーン・ライムに挨拶をするのは悩ましい問題だ。手を差し出す？　握手に応じられない〝患者〟だったら、気まずい思いをさせることになったら、どうする？　かといって手を差し出さずにいれば、特別な事情を抱えた相手と触れ合うのに抵抗を感じていると受け取られて、やはり〝患者〟にいやな思いをさせるのではないか。

ライムは何だってかまわないと思っている。だからシャーロット・マッケンジーがぎこちなく車椅子を一瞥したあと、手を差し出さずにただうなずいて、こわばった笑みを浮かべ、風邪をひいているから近づかないほうがいいと言ったときも、眉一つ動かさなかった。

風邪はよくある言い訳の一つだ。

ライム、サックス、そしてトムは、アメリカ領事館でマッケンジーと面会していた。領事館は、実用一点張りの小さな五階建てのビルで、ナポリ湾の近くにある。一階で海兵隊員にパスポートを提示すると、この最上階に案内された。

「ミスター・ライム」マッケンジーが言った。「ライム警部」

「リンカーンでけっこう」

「わかりました。リンカーン」マッケンジーは五十五歳くらいの女性で、青白くてたるんだ〝おばあちゃん〟じみた顔をしていた。パウダー程度ははたいているようだが、基本的に化粧はしていない。明るい色の髪は短く、有名なイギリス人女優が好んでしている髪型に似ていたが、ライムはその女優の名前を思い出せなかった。

マッケンジーはファイルを開いた。「さっそくいらしてくださって、ありがとうございます。まずは自己紹介させてください。私は国務省に籍を置く法務官です。国外で法律問題に巻きこまれたアメリカ市民を支援するのが私たちの仕事です。ふだんはローマに常駐していますが、ナポリで問題が起きて、調査のためにこちらに来ています。できればお二人のお力をお借りしたいと思いまして」

「ナポリに来ていることはどうしてご存じだったんですか」

「あの事件です。連続殺人事件。ＦＢＩ発の最新情報が大使館と全領事館に送られてきました。何ていう名前でしたか、犯人は」

「わかりません。私たちは〝コンポーザー〟と呼んでいます」

マッケンジーは不安げに額に皺を寄せた。「ああ、そうでした。不気味な事件ですね。人を誘拐して、あんなミュージックビデオを作って。でも、昨日の被害者は救出されたと新聞で読みました。命に別状はないんですね」

「ない」ライムは急いで答えた。サックスやトムが詳しい説明を始めるのではないかと恐れたからだ。

「国家警察との合同捜査は順調ですか。いえ、国家治安警察隊（カラビニエリ）かしら」

「国家警察。順調です」ライムはそれだけ言って口を閉じた。腕時計をちらちら確かめずにいるのは、腕時計をしていないからだ。内心の苛立ちは、あからさまな無関心を通じて伝えるしかないが、ライムはその達人だった。

マッケンジーはそれに気づいたのかもしれない。本題に入った。「お忙しいことは存じています。時間を割いてくださってありがとう。超一流の能力をお持ちだそうですね、リンカーン。おそらくアメリカでもっとも優秀な科学捜査官でしょう」

アメリカ限定か？　ライムはなぜかむっとした。何も言わなかったが、冷ややかな笑みを見せた。

マッケンジーが続けた。「先ほどちらっとお話しした問題というのは、フェデリコ二世ナポリ大学に留学中のアメリカ人学生が婦女暴行で逮捕された一件です。名前はガリー・ソームズ。ガリーと被害者――警察の文書では〝フリーダ・S〟と表記されています――は、ナポリ市内のパーティに参加していました。被害者は一年生で、アムステルダムから来た留学生です。パーティのあいだに気を失って、暴行の被害に遭いました」

マッケンジーは目を上げて部屋の入口を見た。「ああ、ちょうどよかった。エレナから詳しく話してもらったほうがいいわ」

　二人の人物がオフィスに入ってきた。一人は四十代の女性で、スポーツ選手のような体つきをしている。髪は後ろできっちりまとめてあるが、幾筋かがほつれて顔周りに垂れていた。複雑なデザインをしたメタルと人造鼈甲（べっこう）フレームの眼鏡をかけている。高級ファッション誌で目にするようなタイプのものだ（ライムはベアトリーチェ・レンツァの眼鏡を連想した）。チャコールグレーのピンストライプのスーツに濃紺のブラウスを着ていた。ブラウスの首もとは大きく開けている。その女性の横に背の低い瘦せた男性がいた。やはりグレーだが少し明るめの色味の保守的なデザインのスーツを着ている。金色がかった髪は、生え際が後退しかけていた。三十歳と言われればそう見えるが、五十歳でも通りそうだった。肌は青白い。ライムは初め色素欠乏症（アルビノ）かと思ったが、そうではなく、ほとんど外に出ないせいと見えた。

「こちらはエレナ・チネッリ」マッケンジーが女性を紹介した。

　軽いアクセントのある英語で、チネッリが言った。「イタリアの弁護士です。イタリア国内で罪に問われた外国人の弁護を専門にしています。シャーロットからガリーの件で相談があって、そのあとガリーのご家族から正式に弁護を依頼されました」

続いて青白い男性が自己紹介した。「ライム警部、サックス刑事。ダリル・マルブリーです。当領事館の地域連絡調整および広報部門に勤務しています」癖のある発音から、南北カロライナ州のいずれかか、ひょっとしたらテネシー州の出身と思われた。ライムが右腕を動かせることを見て取り、マルブリーは手を差し出した。二人は握手を交わした（シャーロット・マッケンジーに対する非難がましい気持ちは冷めていた。シャーロットは鼻の下を拭ったり、くしゃみをこらえたりしている。〝身障者〟を含め、誰とも握手をしない言い訳は本物だったようだ）。

マルブリーはトムとも挨拶を交わした。それからマッケンジーに向かって片方の眉を上げた――ライムを呼び出すことに成功したマッケンジーにあっぱれと伝えたのだろう。そして呼び出したのは、ライムに何か依頼したいことがあるからに決まっている。

引き受けるかどうかは、話を聞いてからだ。

「どうぞ」マッケンジーがコーヒーテーブルを手で指す。ライムは車椅子をそちらに進め、ほかの全員はテーブルを囲んで座った。「ちょうどいま、逮捕の経緯をざっとお話ししたところなの。詳しくは、私よりシニョリーナ・チネッリから説明してもらったほうが正確だと思います」

チネッリは、マッケンジーがさきほど話したことを繰り返した。そして続けた。「ガリーと被害者はかなりの量のお酒を飲んで、ロマンチックな気分になって――二人きりになりたくて、屋上に上りました。被害者は、屋上に行ったところまでは覚えているけれど、そこで意識が遠のいたと話しています。次に覚えているのは、数時間後に隣接する建物の屋上で目が覚めたことで、性的暴行を受けていたそうです。ガリーは二人で屋上に行ったことは認めていますが、フリーダが疲れたと言ったので、自分は先に下の階に戻ったと主張しています。屋上は事実上の喫煙エリアになっていて、ほかの人も出入りしていましたが、そこから暴行の現場とされる隣の屋上は見えません。暴行の様子を見たり聞いたりした人はいませんでした」

サックスが尋ねた。「ガリーが疑われている理由は？」

「ガリーが被害者のワイングラスに何か混ぜているところを見たという匿名の電話が警察にかかってきたからです。電話の主はまだわかっていません。その告発をもとにガリーのアパートを捜索したところ、デートレイプ・ドラッグの痕跡が見つかりました。ご存じですよね、強力な鎮静剤のような薬物です」

「ああ、知っている」ライムは言った。

「暴行事件後に行なわれた検査で、フリーダ・Sの血中から同じ薬物が検出されました」

「同じ薬物？　分子レベルで同一とされたのか？　それとも類似の薬物という意味かね」

「たしかに、そこが肝心ですね、シニョール・ライム。しかし、まだわかりません。ガリーの部屋から見つかった薬物と被害者の血中から検出された薬物のサンプルは、完全な分析のためにローマの科学警察本部に送られました」

「分析結果はいつ出る？」

「数週間かかりそうです。下手をしたらもっと」

ライムは尋ねた。「ガリーの部屋で見つかった薬物だが、警察が痕跡を発見したと言ったね。錠剤か？」

「いいえ。アパートの捜索は慎重に行なわれました。発見されたのはごく微量です」チネッリは言った。「パーティの夜に着ていたジャケットから、被害者の毛髪とＤＮＡも検出されています」

「いちゃついていたわけだから」シャーロット・マッケンジーが言った。「髪やＤＮＡがくっつくのは当然でしょう。でも、デートレイプ・ドラッグは厄介ですね」

チネッリが続けた。「被害者の膣からＤＮＡが検出されています。でも、ガリーのＤＮＡではありません。つい最近、別の複数の男性と関係を持ったことはフリーダも認めています。ＤＮＡはそのうちの誰かのものかもしれません。ほかの男性たちの検査もこれから行なわれる予定です」

「パーティのほかの参加者のＤＮＡ型検査は？」

「順次行なわれています」少しためらってから、チネッリは続けた。「すでに大勢から話を聞きました――ガリーの友人や、同じ大学の学生から。彼らの話によると、ガリーはプレイボーイを自任していたようですね。数十人の女性と関係を持っていた――ほんの数カ月前にイタリアに来たばかりなのに。過去に異性に対して、強制的な、と言えばいいかしら、そういった態度を取ったことはないようです。デートレイプ・ドラッグを使ったこともない。ただ、性的な欲求がかなり強いらしくて、女性遍歴を自慢していたそうです。加えて、女性から拒まれたときに――柔らかい表現を使えば――腹を立てたことが何度かあったようです」

「この件には関係ないでしょう」サックスが言った。

「いいえ、残念ながら関係してきます。イタリアの裁判は、アメリカの裁判のように限定的ではありません。人柄や過去の行状――犯罪であろうとなかろうと――を問う質問が許されますし、場合によってはそれが有罪無罪の判断を左右することもあります」

「以前から知り合いでしたか」サックスが尋ねた。「フリーダとガリーは」

「いいえ。フリーダはパーティに来ていた人をほとんど知らなかったようです。知っていたのは、主催者のカップル、デヴとナターリアくらいだったとか」

「ガリーに罪を押しつける動機のある人物はいますか」

「ガリー本人は、一緒にアメリカに行こうという誘いを反故にしたら激怒した女性がいたと話しています。ヴァレンティナ・モレッリという女性です。フィレンツェの近郊に住んでいて、こちらから連絡しましたが、まだ電話をかけ直してきません。警察は、容疑者とは見ていないようです」

「捜査はいまどこまで進んでいる？」ライムは尋ねた。

「まだ始まったばかりです。決着までには時間がかかるでしょう。イタリアの裁判は、ときには何年も続きますから」

地域連絡調整官のダリル・マルブリーが言った。「マスコミがえらい勢いで食いついてきています。一時間ごとにこの件の取材の申し込みが来るような状況ですよ。新聞なんて、ガリーにもう有罪判決が下ったような扱いをしています」マッケンジーのほうをちらりと見る。「前向きな広報でそれを押し返したいんです。真犯人は別にいるという可能性を示す証拠を何か一つでも見つけていただけたらありがたい」

このときまでライムは、広報の担当者が同席しているのはなぜだろうと疑問に思っていた。世論による判断は、ＤＮＡや指紋と同じように、どの国でも裁判の行方に大きな影響を及ぼすらしい。アメリカでは、経済的なゆとりのある犯罪者が最初に雇うのは弁護士、その次に雇うのは有能な対メディアスポークスマンだ。

サックスが尋ねた。「ミズ・チネッリ、あなたはどう思われますか。ガリーと面会したんでしょう。無実ですか」

「ガリーが過去に誤った判断をしてきたこと——肉欲ばかり盛んな生活をして、しかもそれを自慢してきたことは事実でしょうね。容姿に恵まれた社交的な若者特有の傲慢さも持っているかもしれない。でも、今回の事件に関しては無実だと思います。ガリーは残酷な人物には見えません。女性を前後不覚にさせて無理に関係を持つのは、議論の余地なく残酷な行為です」

「で、具体的な依頼内容は？」ライムは尋ねた。チネッリが言った。「これまでに集まった証拠を検討していただけないかと。正確には警察の報告書ですね。証拠物件そのものは手に入りませんので。それから、可能であれば現場を改めて検証して頂けたら。できる範囲でかまいません。容疑者はほかにもいることを示唆するものが一つでもあれば充分です。容疑者の名前までは必要ありません。ガリー以外の人物が犯人であるという可能性さえ示すことができれば——合理的な疑いを提示できれば」

マルブリーが言った。「何か見つかれば、私からマスコミにそれとなく情報を流します。それをきっかけにガリーは釈放されるかもしれませんし、裁判も延期になるでしょう」

マッケンジーが付け加える。「いまガリーがいる拘置所は悪いところではありません。イタリアの拘置所や刑務所は概してまともです。ただ、容疑がレイプとなると、話は変わってきます。ほかの収容者から軽蔑されるという意味では、児童に性的虐待をした犯罪者と同レベルです。刑務警察が目を光らせていますが、いまの時点でもう脅迫が届いているようです。パスポートを提出すれば、判事の決定により公判開始まで保釈される可能性はあります。自宅拘禁に切り替わるかもしれない。あるいは、ガリーの有罪を示す揺るぎない証拠が出てきた場合、罪を認める代わりに安全な施設に収容してもらい、そこで刑に服すという交渉も可能でしょうね」

サックスとライムは顔を見合わせた。

なぜこのタイミングで……？

ライムはチネッリの蓋が開いたままのブリーフケースを横目で見た。イタリアの新聞が入っていた。通訳がいなくても、見出しのおおよその意味は理解できた。

SOSPETTO DI VIOLENZA SESSUALE

（性的暴行の容疑者）


見出しの下に、両側から警察官にはさまれた金髪の男性の写真が載っていた。この上なくハンサムで、いかにも大学生らしい風貌をしている。アメリカ中西部によくいる社交好きの若者と見えた。顔には、恐怖と困惑が混じり合った不可解な表情を浮かべていた。どこかふてぶてしい印象も与える。

ライムはうなずいた。「いいだろう。できるかぎりの手は尽くす。しかし、連続誘拐事件の捜査を優先する」

「もちろんです」マッケンジーはほっとした表情で言った。

「グラツィエ。ありがとう」チネッリも言う。

ダリル・マルブリーは言った。「マスコミのインタビューですが。できれば――？」

「断る」ライムはそっけなく答えた。

エレナ・チネッリがうなずいて言った。「ライム警部とサックス刑事が協力してくれていることは、マスコミには伏せておいたほうがいいでしょう」それからライムに顔を向けた。「あくまでも極秘で動いてください。ご自身のために。今回のガリーの事件を担当している検事は、誰もが認める優秀な人物です。でも、気むずかしいところ、執念深いところもあるし、氷のように冷たい人なので」

サックスがライムにさっと視線を向けた。ライムはチネッリに尋ねた。「その検事の名前は、もしやダンテ・スピロかな」

「驚いた（サントチェーロ）！　どうしてご存じなんですか？」

27

いつまで続くのだろう。

そう考えてから、その問いのむなしさに思わず笑ってしまいそうになった。

終わることなどないのだから。

この世界は、彼女の世界は、何年も前、生まれる前の話かと思うほどはるか昔に、寄宿学校の数学の授業で習った空間図形――メビウスの輪と同じだ。終わりはない。

丈の長い灰色のスカートにハイネックの長袖のブラウスを合わせたラニア・タッソは、カポディキーノ難民一時収容センターのゲートの方角に向かっていた。ちょうどバスが三台到着したところだった。肌の色という意味でも、不安げな怯えた表情という意味でも暗い顔をした男性、女性、そして子供たちで三台とも満員だ。

悲しみに暮れた顔も見える。ここ一週間ほど、地中海は好天に恵まれたが、チュニジアやリビア、さらに遠いエジプトやモロッコからの難民を運んできた船は、海を渡るにはまるで事足りない。くたびれたゴムボート、朽ちかけた木造船、川を渡る目的で造られた筏。タクシーも操れそうにない人物が〝船長〟を務めている場合もある。

不運な難民のなかには、過酷な旅の途中で大切な誰かを失った人が大勢いる。家族、子供、両親……それに友人も。旅の過程でできた友人だ。キャンプの職員の誰か（誰だったかもう忘れてしまった。難民支援の仕事を長く続けられる人はほとんどいないから）が、難民は兵士のようだと言っていた。極限状態で寄せ集められ、使命を果たすためにともに苦労し、命を預けてもいいと思えるくらい強い絆で結ばれたころ、一瞬にして仲間を失ったりする。

カポディキーノ難民一時収容センターの長を務めるラニアは、絶えず誰かに指示をしている。片づけなくてはならない仕事は無限に発生するからだ。ラニアは全職員に責任を負っている。国務省の正職員、無給で働くボランティア、警察、兵士、国連の職員、インフラ会社の従業員。ここにいる誰もが毅然たる態度を貫き、だが忍耐強く、そして礼儀正しい（ロンドンやケープタウンから飛行機でやってくる傲慢なセレブリティだけは別だ。短時間だけ難民と接して写真を撮らせ、いくら寄付したかマスコミ相手に自慢するだけすると、また飛行機に乗って、今度はディナーのためにアンティーブやドバイに行く）。

救命具の巨大な山を迂回した。オレンジ色や褪せたオレンジ色の救命具の山は、不格好な巨大パイロンといった風情でそびえている。そこにいた数人のボランティアに、バスに乗ったまま待機している難民にボトル入りの水を配るよう指示した。九月ももうじき終わるというのに、夏の暑さがまだ続いている。

途切れることのない難民の列を眺める。

ため息が出た。

このキャンプの本来の定員は千二百名。しかし、収容人数は三千人に達しようとしている。北アフリカ――もっぱらリビア――からの移民受け入れを縮小するという方針が示されても、レイプや貧困、犯罪、ＩＳＩＳをはじめとする過激派組織の常軌を逸したイデオロギーによって国を追い払われた人々は続々とやってくる。追い返せと言う人もいるだろう。自国に難民キャンプや保護区域を作れという言う人もいるだろう。だが、それでは解決にならない。そういった提案が実現することはない。

この人たちは、〝希望のない国〟から逃げるしかなかったのだ。難民の一人は祖国をそう呼んだ。状況はあまりにも厳しく、行き先がこのキャンプのようにフェンスに囲まれた施設だとわかっていても、逃げるしかなかった。今年だけでも、七万人の亡命希望者がイタリアの地を踏んだ。

そのとき、誰かの声が聞こえて、ラニアの心をわずらわせていた思考は中断した。

「ぜひやりたいことがあるんです。お願いします」

振り返ると、アラビア語でそう話しかけてきた女性が立っていた。ラニアは整った顔立ちをした女性を見つめた。濃い茶色の瞳、控えめな化粧を施した明るいコーヒー色の肌。名前は……？　ああ、そうだ、ファティマだ。ファティマ・ジャブリル。後ろに夫もいた。夫の名前は、と少し考えて、思い出した。ハーリドだ。昨日だったかその前日だったか、ラニア自身が受け入れの手続きをした夫婦だった。

ハーリドの腕に抱かれた娘は眠っている。娘の名前は忘れてしまった。ラニアが眉根を寄せたことに気づいて、ファティマが言った。

「娘のムナです」

「ああ、そうでした――すてきな名前ね」ムナの丸い顔は、艶やかな黒い巻き毛に縁取られていた。

ファティマが言った。「この前は無遠慮に言い過ぎました。つらい旅の直後だったので。ごめんなさい」背後の夫にちらりと視線をやる。きっと夫に諭されて謝りに来たのだろう。

「いいのよ、謝るようなことじゃないわ」

ファティマが先を続ける。「訊いてみたら、ここの所長はあなただって言われました」

「そのとおりよ」

「一つ教えてもらいたいことがあって来ました。トリポリでは医療関係の仕事をしていました。助産婦の資格を持っていて、解放後は看護師をしていました」

言うまでもなく、カダフィ政権崩壊とその後の数カ月の話だろう。誰もが待ち望み、勇敢な戦いを経てようやく手に入れた平和と安定は、熱い砂にこぼれた水のようにはかなく消えた。

〝解放〟――なんとむなしい言葉だろう。

「このキャンプでも役に立ちたいんです。こんなに大勢いるし、お産を控えた妊婦もたくさんいる。病気の人もいます。やけどをしてる人も」

ファティマの言うやけどとは、日焼けのことだ。地中海の陽射しを無防備に一週間も浴び続けると、大きな代償を支払うことになる――とくに子供の肌には深刻な症状が残る。ほかの病気もあった。難民キャンプの衛生状態は可能なかぎり良好に保たれているが、それでも病気に苦しめられている難民は少なくない。

「手伝ってもらえたらありがたいわ。あとで医療センターの責任者に紹介します。何語が話せる？」

「アラビア語のほかに、英語を少し。夫は」ファティマはハーリドのほうにうなずいた。

ハーリドはにこやかな笑みを浮かべた。「英語が得意です。ムナにはアラビア語と英語の両方を教えてるの。私はイタリア語も勉強中です。ここの学校で毎日一時間教えてもらっています」

ラニアは口もとをほころばせかけた。ムナはまだ二歳だ。二つの言語を教えるのはちょっと早すぎるように思える。しかしファティマは思い詰めたような目をしている。唇はきつく結ばれていた。誰かの役に立ちたい、亡命を認められたい、新しい環境に順応したいという気持ちは、それだけ真剣だということだろう。

「報酬は出ないわよ。資金がないの」

ファティマは迷うことなく言った。「お金はいりません。役に立ちたいだけです」

「ありがとう」

度量の大きさという話になると、難民は実にさまざまだ。ファティマのように、無私無欲で奉仕を申し出る者もいれば、他人との関わりを避ける者もいる。また、待遇に不満を漏らし、亡命の申請に時間がかかると文句を言うばかりの者も一部にはいた。

医療センターのあらましをファティマに説明しながら何気なくフェンスの外に目をやって、ラニアはふと身動きを止めた。

フェンスの向こうに集まった数百人――記者、難民の家族や友人たち――のなかに、一人ぽつんと立っている男がいた。影になったところに立っていて、顔はよく見えない。しかしラニアのほうをじっと見つめていることは間違いなかった。大柄な男で、アメリカのスポーツ選手がかぶっているような帽子、そもそも帽子をかぶる人が少ないイタリアではほとんど見かけない種類の帽子をかぶっていた。目はアビエーター形のサングラスで隠されている。ラニアはその男の姿勢に何か不穏なものを感じ取った。

難民に対する彼女の献身ぶりを腹立たしく思う人々がいることはラニアも知っている。難民受け入れ国の特定の人々からは深い反感を向けられていた。しかしこの男は、難民受け入れに反対する人々と一緒にいるわけではなかった。男の関心は――ラニア個人に向けられているように思われた――まったく別のところにあるようだ。

ラニアはファティマやハーリドに医療センターの場所を教え、またあとでねと言った。一家が歩み去ると、腰に下げていた無線機を取って警備の責任者――国家警察の警部――に連絡を取り、正面ゲートの南側五十メートル地点にいるから来てほしいと伝えた。

トマスから、すぐに行くと即座に応答があった。

二、三分後にはトマスが駆けつけてきた。「何かトラブルでも?」

「フェンスの外にいる男。少し異様な雰囲気なの」

「どこです?」

「モクレンの木のそば」

ラニアは指さしたが、新たに到着したバスがちょうどすぐ前の道路をのろのろと通りかかって、視界がさえぎられた。

バスが通り過ぎて、また向こうが見えるようになったが、男の姿は消えていた。ラニアは表通りやキャンプを囲む野原に視線を走らせたが、どこにもいなかった。

「何人か招集して捜します？」

ラニアは迷った。

事務所から大きな声が聞こえた。「ラニア。ラニア！　今日届くはずの血漿の件でちょっと。荷が見つからないそうなの。ジャックが至急話したいって。赤十字のジャックです」

もう一度、表通りに目を凝らした。男はいない。

ラニアは向きを変えた。事務所に戻って、雪崩のように押し寄せてくるトラブルに対処しなくては。

無限に発生する仕事……

28

「本来コンポーザー事件に費やすべき時間をあまり取られずにすむといいな、サックス。ただ、好奇心をかき立てる事件ではある。興味深い事件だ」

ガリー・ソームズの事件について、ライムはそう言った。

サックスは苦い笑いを漏らした。「地雷原みたいな事件よ」

そこは第二の捜査司令室――国家警察（クエストゥーラ）ナポリ本部の真向かいのカフェだった。サックス、ライム、そしてトムもいる。ライムはグラッパを頼もうとしたが、いまいましいことに、トムが機先を制して炭酸入りのミネラルウォーターとコーヒーを三人分注文した。真に堪能するにはまず飲み慣れる必要がありそうな酒なのに、そもそも飲む機会を奪われていては、永遠に堪能できないではないか。

しかし、店の名誉のために言えば、カプチーノは美味だった。

「おお、来たぞ」

痩せて背が高いエルコレ・ベネッリがナポリ本部から現れ、カフェを目指して歩き出した。アメリカ人トリオを見つけ、通りを渡ってチンザノのロゴ入りの柵の隙間を抜けてきて、がたの来たアルミの椅子に腰を下ろした。

「どうも」かしこまった調子ではあったが、好奇心を隠し切れない様子だった。サックスから電話でここに呼び出された理由を不思議に思っているに違いない。

ライムは尋ねた。「ダブルッツォ近くのレストランでコンポーザーが被害者をのぞき見るのに身を隠した木はどうだ？　ベアトリーチェは、葉や幹から指紋を検出できたか？」

エルコレは顔をしかめた。「彼女は、まったく鼻持ちならない（インソッポルタービレ）人ですよ。英語だと〝耐えがたい〟かな」

「そうとも言うし、〝癪に障る〟とも言うな」

「シ、〝癪に障る〟がぴったりです！　何度も訊いたんですよ、どんな様子ですかって。そのたびに黙ってにらまれました。樹皮から指紋を採取できるものなのか、それも訊きました。純粋に疑問に思ったからです。なのにあの人、おっかない顔をするだけで答えてくれないんです。〝できるに決まってるでしょ！　そんなことも知らないなんてバカなの？〟とでも言いたそうな顔でした。ちょっと笑うくらいしてくれたっていいじゃないですか。それって無理な注文ですかね」

その種の問題に関してリンカーン・ライムに共感を期待するほうが間違っている。

「で、どうなんだ？」ライムはいらいらと返事を促した。

「まだです。残念ながらまだ採取できていません。ベアトリーチェと助手が二人がかりで奮闘してくれてます。そこは認めてあげないと」

エルコレはウェイトレスに注文を伝えた。まもなくオレンジジュースが運ばれてきた。

ライムは言った。「実はもう一つ、力を貸してもらいたい件があってね」

「音楽好きの誘拐犯の捜査に何か新しい展開があったんですか」

「いや。別の事件の話だ」

「別の事件？」

小さなテーブルにサックスが書類を並べていた。ガリー・ソームズが強姦の容疑をかけられている事件の鑑識報告書、事情聴取の報告書。ガリーと家族が雇った弁護士チネッリから提供された捜査資料だ。

「ここにある報告書の翻訳を頼みたい」

エルコレは書類を手早くめくった。「コンポーザー事件とどう関係するんです？」

「関係はない。さっき言ったように、これはまったく別の事件だ」

「まったく別……？」エルコレは唇を噛み締めた。それから、今度は丁寧に目を通し始めた。「ああ、あの事件ですね、アメリカ人留学生が逮捕された事件。担当はマッシモ・ロッシじゃありません。ラウラ・マルテッリ警部です」そう言って国家警察ナポリ本部（クエストゥーラ）に顎をしゃくった。

ライムが何も言わずにいると、サックスが付け加えた。「国務省の高官から、証拠を点検するよう依頼されたの。弁護士は、ガリーは無実だって考えてる」

エルコレはオレンジジュースを飲んだ。イタリアで出されるコーヒー以外の飲み物はほとんどそうらしいが、冷たい飲み物なのに、氷は入っていない。また、この国ではコカ・コーラにはかならずレモンを添えるらしい。エルコレが言った。「あ、でも、だめです。これは手伝えません。すみません」ライムやサックスは明らかすぎるほど明らかな事実を見逃しているとでも言いたげだった。「わかりませんか。ウン・コンフリット・ディンテレッセに当たります。えっと、英語で言うと――」

ライムは言った。「利害の衝突だな。しかし、それには当たらない」

「当たらない？　どうして？」

「きみが国家警察の職員だったら、当たるだろう。いや、当たるかもしれない。ところがきみは、名目上はいまも森林警備隊の職員だ。そうだね？」

「シニョール・ライム、カピターノ・ライム、僕が裁判にかけられたとして、いまおっしゃったようなことを法廷で言ってみたところで、まるで説得力を持ちません。それに、スピロ検事に知れたら、僕はやっぱり半殺しの目に遭わされます。あ、待って……担当の検事は誰かな」エルコレは書類をめくって担当検事の名前を探し、目を閉じた。「マンマミーア！　スピロ検事じゃないですか。だめですだめです、絶対にだめです。手伝えませんよ！　スピロ検事に見つかったら、半殺しどころか、ほんとに殺されますから！」

「大げさだな」ライムは励ますように言ったが、内心では、ダンテ・スピロならたしかにパンチの一発や二発繰り出しかねないと思った。

気むずかしい、執念深い、氷のように冷たい……

「翻訳を頼んでいるだけだ。誰かを雇ってもいいが、時間がかかりすぎる。証拠を短時間で点検し、評価を返して、さっさとコンポーザー事件に戻りたい。ダンテに知れる気遣いはない」

サックスが口を添える。「無実のアメリカ人留学生が身に覚えのない容疑で逮捕されたものと考えて間違いないと思うの」

エルコレはつぶやいた。「ああ、何年か前に似たような事件がありました。ペルージャで。関係者全員が不幸になりました」

ライムは捜査資料に顎をしゃくった。「物的証拠がガリー・ソームズの有罪を裏づけるという可能性もある。その場合、結果的には検察や政府の仕事に貢献することになるわけだな。それも無償で」

サックスが言った。「お願い。翻訳だけでかまわないの。それくらい差し支えないでしょう」

エルコレはあきらめ顔で書類を引き寄せ、スピロが近くの物陰にひそんでいたりしないか確かめるように周囲にさっと目を走らせてから、読み始めた。

ライムは言った。「一覧表を作ろう。ミニ一覧表だ」

サックスがパソコンバッグから黄色い法律用箋を出した。極細字のマーカーのキャップを取ってエルコレに視線を向ける。「口述してくれれば、書き留めるから」

「それでも僕はやっぱり共犯者です」エルコレがささやく。

ライムは黙って微笑んだ。

ガリー・ソームズ事件――性的暴行容疑

・事件現場

・

・カルロ・カッターネオ通り18番地、最上階の部屋（ナターリア・ガレッリの住居）および屋上（被害者が参加したパーティ）

・カルロ・カッターネオ通り20番地（暴行事件発生現場）

・被害者フリーダ・Sの検査

・無理な挿入により膣から少量の出血

・頸部と頬からガリーのDNAを検出。汗または唾液で、精液ではない

・被害者の膣内から

・シクロメチコン、ジメチルポリシロキサン（PDMS）、シリコーン、ポリエーテル変性シリコーン、酢酸トコフェロール（ビタミンEアセテート）。シリコーン系潤滑剤。おそらくコンフォート・シュアのコンドームのもの。ガリーの住居にあったコンドーム、逮捕時に所持していたコンドームと一致せず

・膣内に第三者のDNA（汗または唾液で、精液ではない――犯人はコンドームを装着していたからと思われる）。ユーロポール、インターポール、CODIS（アメリカ）、イタリアのDNAデータベースに一致する記録なし。パーティに出席していた29名の男性のうち14名分のサンプルと照合、一致するものなし。追加検査予定。被害者の過去の性交渉の相手からサンプルを採取する予定

・被害者の血中からγ-ヒドロキシ酪酸を検出。デートレイプ・ドラッグのロヒ

プノールに類似
・コンドームは発見されず
・現場から5ブロック圏内のごみ容器、下水道を徹底捜索
・逮捕の決め手となった証拠：ガリーの住居内寝室
・パーティで着用したジャケット
・微量のγ-ヒドロキシ酪酸
・被害者の体毛。陰毛ではなく頭髪
・被害者のDNA、唾液
・ジャケット以外の衣類：シャツ、下着、靴下
・ごく微量のγ-ヒドロキシ酪酸
・強姦事件発生現場そばの手すりにあったワイングラス2客
・両方にガリーのDNA
・片方にフリーダのDNA。飲み残しから微量のγ-ヒドロキシ酪酸を検出
・犯行現場：カルロ・カッターネオ通り20番地の屋上（ガレッリの住居に隣接する建物）
・屋上に敷かれた砂利に乱れ。被害者が襲われた一画
・被害者の毛髪
・被害者の唾液

・それ以外の証拠は発見されず
・ナターリア・ガレッリ宅のルーフデッキ（喫煙エリア）
・ワイングラス5客
・γ-ヒドロキシ酪酸は検出されず
・8個の指紋。イタリア国内データベース、国際データベースに一致するデータなし
・イタリア国内DNAデータベース、国際DNAデータベースに一致するデータなし
・マリファナ煙草の吸い殻2個、残りの長さ8ミリ
・イタリア国内データベース、国際DNAデータベースに一致するデータなし
・小皿7枚、料理や菓子の痕跡
・13個の指紋。うち2個がパーティの女性主催者と一致、イタリア国内データベース、国際データベースに一致するデータなし
・イタリア国内DNAデータベース、国際DNAデータベースに一致するデータなし
・パーティ会場近くのデッキテーブルにあったワインボトル
・ピノノワール
・残りのワインからγ-ヒドロキシ酪酸は検出されず

・6個の指紋――パーティの女性主催者、女性ゲスト2名、ナターリアのボーイフレンド（デヴ・ナス）のもの
・イタリア国内DNAデータベース、国際DNAデータベースに一致するデータなし
・灰皿とデッキで見つかった吸い殻27個
・指紋4個が女性主催者とボーイフレンドと一致
・上記以外の16個は喫煙エリアで検出。うち1個が半年前にプーリア州で麻薬容疑で逮捕された人物のものと一致。この人物は事件発生前にパーティを辞去
・ほかの7個はイタリア国内データベース、国際データベースに一致するデータなし
・イタリア国内DNAデータベース、国際DNAデータベースに一致するデータなし

できあがった一覧表を三人は眺めた。ライムは感心した――手堅い仕事ぶりだ。ルーフデッキや屋上の喫煙エリア周辺、そして犯行現場そのもので採取された微細証拠のサンプルが手に入ればなおよかったが、出発点としてはこの報告書で充分だ。捜査報エルコレが凝視しているイタリア語の文書にサックスがちらりと目をやった。

告書だ。「それもお願い」サックスはやんわりと促した。「関係者の証言内容も知りたいわ」

エルコレは、科学捜査ラボの分析報告書さえ翻訳すればお役御免になると期待していただろう。目撃者や容疑者の供述を翻訳して読み上げるとなると、エルコレの意識の上では、罪の段階が軽犯罪から重犯罪へと一気に進むように思えるに違いない。

エルコレは報告書に目を走らせながら言った。「ナターリア・ガレッツリ、二十一歳、ナポリ大学在学中。自宅でパーティを開き、同級生や友人を招いた。被害者のフリーダ・Sは、午後十時ごろから一人で参加。ほかの何人か――主にナターリアとボーイフレンド――と酒を飲んだり話をしたりしたことは覚えているが、会場では遠慮がちにしていた。フリーダも留学生で、少し前にオランダから来たばかりだった。午後十一時か午前零時ごろ、被告人から声をかけられて話をしたことはぼんやりと覚えている。テーブルについて――このテーブルは階下の屋内のテーブルですね――二人ともワインを何杯か飲んだ。ガリーは何度もフリーダのグラスにワインを注ぎ足した。そのあと抱擁して……リモナーロノ……英語では何て言うんでしょう？」

「いちゃつく？」サックスが言った。

「シ。それです。〝いちゃついた〟」エルコレは先を続けた。「部屋は混み合っていたので、二人で屋上に行った。フリーダは、このあと朝四時までの記憶を失っている。朝四時ごろ目が覚めると、隣接する建物の屋根にいて、暴行を受けたことに気づいた。まだ薬物でふらついていたが、二つの屋上を仕切っている低い壁まで移動した。壁を乗り越えたところで転倒し、助けを呼んだ。パーティを主催したナターリアが叫び声を聞きつけ、フリーダに手を貸して部屋に入れた。ナターリアのボーイフレンド、デヴが警察に通報した。

隣接する建物の屋上に出るドアを警察が確認したところ、施錠されていて、しばらく前から一度も開いたことがないように見えた。ナターリアは、同じ建物の下の階の部屋を共同で借りているセルビア人たちが疑わしいと話したが――酒を呑んで騒ぐことがあったそうです――警察が調べたところ、当夜は旅行中だったと判明。同じ建物のほかの住人のなかに疑わしい人物は見つからなかった。

屋上にいた数人――喫煙エリア代わりのテーブルで歓談していたゲストたち――が、ガリーとフリーダが一緒にいるところを見かけている。二人は屋上の奥まったところにあるベンチのほうに歩いていった。そのベンチは喫煙エリアからは見えない。午前一時から二時のあいだ、屋上にいたのはガリーとフリーダだけだった。午前二時、ガリーは階段を下りてきてアパートの部屋に入り、そのまま帰っていった。ひどく疲れた様子だったと証言している人物が数名。フリーダの姿がないことには誰も気づかなかった。すでに帰ったのだろうとみな思っていた。翌日、警察に匿名の電話があった。女性の声、ナポリ大学近くのタバコ店にある公衆電話から。事件を知って、ガリーがフリーダの飲み物に何か混ぜているのを見たことを警察に伝えるべきだと思ったそうです」

「匿名電話の主は？」ライムは訊いた。

「判明していません」エルコレは先に進んだ。「匿名の電話をもとに、警察はガリーの自宅の捜索令状を取得。この捜索の結果、ガリーがパーティ当夜に着ていたジャケットほかの衣類から、微量のデートレイプ・ドラッグを検出した」

サックスが尋ねた。「ガリー本人は何て？」

「階下の部屋でフリーダと酒を飲んだことは認めていますね。いちゃついたことも。二人きりになりたくて屋上に行くと、喫煙エリアに人がいたので、建物の陰になった誰もいない一画に移動して座り、続きを始めた。ところがフリーダはまもなく疲れた様子を見せ、退屈して関心を失った。午前一時半ごろ、ガリーも眠気に襲われて階下に下り、そのまま帰宅した。そのときフリーダは屋上のベンチでうとうとしていたそうです」

「ガリーも眠気を感じたのは」サックスが言った。「薬が混ぜこまれたフリーダのワインを飲んだからね。フリーダのグラスからガリーのDNAが検出されてる」

「ガリーはドラッグが入ってるなんて知らなかったってことになりますね！」エルコレは意気込んだ様子で叫んだ。つい推理に夢中になったのだろう。しかしすぐにびくびくした落ち着きのない態度に戻った。

ライムは言った。「検察の主張には一つ問題がある。フリーダの膣から採取されたDNAだ。ガリーのものとは一致しなかった」それからエルコレの顔を探るようにうかがった。生々しい話になると、レイプ事件どころか傷害事件すら扱ったことのないエルコレが怖じ気づくのではとふと思ったからだ。

　エルコレはライムをちらりと見て、その不安を察したらしかった。「カピターノ・ライム。僕は先月、おとり捜査をしました。劣った雄牛の精液を、賞を獲った雄牛の精液と偽って販売していたグループを摘発する捜査です。精液を集める現場の動画をこっそり撮りましたよ。ウシのポルノを製作したんです。このくらいの話じゃ動じません。疑問に思ってらっしゃるのがそういうことなら」

　ライムは愉快に思いながら自分の間違いを認めてうなずいた。報告書を見ると、一文が線で消されている。太い線が何本も引かれ、すぐ横に何かメモ書きがあった。「これは？」

「このメモ部分は――〝不適切で無関係、事情聴取担当者に譴責〟」

「消したところには何て書いてある？」サックスが尋ねた。

　太字のペンで消された言葉を読み取るのに少し時間がかかった。「〝遊撃隊〟がパーティの出席者から事情を聴いたときのメモのようです。パーティに来ていた一部のゲストは、被害者は誰彼かまわず色目を使っていると思われたようだと書いてあります」

「それが担当の警部の怒りを買ったわけね」サックスが言った。「またはスピロ検事か。怒って当然だけど」

　性暴力の被害者を責める言動は許されない。同じ誤りを犯す者はどの国にでもいるということだ。

サックスが尋ねた。「仮にガリーが無実だとしたら、何が起きたんだと思う？」

ライムは言った。「ある男が——ここではミスターXとしようか——フリーダに目をつけた。接近してフリーダの飲み物に薬物を混入したが、混雑していた上に暗かったから、目撃者はガリーと勘違いした。Xが行動を起こしてフリーダを寝室など人目につきにくい部屋に連れ去る前に、フリーダとガリーが連れ立って屋上に行った。Xは尾行して様子をうかがった。フリーダがうとうとし始め、ガリーはその気をなくして帰っていった。屋上から人がいなくなると、ミスターXはフリーダを隣の建物の屋上に運び、レイプした」

エルコレが訊く。「でも、ガリーの自宅にあったジャケットから見つかった薬物の痕跡はどう説明します？」

ライムは答えた。「たとえばこうだ。実際に薬物を混入した人物に近づいたとき付着した。しかし、一覧表をよく見てみろ、エルコレ。薬物の痕跡はジャケット以外の衣類からも検出されている」

「そうですね。どういうことだと思いますか」

「まだわからん。ガリーは有罪で、デートレイプ・ドラッグを日ごろから持ち歩いていたのかもしれないな。または、ガリーは無実で、何者かが有罪の証拠を偽装するためにガリーの部屋に押し入り、薬物をほかの衣類にもなすりつけた。パーティ当日のガリーの服装を思い出せなかった、あるいはそもそも知らなかったから」

ライムは翻訳された文書を見つめた。「もう一つ、気に入らない点がある。〝それ以外の証拠は発見されず〟。証拠はかならず存在する。エルコレ、きみはロカールという名を知っているか」

「いいえ、覚えがありません」

「フランスの犯罪学者だ。ずいぶん前の時代の人物だよ。だが、ロカールの唱えた原則は、現代でも通用する。ロカールは、すべての犯行現場において、犯人と被害者、犯人と現場のあいだで物的証拠が移動すると説いた。そして、一筋縄ではいかないかもしれないが、移動した証拠を手がかりに、犯人の身元や所在を突き止められる可能性があるとした。むろん、ロカールの言う証拠とは、微細証拠のことだ」

第六感のようなものが働いたか、エルコレは早口で言った。「さて（アッローラ）、お手伝いできて光栄でした。そろそろ戻らなくちゃなりません。何か新しい発見がないか、ベアトリーチェに訊いてみます。きっと何かありますよ。コンポーザーに一歩近づけるような発見が。目下、一番大事な捜査ですし」助けを求めるような目をサックスに向けた。救いの手は差し伸べられなかった。

ライムは言った。「いいか、エルコレ。ナターリアのアパートを捜索し直す必要がある。なかでも屋上の喫煙エリア周辺だ。ミスターXはそこでフリーダの動向をうかがいながらチャンスを待っていたのだろう。隣接する建物の屋上も捜索したい。ガリーの自宅アパートも調べたいな——薬物の痕跡は、ガリーを陥れるための偽装だったのかどうか、確かめたい……たった二箇所、簡単な捜索をするだけだ。二時間もあれば終わるだろう。どんなに手間取っても二時間だ」

ライムとサックスの圧力を持った視線がエルコレ・ベネッリに注がれた。エルコレは捜査資料をきれいにそろえ直そうとしていた。ファイルを閉じてしまえば、事件と永遠に縁が切れるはずだとでもいうように。しかしついに二人の視線を避けきれなくなって、顔を上げた。「おっしゃるようなことは無理（クエッロ・ケ・キエデーテ・エ・インポッシービレ）なんですってば。わかります？　無理（インポッシービレ）なんですよ」

29

レイプ事件が起きたパーティの会場になったのは、ナポリのヴォメロ地区に建つアパートの一室だった。

ヴォメロ地区は丘の上にあり、中心街からの行き方は二つ――ケーブルカーに乗るか、急傾斜の道をくねくねと車でたどるか。丘の頂上に立つと、オリュンポス山から望むような景色を眺められる。ナポリ湾、遠くベスビオ山、そしてさまざまな色と風合いの布を数限りなく縫い合わせたようなナポリ市街。

サックスにそう話して聞かせたのは、運転手役を務めるエルコレ・ベネッリで、ナポリ一高級な地区だと付け加えた。アールヌーボー様式の建物とモダンなオフィスや住宅が混在し、昔ながらの家族経営の商店や古着屋があるかと思えば、そのすぐ隣にイタリアの有名高級ブランド――イタリアは、言うまでもなく、世界のファッションの中心地の一つだ――が店をかまえていたりする。

ライムの説得に降参して車で出発したとき、エルコレは不機嫌そうにしていた。〝インポッシービレ〟はやがて〝場合によっては（フォルセ）〟に変わり、最終的には〝わかったよ、しかたがないな〟のイタリア語バージョンと思しきフレーズをつぶやいた。そこからは持ち前のほがらかさを取り戻し、スピロにしたたか殴られることになろうとそれはそれと観念した様子で、車を運転しながらナポリの古い歴史、新しい歴史をサックスに語り聞かせた。

車のナビの案内で、ようやくナターリアのアパートに着いた。住宅街のなかの細い道路、カルロ・カッターネオ通りに面して建つ古風な地中海式のアパートだ。車を駐め、エルコレが先に立って歩き出した。子供たちが二人をじっと目で追っている。エルコレの制服と、サックスの腰に下がったニューヨーク市警の金色のバッジに心を奪われているようだ。銃を見たかったのだろう、男の子の何人かが二人のジャケットの下をのぞこうとした。ほかの子供たちは慎重に距離を置いていた。

十代の子供が一人、走って二人を追い越していき、サックスはぎくりとした。

エルコレが笑った。「ベーネ、ベーネ……心配いりません。ナポリの特定の地域だったら、お父さんやお兄さんに警察が来たと伝えに言ったんだろうと言うところですけどね。ここだと、あの子はただ走ってるだけです。サッカーの試合でもあるのか、ガールフレンドを待たせてるのか……将来、陸上競技のスターになりたいのか。ナポリでも犯罪は起きますよ。当然です。スリ、ひったくり、自動車泥棒。油断できない地域もいくつかあります。セコンディリャーノやスカンピアあたりの郊外とか、中心街のスペイン地区界隈はカモッラの縄張りです。ポッツオーリあたりはアフリカ系のギャングのシマです。でも、ヴォメロ地区は安全です」

ナターリア・ガレッリが住むアパートは、外壁の塗料と漆喰（しっくい）は剝げかけているが、汚れ一つないガラス越しに見えるロビーはひじょうに優雅な雰囲気だった。エルコレがインターフォンのボタンを押した。まもなく、小さなスピーカーから雑音とともに女性の声が聞こえた。オートロックの扉が開き、二人はロビーに入った。渦巻きのような抽象画がどんと飾られていた。別の壁には金属の彫像がかかっている。天使だろうか。それともハト？　架空の生物？　エレベーターで最上階の五階に上った。その階には一部屋しかなかった。

エルコレが眉を上げ、指先にキスをした。金のかかった住まいだと言いたいらしい。

白っぽい木のドア枠に取りつけられたチャイムを鳴らすと、まもなく二十代初めのほっそりとした美貌の女性がドアを開けた。

エルコレは身分を明かし、サックスを紹介した。女性はうなずき、人なつこい笑みを浮かべた。「アメリカの刑事さん。ガリーはアメリカ人だから。それはそうよね。どうぞ、お入りください。私は（ソーノ）ナターリアです」

握手が交わされた。

身につけている宝飾品や衣類——レザーパンツ、シルクのブラウス、妬（ねた）ましいほど格好いいブーツ——から察するに、富裕層の子女なのだろう。アパートも贅沢だった。家賃は両親が払っているに違いない。学生の仮住まいだろうに、ふつうの子供が暮らしている家よりはるかに豪華だ。プラダの広告の背景に使われていてもおかしくなさそうだった。壁はラベンダー色の漆喰塗りで、大胆な色遣いの巨大な油絵が何枚も飾られている。画風は二つに大別できた。抽象画か、男女の裸像か。深緑色の革と艶消しのスチールでできたソファや椅子が並んでいる。片側の壁にガラスのバーカウンターが、反対の壁際には大きな高解像度テレビがある。画面にはミュージックビデオが映し出されているが、音は消してあった。

「すてきな部屋ね」

「ありがとう」ナターリアは言った。「父がミラノでデザインの仕事をしてるの。家具や小物のデザイン。私もナポリでデザインを勉強中で、卒業したら同じ業界に進むつもりです。ファッションのデザインにするかもしれないけど。ところで、どうなんですか。ガリーは元気でいるの？」ナターリアの英語は、ほんのうっすらイタリア語の癖が感じられるだけで、ほぼ完璧だった。

サックスは答えた。「状況を考えれば元気です」

どうとでも解釈できる、この場にふさわしい答え。

エルコレが言った。「事件に関して追加でお尋ねしたいことがあります。時間は取らせません」

ナターリアが言った。「こんなことが起きると怖くなっちゃう！　でも、私たちのグループの誰かだったりはしないはずです。だって、みんないい人ばかりだもの。きっと隣の建物の住人です——隣にはセルビア人が住んでるから」そう言って不愉快そうに鼻に皺を寄せた。「男の人ばかり、三人か四人で一緒に住んでます。いつか何かトラブルを起こすんじゃないかってずっと思ってた。警察の人にもそう話しました」

エルコレがかしこまった口調で言った。「隣の建物の住人なら、事情聴取の結果、全員の容疑が晴れています。いまあなたがおっしゃった男性たちは、事件が起きた夜、ナポリにいませんでした」

「それでもやっぱり怪しいと思います。だって、学校の友達の誰かだなんてありえない」

「学生にまぎれて入ってきた人物がいたのかもしれませんよ。わかります？」

「そうですね。もっと気をつけていればよかった」ナターリアは濃い紫色に彩った唇を引き結んだ。

「フリーダのことはよくご存じですか」

「いえ、そんなには。今学期が始まってからだから、知り合ってまだ二、三週間かな。私とボーイフレンドはヨーロッパ政治史の授業を取ってるんですけど、フリーダも一緒なんです」

「パーティのとき、フリーダが見知らぬ人物といるところを見かけたりしませんでしたか」

「大勢でごった返してたから。ガリーや、私たちの女性の友達と一緒にいるところなら見ました。でも、とくに気にして見ていたわけじゃないし」

「パーティの夜のことで覚えていることをもう一度話していただけませんか」サックスは言った。

「私は八時ごろ彼と食事に出かけて、帰ってきてから、ワインやおつまみやドルチェを用意しました。人が集まり始めたのは、十時ごろから」ナターリアは肩をすくめ、髪に手をやって軽く整えた。元モデルのサックスは、美しい人間を見慣れている。それでも、ナターリアほど美しい女性には数えるほどしか会ったことがない。モデルではなく、デザインの道に進むとしても、ファッション業界で美貌は大きな強みになる。世の中とはそういうものだ。

美は最強の武器だ。

「ガリーは、パーティが始まったときからいた一人でした。すごくよく知っているというわけじゃないですけど。少し話をしました。英語の練習になるから、アメリカやイギリス、カナダの人を見つけたら話しかけるようにしてるの。そのあともどんどん人が来て、十二時ごろ、フリーダとガリーが一緒にいるところを見ました。やけにべったりくっついてました。知り合ったばかりの異性といちゃいちゃしてるって感じで。体に触れたり、キスしたり、耳もとでささやき合ったり。飲み物を持って、一緒に屋上に行くところを見ました。二人とも酔ってた」ナターリアは首を振った。「しばらくして、ガリーが屋上から下りてきました。そのときは――どう言えばいいのかな――朦朧としてました。足もとがおぼつかない感じ。車で帰るんじゃありませんようにって思ったことを覚えてます。運転できる状態には見えなかったから。声をかけようとしたときには、もう帰ってしまってました。

パーティはそのあとも続いて、四時ごろにはみんな帰りました。私がボーイフレンドのデヴと後かたづけをしていたら、屋上から悲鳴が聞こえました。行ってみたら、屋上の仕切りのそばにフリーダがいたの。転んだみたいで、ひどい格好でした。スカートは破けてたし、脚にすり傷がたくさんできてて。私は抱き起こしました。フリーダは興奮してました。レイプされたみたいなのに、何も思い出せないって言ってた。デヴが警察に通報して、すぐに警察の人たちが来ました」

「その場所を見せていただけますか」

「どうぞ」

ナターリアは廊下の奥の天井に設けられたハッチに続く折りたたみ式の階段を上った。ワイヤと金属板でできた、天井から引き下ろす方式の簡易な階段でさえ、スタイリッシュだった。スカートを穿いてこの階段を上るのはちょっと覚悟が要りそうだとサックスは思った。しかしサックスはパンツを穿いていた——ナターリアと違い、価格千ドルはしそうなレザーパンツではなく、ジーンズだが。屋上はウッドデッキになっていて、高さ三メートルほどの囲いがいくつかある。水道のタンクや道具類の目隠しだろう。四メートル四方ほどに仕切られた一画にメタルチェアやテーブルがある。テーブルには灰皿が並んでいた。

喫煙エリアだ。

イタリアでは、ほぼすべての建物が屋内禁煙になっている。そこでニコチン中毒者はこういったデッキやパティオを渡り歩いているのだろう。眺望はすばらしかった。ナポリ湾が一望できる。視野の半分は火山の蒸気で白くかすみ、もう半分は近くにそびえる大きな城が占めていた。

サックスは囲いにさえぎられて喫煙エリアから死角になっている一画に行ってみた。ベンチがある。ガリーとフリーダはここで、エルコレが使っていた表現を借りれば、〝リモナーロノ〟したのだろう。

ナターリアが力ない声で言った。「現場はあっちです」黄色い警察のテープで囲われた隣の建物の屋上を指さす。「ここを見る目が以前とは変わってしまいました。前は気持ちのいい場所だったのに。いまは見ると悲しくなっちゃう」

　三人はテープのすぐ手前に立った。こちらの建物と隣の建物のあいだに隙間はなかった。高さ一メートル弱の煉瓦の塀で仕切られているだけだ。左を見ると、隣の建物の屋上にやはり警察のテープで仕切られた一画があった。そこが強姦事件の起きた現場だろう。喫煙エリアからは見えない。そこを選ぶのは理に適って（かな）いる。

「行ってみましょう」

「でも、テープが！」エルコレが小さな声で言った。

　サックスは黙って微笑んで見せた。関節に負担をかけないよう気をつけながら、煉瓦塀に腰を下ろし、向きを変えて隣の屋上に移った。エルコレは観念したようにため息をつき、塀を跳び越えた。ナターリアは自分の部屋のある建物側にとどまった。タール紙の上に砂利が敷いてある。靴跡は残っていないということだ。つまり、シューズカバーや輪ゴムを着ける必要もない。サックスはラテックスの手袋を着けて、強姦事件の現場とそこに至る道筋から砂利やタールのかけらのサンプルを集めた。

　それがすむと、下の通りを半ブロックほど南に下ったところに建つ高いビルを見つめた。

「あのビルは何？」

　エルコレもモダンな高層ビルを見やった。「ホテルですね。ＮＶホテルだったかな。超高級ホテルです」

サックスは陽射しに目を細めた。「そこにあるのは駐車場?」

「ええ、そうみたいです」

「この屋上とほぼ同じ高さね。あそこに監視カメラがないか、調べてみましょうよ。ちょうどこっちを向いてるかもしれない」

「ああ、それはいいアイデアです。駐車場にはたいがいカメラがありますから。あとで確認しておきます」

サックスはうなずき、エルコレとともに喫煙エリアに戻ると、そこでも証拠を採取した。ナターリアはその様子を物珍しそうに見守った。「ドラマの『CSI』みたい。同じことをしてるんですよね?」

「そうね、似てるわ」サックスは言った。

証拠集めは十分ほどで完了した。サックスとエルコレはナターリアに礼を言った。ナターリアは差し出された二人の手をしっかりと握ったあと、階下に下りるハッチを開けた。「ガリーがこんなことするなんて、絶対にありえません。心底そう思います」それから怒りのこもった視線を隣の建物に向けた。「あの人たち、あのセルビア人たちをもう一度ちゃんと調べてください。私、人を見る目はあるほうなの。あの人たちなら、何をしたっておかしくない」

30

「あの子ならいまフリーのはず」

「フリー？」

ベアトリーチェ・レンツァはエルコレ・ベネッリに説明した。「ついこのあいだ、ずっとつきあってた男と別れたんだって。しばらく前から終わったも同然だったみたいだけど」

「しばらく前？」

「私が言ったことをそのまま訊き返すのはどうして？」

ふう、まったく面倒くさい人だ。エルコレは唇を引き結んだ。「さっぱりわかりません。誰の話ですか」

そう言いつつも、見当はついていた。いや、誰の話か正確にわかっていた。

「とぼけないの。ダニエラ・カントンに決まってるでしょ」

その名前をおうむ返しにして訊き返そうとしたが、ぎりぎりのところで思いとどまった。この四角四面な女性にまた責められるだけのことだ（それに、職業柄、質問に質問で答えるのは、やましいことがあるからだと知っていた。「密猟？　俺が？　どうしてこの俺が密猟なんかしてると思うんだ？」）。

　そこで質問の形を変えた。「どうして僕にそんな話をするんです？」

二人は国家警察ナポリ本部(クエストゥーラ)一階のラボにいる。コンポーザー事件の捜査司令室には目下、エルコレの正当な同僚の姿は一つもなかった。いるのはアメリア・サックスとリンカーン・ライム、ライムの介護士のトム――ガリー・ソームズ事件捜査におけるエルコレの共犯者――だけで、いまなら何食わぬ顔でラボに入り、強姦事件の現場、ナターリアの自宅の屋上で採取した証拠の分析をベアトリーチェに依頼できるだろうと思った。

　しかしエルコレがその話を持ち出す前に、ベアトリーチェは首をかしげてエルコレを眺め、たまたま廊下の先にいたダニエラのほうをじっと見つめたことに気づいたのだろう、いきなり一方的に話し始めた。

　あの子ならいまフリーのはず……

「悲しい話なんだよね」ベアトリーチェは、なぜ自分にダニエラの話をするのかというエルコレの質問に答える気がまったくないらしい。緑のフレームの眼鏡をぐいと押し上げて続けた。「元カレは、ブタみたいな男だった」吐き捨てるように言う。

　エルコレとしてはいい気分ではなかった。理由は二つ。まず、この短気な女性が、エルコレはダニエラに気があると決めつけていることが気に入らない。そしてもう一つ、エルコレはブタという生き物を愛おしく思っている。

とはいえ、耳よりな情報ではある。ダニエラにはいま、交際している相手がいない。
「ダニエラがいまフリーかどうかなんて、気にしたこともありませんでしたけど」
「そうよね、気にしてないわよね」ベアトリーチェが言った。エルコレの発言を疑っているのは明らかだ。ふっくらと丸い顔を縁取る奔放な黒い巻き毛は、ビニール帽の下に押しこまれている。町のパン屋の看板娘といった雰囲気の美人だ。背は低く、体形は、そう、〝胸が豊かなぽっちゃりさん〟とでも形容すればいいだろうか。がに股気味で、足を引きずり気味によちよちと歩くため、いつもシューズカバーを着けているような音がする。廊下を歩くダニエラの姿は優雅で……動物で言えば何だろう？　残酷かもしれないが、先に動物のたとえを持ち出したのはベアトリーチェのほうだ。ダニエラはすらりとしたチーターのように優雅に歩く。すらりとしてセクシーなチーター。

対するベアトリーチェは、ナマケモノか、コアラか。
おいおい、ずいぶんと意地が悪くて不公平な比較だ――エルコレは恥ずかしくなって顔を赤らめた。

ベアトリーチェは手袋をはめて証拠品袋を受け取った。「アルチ――アルチバルド――と三年つきあってたんだって。アルチのほうが少し年下だった。見ればわかるよね、ダニエラは三十五歳」

そんな年齢？　いやいや、見た目ではまったくわからない。エルコレは驚きつつも、年下の男が好きなのかと興味を惹かれた。エルコレは三十歳だ。

「レースドライバーになりたかったらしいけど、そう簡単になれるものじゃないでしょ。そもそも運転の素質がなかったみたいだし」

アメリア・サックスのようにはいかないか——エルコレは陰気に考えた。それで思い出した。メガーヌを点検に出さなくては。ギアボックスから異音がしていた。

ベアトリーチェが言った。「結局お遊びで終わっちゃった。でも、アルチは見た目だけはいい男だった」

「だった？　事故で死んだとか？」

「生きてる。〝だった〟って言ったのは、ダニエラにとってはもう過去の存在って意味。ドライビングの腕は人並みでも、ハンサムなレースドライバーなら、ブンガ・ブンガのチャンスはいくらでもあったってこと」

イタリアの元首相のセックススキャンダルで有名になった〝ブンガ・ブンガ〟という言葉に厳密な定義はないが、有名になったきっかけを考えれば、おおよその意味は容易に推測できる。

ベアトリーチェは証拠品袋をざっと検めてから検査テーブルに並べた。保管継続カードが添付されていることに気づいて（アメリア・サックスの名はなく、エルコレの名前だけが記入されている）、エルコレの名前の下に署名した。「モデナのレースチームと契約してたんだって。といっても、使い走りみたいなもの。メカニックを手伝ったり、車をあっちこっちに動かしたり。アルチとダニエラがユーロヴィジョンから帰って——」

「ユーロヴィジョンを見に行ったんですか」

「そうよ」ベアトリーチェは笑った。馬鹿にして鼻を鳴らすような笑い方だった。その拍子にずり落ちた、複雑な形の眼鏡を押し上げる。「信じられないでしょ」

「ああいうフェスは嫌いですか」ほんの一瞬、言葉に詰まってから、エルコレは訊いた。

「誰が行くの。子供のお祭りでしょ」

「そう思ってる人もいますよね」エルコレは早口に言った。

ユーロヴィジョン・ソング・コンテストは、六十年の歴史を持つイタリアのサンレモ音楽祭を原型とする作曲・歌唱コンテストだ。悪趣味の域に達する派手な演出がされた会場で参加各国代表が演奏を披露し、その様子がライブでテレビ放映される。愛国心と政治的偏見で味付けしたバブルガムポップと揶揄(やゆ)する向きもある。それでもエルコレは毎年楽しみにしていて、これまでに六度、会場で観覧していた。今度のグランド・ファイナルのチケットも確保してある――二枚。

エルコレ・ベネッリはいつだって楽天家だ。

「ユーロヴィジョンから帰ってきたら、アルチのアパートで警察が待ってたんだって。燃料システムの仕様をライバルのチームに流してお金を受け取ってたの。罰金ですんだけど、イタリアには車のことになるとうるさい人が多いものね。私だっていやな気分になったし」

「自動車レースが好きなんですか」

ベアトリーチェは熱を帯びた口調で言った。「F1は行けるかぎり見に行ってる。いつかマセラティのクーペがほしい。もちろん中古で。新車なんて無理だから。フェラーリもいいけど……夢のまた夢よね、国家警察のお給料じゃ。レースは見に行く人？」

「あんまり。なかなか時間がなくて」実のところ、自動車レースにはまったく興味がなかった。『ラッシュ　プライドと友情』はおもしろかったな」映画のモデルになった二人のドライバーの名前が思い出せない。一人はイタリア人だったはずだ。

「ああ、あれはおもしろかった。ニキ・ラウダは天才！　もちろん、チームはフェラーリだったし。DVDも持ってる。レースはよく見に行くの。まあ、誰にでもお勧めできるものじゃないけど。もし行くことがあったら、耳を守るものを何か持っていくのを忘れないで。私は防音マフを持っていく。警察の射撃練習場で使ってるやつ。あれを持ってると、前のほうに座れるしね。マフのカップに国家警察ってプリントされてるのを見るなり、みんな道を空けてくれるから」

考える間もなく、エルコレは言っていた。「僕はハトのレースをやってるんです」

「鳥のハト？」

「もちろん鳥のハトです」

ほかにどんなハトが存在するというのか。

「ハトのレースなんて、初めて聞いた。そうそう、話を戻すと、アルチの罪は大したことじゃなかったけど、ダニエラもさすがに前科のある男とつきあうわけにはいかないじゃない？」

「しかも、レースで各地を転々としてるあいだ、ブンガ・ブンガしてたわけですしね」

「そうそう」

「気の毒（プア・シング）に。ダニエラはショックを受けてるだろうな」

ベアトリーチェはちっちっと舌を鳴らした。カトリック学校の厳（いか）めしいシスターを連想させた。「シング（thing）なんて言わないの。もの扱いしてるみたいで失礼でしょ。だけど、そうね、ダニエラはだいぶ落ち込んでた」ベアトリーチェは廊下のほうに視線をやり、自分より身長は三十センチ多く、体重は七キロ少ない、チーターの天使のように美しい顔をしたダニエラを見つめた。「美人でも失恋して傷つくことはあるってこと。無傷ですむ人なんていない。というわけで、ダニエラはいまフリーだってことは教えたからね。その気があるならいまがチャンス」

エルコレはどぎまぎして早口に否定した。「いやいやいや、そういう意味での関心はありませんから。ほんとに。ただ興味があるだけです。そういう性格なんですよ。相手が誰でもその人のことを知りたくなってしまう。どこから来た人にも興味が湧くし、年齢、人種、肌の色に関係なく、相手のことを知りたいんです。男女、黒人、白人……」言葉が続かなくなった。

ベアトリーチェが救いの手を差し伸べた。「あらゆる肌の色をした子供とか？」

エルコレは目をしばたたいた。それから、いまのはジョークらしいと察した。ベアトリーチェがにこりともせずに口にした冗談に笑った――ただし、ぎこちなく。ベアトリーチェは知らん顔で証拠品袋の品定めを始めた。

「さてと、どれどれ」ベアトリーチェはカードを持ち上げた。「〝喫煙エリア周辺〟。何これ？」

「事件――または犯人――を目撃した可能性がある人たちがいた場所です」

別のカードを持ち上げる。「〝暴行現場〟」

エルコレは検査テーブルに近づいて中身を説明しようとしたが、床の黄色い線を越えたところでベアトリーチェに手を振って追い払われた。「だめ、来ないで。防護服を着てないでしょ。下がって！」

エルコレはため息をついて下がった。「なかは砂利で――」

「屋上に敷く砂利ね」

エルコレは意を決して言った。「もしできれば、ヴォメロにあるNVホテルの駐車場の最上階に北東を向いた監視カメラがないか、調べてもらえませんか」

ベアトリーチェは額に皺を寄せた。「私が？　頼むなら郵便警察じゃないの？」

「郵便警察には知り合いがいないので」エルコレは自分の制服の森林警備隊のバッジを指さした。

「まあ、できなくはないけど。どの事件の話？」

エルコレは答えた。「僕が扱ってる別の事件です」

「ふうん、森林警備隊で孵化したばかりの雛みたいな状態で国家警察に来たとたん、一人前の刑事の役を押しつけられちゃってるのね、エルコレ・ベネッリ。自分が扱ってる事件まであったりして。モンタルバーノの後継者ってとこ？」アンドレア・カミッレーリの推理小説シリーズの主人公、シチリアの刑事の名前だ。「そう考えると、規則を知らなくても無理はないのかもしれないけど。こういう証拠の分析を依頼するときは、事件番号がなくちゃだめなの。せめて容疑者の名前くらいはないと」

「容疑者の身元はまだわからないんです」これは事実だ。ガリー・ソームズの弁護士――とガリー自身――の主張を信じれば、被害者を屋上でレイプした人物は別におり、その人物の素性はまだ判明していない。

やれやれ。完璧じゃないか。

「未詳1号と書いておいてください」

「それはどういう意味？　〝未詳〟？　初めて聞いたけど」

「英語です。〝身元未詳の容疑者〟の略。容疑者の氏名がわからないとき、アメリカの警察が使う用語です」

ベアトリーチェはエルコレの頭のてっぺんから爪先まで眺め回した。「そこまでアメリカ英語にかぶれてるなら、モンタルバーノよりはコロンボね」

侮辱のつもりだろうか。コロンボというのはたしか、冴えない身なりでぼそぼそしゃべる刑事だ。それでも、ドラマの主人公ではある。

「結果が出たら、あなたに連絡すればいいの？　ロッシ警部、スピロ検事？　それとも、担当検事は別の人？」

「僕に連絡してください」

「わかった。コンポーザー事件よりこっちが優先？　ダブルッツォ郊外の証拠物件の分析がもう少しで終わるところだけど」

「そっちを優先してください。コンポーザーはいつまた次の事件を起こすかもしれませんから。だけど、NVホテルの監視カメラの件は、すぐ問い合わせてもらえますか。二十日の夜、午前零時から午前四時までのあいだの録画があれば、確認したいです」

「九月二十日の午前零時から午前四時？　それとも二十一日？」

「えーと、二十一日です」

「だったら、二十一日の未明ってことね。〝夜〟は単なる言い間違い？」

ため息が出た。「はい」

「わかった」ベアトリーチェは電話を取り、エルコレは捜査司令室に戻ってライム警部とトムにうなずいた。サックス刑事が顔を上げ、何か問いたげな視線を向けた。

エルコレは小さな声で言った。「分析は頼みました。いまホテルに問い合わせてくれてます。監視カメラの件で」

「よし」ライムが言った。

まもなくベアトリーチェが捜査司令室に入ってきた。ほかの三人にうなずいてから、イタリア語でエルコレに言った。「残念でした、エルコレ。NVホテルに監視カメラは設置されてるけど、あいにく事件発生時には作動してなかったみたい。録画が残ってないって」

「問い合わせてくれてありがとうございました」

ベアトリーチェは「どういたしまして」と応じた。そしてエルコレの全身をまたもや眺め回すようにしてからラボに戻っていった。エルコレは自分の制服を見下ろした。コロンボの服みたいにくたびれて見えるということか？　ジャケットの袖を手で払った。

「エルコレ？」ライム警部が促すように言った。

「あ、そうでした、すみません」監視カメラの件を英語で伝えた。

「なぜか決まってカメラは作動していない。そういうものだろう？」ライム警部は驚いた様子もなく言った。「その情報も携帯型一覧表に書き加えておいてくれ」

「携帯型？」

トムが黄色い法律用箋を差し出した。ガリーの弁護士エレナ・チネッリから受け取った現場鑑識報告書を元に、カフェでサックスがエルコレの翻訳を聞きながら英語で作成した証拠物件一覧表だった。エルコレはそこに、監視カメラの録画はないことを書き加えると、テーブルに積まれていたファイルの一番下に押しこんで隠した。ここなら見つからないだろう。いまエルコレが何より回避したい事態は、スピロ検事にこれを見られることだ。

ライム警部が言った。「ガリー・ソームズの自宅の捜索がまだ残っている。何者かが薬物をこっそりまぎれこませたことを示す証拠が見つかるかもしれない」

エルコレの心は沈んだ。しかしライム警部は続けた。「しかし、それは後回しにしようか。きみが田舎町まで出かけて集めた証拠の分析がそろそろ出る。領事館に恩を売っておくにやぶさかではないが、彼らにも伝えておいたとおり、コンポーザー事件が優先だ」

ほっと胸をなで下ろして、エルコレはうなずいた。「はい、はい、カピターノ。それがいいと思います」

廊下のほうに人の気配を感じて顔を上げると、ダニエラが捜査司令室のすぐ前に立ち、片手でぼんやり三つ編みをいじりながら、反対の手に持った分厚い資料に目を落としていた。

いまフリーのはず……

まるまる六十秒をかけて、エルコレ・ベネッリは思案した。国家警察の捜査規則の話題をダニエラに振って、そこからさりげなく——巧妙に——毎年ユーロヴィジョンを楽しみにしているのだという話に持って行くことはできるだろうか。

そんな芸当は不可能だという結論に達した。

それでもエルコレはほかの三人に失礼と断って廊下に出た。ダニエラに挨拶代わりにうなずき、はにかんだ笑みを浮かべると、ユーロヴィジョンが好きだという話を小耳にはさんだと言い、それでちょっと訊いてみたいと思っただけで、別に大事な話ではないのだが、昨年のモルドバ代表の曲はここ何年かで一番よかったと思った、彼女の感想はどうか。

ダニエラが彼の意見にあっさり同意し、エルコレは腰が抜けるほど驚いた。

31

さあ、動け。

早く！

カビ臭い家のカビ臭い寝室で体を丸めていたステファンは、己に鞭打って体を起こすと、習慣に従ってまずラテックスの手袋をはめた。震える手、汗で湿った肌……額や首筋を拭い、ティッシュはあとで処分するつもりでポケットに押しこんだ。次に薬を口に入れた。オランザピン。十ミリグラム錠。医師たちは、試行錯誤の末、ステファンをもっとも〝正常〟な状態にできる薬剤はオランザピンだという結論に達した。あるいは、ステファンがいないと思って話していたのが漏れ聞こえた表現によれば――〝ほかの何を飲ませるより統合失調症っぽさが消える〟（ステファンの場合、治療と維持の手段は、基本的に投薬に限定されている。言葉の意味ではなく、言葉の音に関心が向いてしまうステファンのような人間に心理療法は役に立たない。「四月のその日、地下室に入ってそれを目にしたとき、どう感じたか話してみて、ステファン」と言われても、ステファンの耳には人間が発する音の連なりとしか聞こえず、医師の声によってはうっとりするほど美しかったり、背筋がぞくぞくするほど甘美だったりする一方、ボーカルフライの癖のある医師だと、強い不安に襲われて押しつぶされそうにもなった）。

オランザピン。この〝非定型〟の――または第二世代の――抗精神病薬は、ふだんは威力を発揮する。しかし今日はどうにも落ち着かない。〈ブラック・スクリーム〉がステファンの思考の尻尾に食らいついて離れずにいた。絶望感がふくらんでいく。次に行かなくては、〈ハーモニー〉に至る道行きの留の次に進まなくてはならない。

震える手、汗で湿った肌。

酒を飲む人間なら、一杯注ぐところだろう。

女好きなら、ベッドに女を連れこむだろう。

しかしステファンはそのいずれでもない。だから〈ブラック・スクリーム〉に対抗する唯一の手段に飛びつく――新たなワルツの次の〝志願者〟を捜すことだ。

さあ、行けよ！

バックパックに黒い布のフードを入れた。クロロホルムを入れた密封の小袋、ダクトテープ、替えの手袋、猿ぐつわも。それに、忘れてはいけない。名刺代わりのもの――

チェロの弦で作った小さな首吊り縄。青いラテックスの手袋を外し、シャワーを浴び、ジーンズと灰色のTシャツ、ソックスといつものコンバース・コンで身支度を調(ととの)える。新品の手袋をはめて、窓から外を確かめた。敵の姿はない。外に出て分厚いドアに鍵をかけ、古い四駆のメルセデスを車庫から出す。三分後には、荒れた田舎道を走り出していた。この先の自動車専用道路に乗れば、中心街まで行ける。

また一歩、近づく。〈ハーモニー〉に。

天国に。

宗教と音楽は、いつの時代も密接に結びついていた。無数にある神を讃える歌。レビ族は、歌やシンバルと十弦の琴と竪琴(たてごと)の音楽に囲まれて契約の箱を担いで歩いた。ダビデは、四千人の高潔な民を選んで神殿で音楽を奏でさせた。それに、聖書には詩編がある――百五十の詩が収められている。

エリコの角笛の逸話もある。

大人になってから教会に行ったことはないが、思春期の初めごろは、日曜学校や聖書研究合宿で多くの時間を過ごした。息子を体(てい)よく預ける先として教会に目をつけた母親によって、ある日の午後はここに、別の日の昼食前にはあちらに連れて行かれたからだ。ときには週末をずっと教会で過ごすこともあった。おそらく母親のアビゲイルは、息子が狂気の淵に転落しかけていて（アビゲイル自身も片足を突っこんでいた）、このままずっと家で面倒を見ることになるかもしれないと察しており、だからチャンスと見れば、フィンガーペイント用の絵の具のにおいが染みついた地下室や合宿テントに追い払い、男友達を家に招じ入れた。

日曜学校に通っていたころはまだ〈ブラック・スクリーム〉は本格化しておらず、幼いステファンは、ほかの少年たちと一緒に教義の断片を吸収し、クッキーやジュースをもらい、ツイードの服を着た教師が熱心に信仰する人物らしい熱心さで教師用の手引きを読み上げる声に耳を澄ました。

そのころのステファンにとっても話される言葉の大半は無価値なものだった。それでも一つ、心打たれた話があった。神（なぜか神の存在をすんなり納得できた）から出る悪霊に悩まされたとき、イスラエルの最初の王サウルの心を唯一癒やしたものは、音楽――ダビデの竪琴が奏でる音楽だった。

ステファンと同じだ。音楽や音だけが心を静め、〈ブラック・スクリーム〉から守ってくれたのだ。

注意深く運転しながら、スマートフォンを取ってプレイリストを呼び出した。今日、コレクションから選んだのは純粋な音ではなく、メロディだった。『グリーンスリーブス』。厳密にはワルツではないが、八分の六拍子で書かれているため、事実上は四分の三拍子と同じだ（しかも、ヘンリー八世の作詞作曲と言われている）。

『グリーンスリーブス』……哀愁に満ちたラブソング――ミューズに捨てられた男の嘆き――は、第二の命を与えられた。キリスト教会が同じ旋律に別の歌詞をつけてクリスマスキャロル『御使いうたいて』としたのだ。

世界中がこの歌を愛している。文句なく愛している。

この旋律のどこがよくて、これだけの歳月、変わることなく愛されているのだろう。

この音の組み合わせ、このテンポが、一千年を経過してもなお人の魂を揺り動かす理由はいったい何なのか。ステファンはずっとその疑問を解明しようとしてきたが、どれほど考えても、音は神であり、神は音であるという以外の解答は思い浮かばなかった。

〈ハーモニー〉。

耳の奥でぐるぐると鳴り続けている悲しげな旋律を聴きながら、ステファンは思った。

この曲こそ、次の舞台にふさわしい。

ああ愛するあなたよ、無情にも私を見捨てるとは……

速度を落とし、角を曲がって脇道に車を進めた。この道の先に、カポディキーノ難民一時収容センターがある。

32

国家警察（クエストゥーラ）ナポリ本部の一階にある科学警察ラボの隣、コンポーザー事件の捜査司令室で、ベアトリーチェ・レンツァが淡々と説明していた。「あいにく、私は失敗を作りました」どんな失敗をしたにせよ、そのことで落ちこんでいる様子はうかがわれないが、本音は見て取れない。ベアトリーチェはいつも分厚い雲に覆われているようだからだ。

説明を聞いているメンバーは、ライム、マッシモ・ロッシ、エルコレ・ベネッリ、そしてアメリア・サックスだ。

ロッシがイタリア語で何か尋ねた。

ベアトリーチェは英語で答えた。「部分指紋の復元しかできませんでした。あなたが」——エルコレにうなずく——「持ち帰った木の葉に付着していた部分指紋です。木の葉に指紋が付着していたのは確かで、あなたが切り落とした枝の真下で靴跡が発見されていることから、その指紋は悪党（フルファンテ）、悪漢（ヴィラン）、コンポーザーのものと推測されます。ただ、とても小さな部分指紋一つだけでした。各種データベースで照合するには小さすぎます」

「微細証拠は？」ライムが尋ねた。

「その分析はもう少し成果がありました。コンバース・コンの靴跡の溝の部分から、ごく微量の土が採取できました……その土に、二酸化炭素、未燃炭化水素、窒素と一酸化炭素と灯油が含まれていました」

「エンジン排気か」ライムは言った。

「そうです。私もまったく同じように考えました」

「比率から言って、何の排気だろうね」

「ジェット機です。理由は、灯油の割合。自動車やトラックではありません。もう一つ見つけたものがあります――繊維です。ナプキンやペーパータオルの繊維と、コエレンテ……」

「矛盾しない」エルコレが英語で言った。

「シ。ナプキンやペーパータオルの繊維と矛盾しません。その繊維から、次に挙げる食材と矛盾しない物質を検出しました。サワーミルク、小麦、ジャガイモ、チリパウダー、ターメリック、トマト。あと、フェヌグリーク。知ってます？」

「知らんな」

エルコレが言った。「料理用のスパイスです。北アフリカ料理によく使われます」

ベアトリーチェがうなずく。「そう、それ。含まれているもの――成分から、これはバージーンかもしれません。リビアやチュニジアのパンです」ベアトリーチェは自分の腹を指さした。「私は食べ物には詳しいです。ありとあらゆる種類の食べ物を知っています」笑みを浮かべるでもなく、また照れるでもなく、そう言った。

それから続けた。「そこで（アッローラ）、犯人の行動範囲、ダブルッツォから半径十五キロの地域にあるレストランに問い合わせをかけました。すべて伝統的なイタリア料理の店でした。中東料理や北アフリカ料理を出す店は、近隣に一軒もありません」ベアトリーチェはエルコレに向かってイタリア語で言い、エルコレが英語に訳した。「つまり、コンポーザーはごく最近、中東系、北アフリカ系のレストランか家庭があるところに行ったか近づいたかしたことになります」

ライムは渋面を作った。

「何かおかしな点でも？」マッシモ・ロッシが訊いた。

「分析は上出来だ。問題は、それぞれの証拠がどう結びつくのかわからないということでね。この仕事には、土地勘が必要だ。犯行現場となった土地の地形、文化」

「シ。そのとおりです」ベアトリーチェがうなずく。

「とすると（アッローラ）」ロッシが言った。「ひょっとしたら、ライム警部、私が役に立てるかもしれません。少し前に事件がありました。アフリカから来た難民がイタリアのパスタは食べたくないと拒否したんです。確かに、ポモドーロ――トマトのソースで和えただけの代物でしたからね」ロッシは鼻に皺を寄せた。「私ならラグーかペストソースがいい。肝心なのはここからです。難民が文句を言った。とんでもない話でしょう？　自分たちの国の料理が食べたいと言い張った。私は思いましたね――英語で言えば、〝もらう側が選り好みするな〟とね。しかし、彼らの不満を真摯に受け止めた人も大勢いて、リビアや北アフリカの料理を提供しようという努力がなされています。とはいえ、どこの難民キャンプや収容施設でもつねに対応できるというわけではありません。そこでキャンプの周囲にたくさんの屋台が出て、リビアやチュニジアの食材や惣菜を販売しています」

「その条件では、ほぼすべてのキャンプが該当してしまう」

ロッシがふいに顔をほころばせた。「はい。ただ――」

ライムはさえぎった。「ジェット機の排気」

「そうです！　カンパニア州最大のキャンプ、カポディキーノ難民一時収容センターは、空港のすぐそばに位置しています。北アフリカ料理の屋台もある」

「難民か」エルコレが言った。「アリ・マジークも難民です」ロッシに向かって――「これがスピロ検事の考えていらしたパターンでしょうか」

「この時点ではまだ何とも言えないな。コンポーザーは、次の被害者もまた難民から探すつもりでいるかもしれない。しかし、キャンプの関係者から選ぶ可能性だってある。職員とか」

サックスが言った。「ミケランジェロの戦術チームをキャンプに急行させてください。私も行きます」

ロッシが警戒したような笑顔をサックスに向けた。

「わかってます」サックスは言った。「スピロはいい顔をしないでしょうね。でも、対決するのはあとにします」ロッシをじっと見つめる。「私を止めませんよね、警部？」

ロッシは芝居がかった身ごなしでサックスに背を向け、一覧表を凝視した。それから、誰にともなくつぶやいた。「サックス刑事はどこに行ったんだろうな。さっき見たときは国家警察（クエストゥーラ）ナポリ本部にいたのに、ちょっと目を離したらもういなくなっている。ナポリ観光にでも出かけたんだろう。それだな、ポンペイ遺跡でも見てるんだな」

「ありがとう」サックスは小声でロッシに言った。

ロッシが言う。「何の話だろう。礼を言われるようなことをしたかな」

サックスとエルコレがさっそく出口に向かう。その後ろ姿を見送っていたライムは、エルコレがポケットから何かを引っ張り出したことに目を留めた。それからエルコレは、どういうわけか肩をがっくりと落として、サックスが差し出した手に車のキーを置いた。

33

コンポーザーは空港そばの難民キャンプで被害者を物色するかもしれない——捜査司令室のその推論は正しかった。

証拠の分析は的確だった。航空燃料は空港を指し示し、リビア料理に使われる食材は難民の食事か、カポディキーノ難民一時収容センター周辺の屋台を暗示していた。

それでも……

どれほど正確に、優雅に論理を積み重ねて出された結論であっても、小さな疵(きず)一つが命取りになって崩壊することがある。この推理もそうだった。

遅すぎたのだ。

コンポーザーは、ライムたちが推測したとおりの行動を取った。ただし、繰り返されたテーマからはずれたことをした。誘拐した人物の呼吸音をワルツのリズムセクションに使うという手順を省いた。被害者の喉をその場で切り裂き、トレードマークの首吊り縄を残して逃走した。

　アメリア・サックスとエルコレ・ベネッリは、次の誘拐の現場は難民キャンプではないかという結論が国家警察ナポリ本部(クエストゥーラ)で出された三十分後には到着した。だがその時点ですでに、国家警察とカラビニエリの警察官が十数名と、移民受け入れを管轄する財務警察の数名が来ていた。もうじきキャンプに着くというところで、いくつもの回転灯が閃き、正面ゲートの反対側のフェンス際に人垣ができていることにサックスは気づいた。そこの金網のフェンスは切り裂かれて、即席の出入口になっていた。

　なりゆきを見守っている人々は百人くらいいそうだった。警察官が厳重に目を光らせている様子を見ると、大半は事件現場を見物しようと敷地外に抜け出した難民のようだ。ほかに集まっているのはおそらく、屋台の主や抗議のために集まった市民、ジャーナリストらで、流血の現場に引き寄せられたのだろう。

　サックスはイヤフォンを耳に入れて通話ボタンを押し、携帯電話を後ろのポケットに戻した。同じポケットの底には愛用の飛び出しナイフも入っている。

「サックス？　現場はどうだ？」

「完全に汚染されちゃってる。遺体の周囲に五十人くらいいそう」

「くそ」

サックスはエルコレに言った。「この人たちに下がってもらわないと。遺体から離れてもらって。現場周辺から人を追い払って」

「シ。僕に任せてください。というか、やってはみますけど、人が多すぎます」

エルコレは少し離れたところにいた国家警察の制服警官に近づいた。初めは取り合ってもらえないようだった。しかし、エルコレが〝ロッシ〟や〝スピロ〟の名を口にしたとたん、みなの顔つきが引き締まり、エルコレの指示に従い、身を入れて群衆整理を始めた。軍の兵士と思しき男女も加わった。

サックスは、まずは現場を保存しなくてはならない、またあとで連絡するとライムに伝えて電話を切った。

「このキャンプの所長を呼んで」

「はい」

手袋を着け、現場がさんざんに踏み荒らされていることを思うと無駄とはわかっていたが、靴に輪ゴムもかけてから、サックスは腰を落としてシートの端を持ち上げ、被害者をざっと観察した。

浅黒い肌をした若い男性だった。目を半分開いたまま、血だまりに横たわっている。首に五つか六つ、斬りつけられてできた大きな傷がある。靴を履いていない。サックスはシートを元どおりに下ろした。

エルコレは数名のパトロール警官と話していたが、そのうちの一人と一緒にサックスのところに戻ってきた。そのパトロール警官は、国家警察の制服を着ていた。

エルコレが言った。「こちらはブッビコ巡査です。キャンプの職員の通報を受けて、最初に現場に駆けつけたそうです」

「被害者の身元を尋ねてもらえる？」

ブッビコが手を差し出し、サックスは握手に応じた。「英語は話せます。アメリカに留学したことがあるので。もう何年も前の話です。でも英語はひととおりわかります」

しかしブッビコが先を続ける前に、サックスの背後から女性の声が聞こえた。イタリア語だった。

振り向くと、その女性が急ぎ足で近づいてくるところだった。背が低く、整ってはいるがきつい顔立ちをしていた。赤みを帯びた栗色の豊かな髪をポニーテールにして黒いリボンで留めている。痩せているが、筋肉質の体をしていた。灰色っぽいカーキ色のブラウスと灰色のロングスカートという出で立ちだ。首から身分証を下げている。腰の無線機が音を立てていた。

ラミネート加工された身分証を確かめるまでもなく、その物腰を見ただけで地位のある人物だとわかった。

女性は遺体を見て顔をゆがめた。

サックスは尋ねた。「キャンプの職員ですか」

「はい」女性の目はまだシートで覆われた遺体を見つめていた。「ラニア・タッソです」首から下げた身分証に内務省（ミニステーロ・デリンテルノ）とあるのが見えた。「ここの所長です」わずかに訛を感じさせる英語だった。

サックスとエルコレはそれぞれ自己紹介した。

「ひどいわ（オッリービレ）」ラニアはささやくような声で言った。「このキャンプで人が殺されるのなんて、初めて。強盗や喧嘩は起きるけど、レイプや殺人はこれまで一度もなかった。ひ（ホ）どいわ（リブル）」イタリア語と英語で綴りの似ている最後の一語は、〝H〟の音を強調して発音された。

ほどなくマッシモ・ロッシが到着し、まっすぐ現場に歩いてくると、エルコレとサックスにうなずいた。ラニアに身分を明かし、イタリア語でやりとりを始めたが、すぐに二人とも英語に切り替えた。ロッシはラニアとブッビコに何が起きたのか説明してくれるよう頼んだ。

ラニアが言った。「警備員がまだ目撃者を捜しているところですが、このキャンプの料理人が犯人を見たそうです。遺体のそばにしゃがんで首吊り縄を地面に置いたあと、そこの低木が茂った木立に飛びこんだと言っていました。黒っぽい色の車に乗って、猛スピードで逃げたそうです。車種を訊いてみましたけど、まったくわからないと」

ブッビコが言った。「通報を聞いて、パトロールの者数名と一緒にすぐ道路に出てみました。タッソ所長にも報告しましたが、そのときにはもう犯人の姿はありませんでした。道路封鎖を指示しましたが、この一帯は過密地域です。空港はすぐそこだし、たくさんの工場のほかに、農場もいくつかあるし——幹線道路や生活道路のどれを通って逃げたか、まるで推測ができません」ティッシュペーパーを広げて見せる。そこには黒っぽい弦でできた見慣れた首吊り縄が載っていた。

「これはどこに？」サックスは尋ねた。「首吊り縄はどこで見つけましたか」

「そこです。頭の横あたり」ブッビコが答えた。

「被害者については？　身元は判明していますか」

今度はラニアが答えた。「はい。ユーロダックの照会は済んでいましたから。ダブリン規則に従って。そのあたりの手続きはご存じですか」

「はい」サックスは答えた。

「マレク・ダディ、二十六歳。チュニジア生まれですが、ここ二十年ほどは家族と一緒にリビアに住んでいました。両親と妹はいまもトリポリ在住です。犯罪歴はありません。典型的な経済難民です。リビア内戦中に明確な政治姿勢を取ったりもしていませんし、リビア国内の派閥のいずれからも生命を狙われてはいません。ＩＳＩＳのような過激派組織がターゲットにするような人物ではないということです。経済的に困窮して国を脱出し、生活が安定したら家族を呼び寄せるつもりでいた難民の一人です」

ラニアは目を落として続けた。「気の毒でなりません。キャンプにいる全員を知っているわけではありませんけど、マレクはつい最近来たばかりで、まだ記憶に新しい一人です。鬱病を患っていました。ひどく不安がってもいました。家族と離れたことがつらくて、ホームシックにかかっていました。このキャンプにはイタリア難民支援センター——CIRの職員が常駐しています。支援センターからカウンセラーが派遣されてくる予定でした。心理カウンセラーです。それで少しはよくなるだろうと思ったのに。どうしてこんなことに……」ラニアの顔を失意がよぎった。

ブッビコが言った。「その直後に残念なことが起きました。何人かが遺体に駆け寄って所持品を剝ぎ取ったんです。靴やベルトを奪いました。現金と財布も」

ラニア・タッソが言った。「ショックでした。みんな切羽詰まっているのはわかります。でも、マレクは同じ立場の人間です。なのに服を盗むなんて！　血で汚れていなかったら、シャツまで剝ぎ取っていったでしょうね。ひどい話だわ」

「誰が持って行ったかわかりますか」エルコレが尋ねた。「重要な証拠かもしれません」

ラニアも巡査もわからないと答えた。ラニアが言った。「消えてしまいました」フェンスの反対側、キャンプの敷地内に集まった大勢の難民のほうにさっと手を振った。

続いてラニアが実に興味深いことを口にした。昨日かおとといの夜、不審な人物を見かけたという。大柄な男で、ラニアをじっと見ていたように思えたが、警備態勢を観察していたのかもしれないし、単に次のターゲットを物色していたのかも知れない。その男について知っていることは大まかな風貌くらいで、どこに立っていたかも定かではないという。

コンポーザーだろうか。

ロッシの部下、ダニエラとジャコモが現れた。二人はロッシより先に来て、聞き込みをしていたらしい。ダニエラがロッシに近づいて、イタリア語で何か言った。ロッシがラニアに向き直った。「ほかの人たちにも尋ねてみていただけませんか。キャンプのなかに、もっと何か見ている人がいるかもしれません。しかし、難民は私たちとは話をしてくれないでしょうから」

ラニアはイタリア語で答えた。どうぞと言ったのだろう。

サックスは付け加えた。「難民を疑っているわけではないと言えば安心して話してくれるかもしれません。犯人は精神の病を患っているアメリカ人です」

「新聞に出ていた〝コンポーザー〟ですか」

「そうです」

ラニアは難民の壁をフェンス越しに見つめた。それから思い出したように言った。

「とすると、移民が殺されるのは二人目ということに」

「最初の被害者は救出しました」エルコレが指摘した。「でも、そうですね、マレクは被害に遭った二人目の難民ということになります」

「理由は一つしか考えられない」ラニアは吐き捨てた。

ロッシとサックスはそろってラニアの顔を見た。

「〝生き埋めの危機（ザ・ベリアル・アワー）〟」

初めて耳にするフレーズだった。どういう意味かとサックスは尋ねた。しかしロッシはなるほどというようにうなずいていた。

ラニアが説明した。「ローマの政治家が公開討論会か何かで行なった講演のタイトルです。それ以来、いろんな記事で引用されました。〝生き埋めの危機〟は政治難民問題を指しています。イタリアやギリシャ、トルコ、スペイン、フランスの市民の多くは、危機に直面していると感じています――このままでは、数限りなく押し寄せてくる移民に自分たちは生き埋めにされてしまうと。まるで地滑りのようだ、自分たちはそれに押しつぶされるのではないかと。

その恐怖があるために、たとえばイタリアのような受け入れ国の市民は、気の毒な人たちに対して敵意を募らせています」ラニアはロッシを見て続けた。「その結果、たとえば、移民が被害者だと、警察は犯罪捜査にさほど力を入れてくれないと感じている人もいます。イタリア市民や観光客が被害者なら、あれほど一生懸命に捜査するのにと。コンポーザーは精神を病んでいるかもしれませんが、利口な人物ですよね。そういった国民の意識――政府高官の意識――をよくわかっていて、警察はさほど本気で自分を止めにかからないだろうと思っているんです。だから難民をターゲットにしているんでしょう」

ロッシがゆっくりと言った。「確かに、そういう話は私も聞いたことがありますよ。しかし、我々が被害者の身になって捜査していないかといえば、そんなことはありません。今回の事件も、最初の事件と同じように慎重に捜査します。聖職者や首相が被害に遭ったかのように、丁寧に」それからロッシは、こらえきれないといったようににやりと笑った。「いや、もしかしたら、首相が被害に遭ったときよりよほど熱を入れて」

ラニアにその冗談は通じなかったらしい。「警察の人はあまり来ていないようですけど」そう言ってあたりを見回す。

「ここはナポリです。路上犯罪も起きます。組織犯罪もある。テロ組織がイタリアを含めたEU各地でテロ計画を進めているという情報もあります。パンは多すぎ、そこに塗るバターは品不足という状況なんですよ」

そのロッシの言葉にも、ラニアは表情を変えなかった。シートで覆われた遺体にまた目を落とす。シートは血の色に染まっていた。ラニアはそれ以上何も言わなかった。

科学警察のバンが到着した。地下貯水槽でアリ・マジークが救出された現場でサックスも顔を合わせた鑑識員が降りてきた。

これからグリッド捜索にかかります……

鑑識チームは仕事にかかったが、一時間ほど粘り強く捜索を続けても、証拠らしい証拠はほとんど発見できなかった。遺体周辺の靴跡は乱れてしまっていたが、木立の向こう側、犯人が車を駐めていたあたりから、いくつか採取できた。リビア・ディナール札何枚かとポストイットが一枚、遺体の下から見つかった。携帯電話やプリペイド電話カード、財布などはない。目撃者の一人が来た。ロンドンに本部を置く、地中海周辺の難民キャンプを支援しているＮＧＯ団体職員だった。その男性は殺害現場を目撃したわけではないが、コンポーザーが首吊り縄を置いたあと被害者のほうにかがみこんでいたとき、顔をちらりと見たという。

職員はそれ以上の説明を加えることができなかったが、ロッシは制服警官のジョヴァンニを呼んで簡単なやりとりを交わした。ジョヴァンニはパトロールカーに戻り、ノートパソコンを持って戻ってきて、ソフトウェアを起動した。SketchCop FACETTEという、優秀な似顔絵ソフトだった。このハイテク時代にあってもＦＢＩは人間の似顔絵捜査官を好んで使うが、ほとんどの警察機関は見合った才能を持つ人物の採用に苦労しており、代わりにこういったパソコンソフトを利用している。

十分ほどでコンポーザーの似顔絵が完成した。サックスはあまり参考にならないありきたりの顔だと思ったが、それでも国家警察（クエストゥーラ）ナポリ本部に送られ、そこからイタリア全国の警察に送信された。サックスにもあとで送られてくるだろう。

証拠物件はビニール袋に収められ、手袋をはめて待ち構えていたエルコレ・ベネッリの手に渡された。エルコレは保管継続カードに記入し、現場をさっと見回した。それから、証拠物件はまとめて車のトランクに置いておくと言い、メガーヌを駐めた方角に消えた。

ロッシに電話がかかってきた。一緒に来るようブッビコに身ぶりで伝え、電話で話しながら現場から少し離れた場所に移動した。

サックスは難民キャンプを見回していた。なんとだだっ広く、なんと無秩序な場所だろう。青いテントが多いが、間に合わせの材料で作った小屋も見える。薪が積み上げられ、物干し紐が張られ、そこで色褪せた衣類がはためいている。数百個もありそうなボール紙の空き箱、捨てられた水のボトルや食べ物の空き缶。人々はラグや木箱、あるいは地べたに座っている。だいたいはあぐらをかいていた。しゃがんでいる者もいる。みな痩せていて、病気にかかっているらしい人も少なくない。肌の色が明るめの人たちは、日焼けしたところが炎症を起こして赤くなっている。

無数の人間。数千の人々。洪水。

違う。地滑りだ。

生き埋めの危機……

そのとき、声が聞こえて、サックスはびくりとした。「ああ、どうやらきみも体に障害があるようだね、サックス刑事」

振り返ると、すぐ目の前にダンテ・スピロが立っていた。

「きみの障害は、耳が遠いことだ」

その言葉にサックスは目をしばたたいた。

スピロは葉巻を唇のあいだに差しこんだ。屋外とあって、火をつけて煙を深々と吸いこみ、金のライターをしまった。「科学捜査ラボの助手とアラビア語の通訳に徹しろと命令されたはずだろう。なのに、前者はやっていない。後者もやっていない。代わりにここ、事件捜査のど真ん中にいる」スピロは手袋を着けたサックスの両手を見、輪ゴムをかけたサックスの靴を見た。

スピロはいい顔をしないでしょうね。でも、対決するのはあとにします。

〝あと〟は思いがけず早く来ちゃったみたいよ、ライム。

スピロが一歩前に出る。喧嘩を売られようと怖じ気づいたりしないサックスは、自分も前に出た。スピロとの距離は五十センチもない。サックスのほうが十センチ近く背が高かった。

別の人影が近づいてきた。エルコレ・ベネッリだ。

「それにおまえ！　森林警備隊！」侮蔑に満ちた声だった。「彼女は私の指揮下にないが、おまえは違う。この女性を現場に入れた。公（おおやけ）の場に連れ出した。私は明確に禁じたはずだぞ。受け入れがたいことだ！」外国語では怒りを存分に発散できないとでもいうように、イタリア語に切り替えた。エルコレは顔を真っ赤にして地面を見つめた。

「検事（プロクラトーレ）」エルコレが口を開く。

「黙れ（シレンツィオ）！」

だが、黄色いテープの向こうから別の切迫した声が割りこんだ。「プロクラトーレ・スピロ！」

スピロが振り向いた。声をかけた人物は、警察の封鎖線際に集まった数人の記者のうちの一人だった。事件は金網のフェンスの外側で発生したため、記者たちは内側で起きた場合よりもずっと現場に近い位置で取材していた。「質問ならよせ(ニエンテ・ドマンデ)！」スピロはいきなり手を振って断った。

くすんだ色のくたびれたコートとタイトなジーンズという出で立ちの若い男性記者は、スピロの言葉を無視して歩み寄り、いくつか質問を投げかけた。

スピロはふいに動きを止めた——完全に静止した。それから記者に向き直った。記者がイタリア語で何か言った。事実の確認を求めているようだ。

エルコレが英語でささやいた。「事件解決のためにアメリカの著名な科学捜査官二名をイタリアに招いたスピロ検事には先見の明があると、ローマで称賛の声が上がっているという噂が流れているそうです。それについて検事のコメントがほしいと言っています」

スピロが答えた。エルコレの通訳によれば、そんな噂はいま初めて聞いたと言ったようだ。

エルコレが実況を続けた。スピロは個人のプライドより、精神を病んだ殺人者からイタリア国民の命を守ることを優先したそうだ。「ほかの狭量な検事なら、縄張り意識に阻まれて外国から捜査官を招いたりはしなかっただろうが、自分は違うそうです。アメリカから来た殺人者なのだから、アメリカの捜査官の知識を利用してその心理を探ることが重要だと考えたと言っています」

スピロはさらにいくつかの質問に答えた。

エルコレが言った。「一歩違いで逮捕は逃したが、コンポーザーが次に襲うのはこの難民キャンプだろうと読んだのはスピロ検事だというのは事実かという質問に対して、検事はそのとおりだと答えました」

スピロは簡単な声明のようなものを述べた。記者たちがその言葉を書き取った。

それからスピロはアメリア・サックスのところにやってきて、驚いたことに、肩に腕を回してカメラの列に目線をやった。「笑え」脅すような声でサックスにささやく。

サックスはカメラに向かって微笑んだ。

エルコレも進み出たが、スピロは小声で追い払った。「来なくていい（スカッパ）！」

記者が向きを変え、遺体の写真を撮ろうと人込みをかき分けて行ってしまうと、スピロはサックスに視線を据えていった。「一時的な――そして限定的な――猶予（ゆうよ）を与える。現場に現れる？　それには反対しない。ただし、マスコミには一言たりとも口をきくんじゃないぞ」スピロは立ち去ろうとした。

「ちょっと待って！」サックスは鋭い声で呼び止めた。

スピロは足を止め、それから振り返った。その顔は、他人からそんな口調で話しかけられることに慣れていないことを如実に物語っていた。

サックスは言った。「さっき言ってたこと。障害がどうのって言ったわね。品位を疑われてもしかたがない発言です」

視線がぶつかり合った。二人とも表情一つ動かさないまま、長い何秒かが過ぎた。やがてスピロは、過ちを認めるかのようにほんのわずかに――目に見えないほどわずかにうなずいたあと、マッシモ・ロッシのほうへ歩いていった。

メルセデスで事故を起こすところだった。

難民キャンプの惨事にひどく動揺し、目に涙をためていたステファンは、カポディキーノから丘を登って逃げる途中、曲がるべき角をうっかり見逃しそうになった。

車を駐め、降りて、冷たい地面に膝をついた。首から血をどくどくと流す男の姿が脳裏にこびりついている。その血は、難民キャンプのすぐ外の砂の地面にあふれて鐘の形を描いていた。ステファンの新しい作品の一拍目を刻むはずだった男は、もう存在しない。

あの男から音が聞こえることは、もう二度とない。

ああ愛するあなたよ……

ごめんよ、エウテルペ……本当にごめん……

大切なミューズを絶対に裏切ってはならない。絶対に、絶対に絶対に絶対に……

絶対に期待を裏切ってはならない。

あの男を殺すつもりはなかったのだと言ってみたところで、何も変わらない。ステファンの曲作りは挫折した。彼のワルツ――あれほど完璧だったのに――はだいなしだ。

涙を拭い、難民キャンプを振り返った。

そこに見えたものに、愕然とした。その衝撃に音があるなら、ダイナマイトの爆発音だろう。

まさか！

ありえない。

だって、こんなことが……

ステファンは丘を下り始めた。マツやモクレンの陰に身を隠しながら下っていって立ち止まると、こぶだらけの木の幹に頬を押し当てた。

これは現実なのか？

間違いない。現実だ。まぶたを閉じ、またしても地面にがくりと膝をついた。衝撃に打ちのめされていた。

あの男が息絶えたまさにその場所、男の血が恐ろしい勢いでどくどくとあふれ出たその場所に、アルテミスが立っていた。

ブルックリンの廃工場で見た赤毛の刑事。〝イル・コンポジトーレ〟の事件捜査のためにニューヨークの捜査官がイタリアに来ているらしいことはステファンも知っていた。しかし、あれだけの短時間であの工場を探り出し、オリュンポスの女神、獲物を狙って空から急降下する狩りの女神らしくフェンスをぶち破って現れたあの女刑事その人が来ているとは、思ってもみなかった。

嘘だろう、嘘だろう、嘘だろう……

ステファンの人生最大の目標は、〈ハーモニー〉に到達することだ。完全無欠の天球の音楽が静かに流れる天国への道を邪魔するものは、誰であろうと、何であろうと、許せない。なのに、あの女は、アルテミスは、ここまで追ってきた。彼を止めるために。彼の人生を不協和音で満たすために。

地面に転がって体を丸めた。ここでぐずぐずしていてはいけないとわかってはいる。それでも絶望に身が震えた。近くで昆虫が鳴いた。フクロウがほうと声を上げた。大きな動物が木の枝を踏み、乾いた草を揺らした。

どの音も、彼の魂を慰めてはくれなかった。

アルテミス……イタリアに来ている。

家に戻れと自分を叱りつけた。アルテミスがここを探しに来る前に。かならず来るだろう。彼女は危険で、機敏で、獲物に飢えている。

女神なのだ。僕がここにいると勘づくに決まっている！

ふらふらと立ち上がって車に戻った。エンジンを始動し、涙の最後の一粒を拭って、ふたたび通りを走り出す。

これからどうする？

一つ考えが浮かんだ。狩りの女神が予期しないことが一つあるとしたら、それは何だ？

決まっている――自分が別の狩人のターゲットにされることだ。

34

その晩の十時、コンポーザー事件捜査チームの全員が国家警察ナポリ本部（クエストゥーラ）にふたたび集まった。

ただし、ダンテ・スピロだけは不在だった。どこまでも自分のペースを守る人物……自分の考えを他人に明かさない人物。

ライムはもどかしい気持ちを抑えきれずにラボのほうを何度ものぞきこんだ。ベアトリーチェは無言かつマイペースで証拠分析を進めていた。指は太くて短く、手は小さい。しかし、隣の部屋からでもその器用さは見て取れた。

ライムの視界にはトムも映りこんでいた。この数分だけで二度、わざとらしく腕時計に目を落としている。わかった、言いたいことは充分わかったよ。

だがライムにはまだ引き上げるつもりなどなかった。眠れる気がしない。気分が高揚していた。困難な事件に挑んでいるときはいつもこうだった。旅行の疲れはむろんある。しかし贅沢なホテルにいま戻ったところで、とても寝つけないだろう。

サックスが言った。「人を殺したのは計画的なことだったのかしら。それとも、さらうのに――拉致に失敗したせい？　たとえば、誰かが現れた。被害者が気づいて抵抗した。被害者は死んでしまったけれど、首吊り縄は計画どおり現場に置いていった」

「または」エルコレが言った。「心の病が悪化して、人を殺したいという衝動に抵抗できなくなってきているとか。新しい作品を作る時間さえ惜しんでいるのかもしれません」

ベアトリーチェが黄色い用箋を持ってラボからこちらにやってきた。「やっとひととおり結果が出ました。これは一覧表に加える分」そう言ってイーゼルのほうに顎をしゃくる。「難民キャンプに常駐してる警察官の一人が提出した報告書の情報も入ってる」

エルコレは筆跡を巡る戦争が勃発する前に無抵抗で降伏し、ベアトリーチェにマーカーを差し出した。

ベアトリーチェが言った。「訳して（ファンミ・ラ・トラドゥツィオーネ）」

エルコレはうなずき、黄色い用箋の項目を英語に訳して読み上げたり、綴りを教えたりしながら、ときおりベアトリーチェの間違いを訂正した。

カポディキーノ難民一時収容センター

・被害者：

・マレク・ダディ（26）
・チュニジア国籍、リビア在住、政治難民ではなく経済難民
・死因（カウザ・デイ・モルテ）：頸静脈および頸動脈を切断されたことによる失血（検死報告書参照）
・凶器は発見されず
・犯行現場は荒らされ、ほぼ全滅
・前日または2日前、コンポーザーの人相特徴に一致する人物が難民キャンプを観察しているところを目撃した人物あり。追加情報なし
・被害者のそば、容疑者の靴跡が残されていた場所の土から、微量のアモバルビタール（抗不安剤）を検出
・ミニチュアの首吊り縄、楽器の弦で作ったもの、製造元不明。おそらくチェロ用。長さ32センチメートル
・タイヤ痕：ミシュラン205／55R16　91H、これまでの現場で発見されたものと同一
・靴跡：コンバース・コン、サイズ45、ほかの現場のものと同一
・目撃証言によれば、容疑者は黒または紺色の大型車を使用
・ポストイット、黄色
・由来は不明

・番地のメモ、青いインクを使用（メーカー不明）：ミラノ　フィリッポ・アルジェラティ通り20－32番地
・照合可能な指紋なし
・被害者の遺体の下から発見。被害者またはコンポーザー、あるいは第三者が置いたものか不明
・難民キャンプ運営側がほかに目撃者がいないか調査中
・FACETTEによる似顔絵を参照

似顔絵のコンポーザーは、丸顔で頭髪を剃り上げた白人の男だった。帽子の有無の二パターンが描かれている。似たような丸顔の白人男性はいくらでも見つかりそうだ。ライムはこれまで無数の捜査に関わってきたが、似顔絵捜査官が作成した似顔絵が容疑者逮捕につながった例は数えるほどしかない。

一覧表を眺めながらロッシがつぶやいた。「ポストイット。ミラノか……いったいどんな意味が？　マレク・ダディのものか。それとも、コンポーザーにつながる人物がミラノにいるのか？　アメリカから飛行機でミラノに来て、足がかりを作り、車でナポリに来て悪さを始めたのか？」

「ミラノは近いのかね」ライムは尋ねた。

「遠いですよ。七百キロくらい離れている」

サックスが言った。「調べないわけにはいかないわ」

「ミラノ警察に頼みましょう」エルコレが尋ねた。「知り合いがいるのでは、ロッシ警部？」

「もちろんいるさ。しかし、この事件の本質をすぐに理解できそうな人物となるとな。たとえば何を捜すべきかとか。こちらから誰か行ったほうが話が早そうだ。ダニエラとジャコモは手が一杯だな。エルコレ、きみを軽んじるわけではないが、こういった捜査は初めてだろう。そうなると——」

サックスが言った。「私が行きます」

「そのとおりのことを提案しようとしていた」

ライムが言った。「しかし、スピロが黙っていないだろう」

「そうだ、話すのを忘れてたわ、ライム」サックスが言った。「私は一軍に昇格したの。現場に来てた記者から、アメリカから私たちを呼び寄せたスピロの先見の明を称賛する声が上がっているって件について、コメントを求められて」サックスは声をひそめた。「笑みを隠しきれないって顔してた」

「ダンテ・スピロの笑顔？」ロッシが笑った。「ローマ教皇が死ぬくらい、めったにないことですよ」

サックスが言った。「在ナポリ領事館に相談して、通訳を捜してもらいます」エルコレに目を向ける。「あなたはナポリに残って、ほかの問題を片づけて」

ほかの問題……

サックスが言っているのはガリー・ソームズの件だと、ライムは即座に理解した。エルコレも察したらしい。ガリーの自宅の捜索がまだ残っている。エルコレは一瞬だけ不安げな顔をした。サックスが具体的な話をロッシにするのではと心配になったのだろう。しかし、むろん、サックスは何も言わなかった。

サックスが続ける。「アメリカから乗ってきた飛行機は、いまイギリスで待機中なの。国家警察の飛行機を借りるわけにはいきませんか」

ロッシが笑い声を上げた。「残念ながら、一機も所有していません。必要ならアリタリア航空を使いますが、そんな機会はめったにない」エルコレを見た。「森林警備隊なら飛行機があるだろう」

「森林火災の消火用ですよ。ほとんどはボンバルディアＣＬ－４１５〝スーパースクーパー〟です。一機だけピアッジョＰ１８０がありますけど。いずれにせよ、ナポリ近郊には一機もありません」

その口ぶりから、エルコレが真に言いたいのは、たとえ近くで待機している機があったとしても、アメリカから来た刑事の送迎に使わせてもらえるわけがないということだろう。

「アリタリア航空に問い合わせてみます」エルコレが言った。

「いや、いい」ライムは応じた。それからサックスのほうを向いた。「民間機はだめだ。武器を携帯してもらいたいからね」

ロッシが言った。「たしかに、民間機に銃を持ちこむための手続きには時間がかかります」

例外……

サックスが訊く。「だったらどうする？　徹夜でドライブ？」

ライムは言った。「一つ思いついたことがある。しかしそれを実現するにはある人物に電話をかけなくてはならない」トムのほうを見る。「わかった。わかったよ。電話はホテルに戻ってからかけるとしよう」

それに、真に味わうには飲み慣れる必要がありそうなグラッパに慣れるというミッションに、早く戻りたくてたまらない。

（下巻へつづく）

本書は、二〇一八年十月に文藝春秋より刊行された
単行本を文庫化にあたり二分冊とし、下巻に短編
『誓い』を収録したものです。

THE BURIAL HOUR
BY JEFFERY DEAVER
COPYRIGHT © 2017 BY GUNNER PUBLICATIONS, LLC
JAPANESE TRANSLATION PUBLISHED BY ARRANGEMENT WITH GUNNER PUBLICATIONS, LLC C/O GELFMAN SCHNEIDER/ICM PARTNERS ACTING IN ASSOCIATION WITH CURTIS BROWN GROUP LTD.
THROUGH THE ENGLISH AGENCY (JAPAN) LTD.

文春文庫

本書の無断複写は著作権法上での例外を除き禁じられています。また、私的使用以外のいかなる電子的複製行為も一切認められておりません。

定価はカバーに表示してあります

ブラック・スクリーム　上

2021年11月10日　第1刷

著　者　ジェフリー・ディーヴァー

訳　者　池田真紀子（いけだまきこ）

発行者　花田朋子

発行所　株式会社　文藝春秋

東京都千代田区紀尾井町 3-23　〒102-8008
TEL　03・3265・1211㈹
文藝春秋ホームページ　http://www.bunshun.co.jp

落丁、乱丁本は、お手数ですが小社製作部宛お送り下さい。送料小社負担でお取替致します。

印刷製本・凸版印刷

Printed in Japan
ISBN978-4-16-791790-6

文春文庫　ジェフリー・ディーヴァーの本

（　）内は解説者。品切の節はご容赦下さい。

青い虚空
ジェフリー・ディーヴァー（土屋　晃　訳）
護身術のホームページで有名な女性が惨殺された。やがて捜査線上に〝フェイト〟というハッカーの名が浮上。電脳犯罪担当刑事と元ハッカーのコンビがサイバースペースに容疑者を追う。
テ-11-2

ボーン・コレクター
ジェフリー・ディーヴァー（池田真紀子　訳）（上下）
首から下が麻痺した元NY市警科学捜査部長リンカーン・ライム。彼の目、鼻、耳、手足となる女性警察官サックス。二人が追うのは稀代の連続殺人鬼ボーン・コレクター。シリーズ第一弾。
テ-11-3

コフィン・ダンサー
ジェフリー・ディーヴァー（池田真紀子　訳）（上下）
武器密売裁判の重要証人が航空機事故で死亡、NY市警は殺し屋〝ダンサー〟の仕業と断定。追跡に協力を依頼されたライムは、かつて部下を殺された怨みを胸に、智力を振り絞って対決する。
テ-11-5

エンプティー・チェア
ジェフリー・ディーヴァー（池田真紀子　訳）（上下）
連続女性誘拐犯は精神を病んだ〝昆虫少年〟なのか。自ら逮捕した少年の無実を証明するため少年と逃走するサックスをライムが追跡する。師弟の頭脳対決に息をのむ、シリーズ第三弾。
テ-11-9

石の猿
ジェフリー・ディーヴァー（池田真紀子　訳）（上下）
沈没した密航船からNYに逃げ込んだ十人の難民。彼らを狙う殺人者を追え！　正体も所在もまったく不明の殺人者を捕らえるべくライムが動き出す。好評シリーズ第四弾。（香山二三郎）
テ-11-11

魔術師（イリュージョニスト）
ジェフリー・ディーヴァー（池田真紀子　訳）（上下）
封鎖された殺人事件の現場から、犯人が消えた!?　ライムとサックスは、イリュージョニスト見習いの女性に協力を依頼する。シリーズ最高のどんでん返し度を誇る傑作。（法月綸太郎）
テ-11-13

12番目のカード
ジェフリー・ディーヴァー（池田真紀子　訳）（上下）
単純な強姦未遂事件は、米国憲法成立の根底を揺るがす百四十年前の陰謀に結びついていた――現場に残された一枚のタロットカードの意味とは？　好評シリーズ第六弾。（村上貴史）
テ-11-15

（　）内は解説者。品切の節はご容赦下さい。

ウォッチメイカー　ジェフリー・ディーヴァー（池田真紀子 訳）（上下）

残忍な殺人現場に残されたアンティーク時計。被害者候補はあと八人……尋問の天才ダンスとともに、ライムは犯人阻止に奔走する。二〇〇七年のミステリ各賞に輝いた傑作！（児玉 清）

テ-11-17

ソウル・コレクター　ジェフリー・ディーヴァー（池田真紀子 訳）（上下）

そいつは電子データを操り、証拠を捏造し、無実の人物を殺人犯に陥れる。史上最も卑劣な犯人にライムとサックスが挑む！データ社会がもたらす闇と戦慄を描く傑作。（対談・児玉 清）

テ-11-22

バーニング・ワイヤー　ジェフリー・ディーヴァー（池田真紀子 訳）（上下）

人質はニューヨーク！　電力網を操作して殺人を繰り返す凶悪犯を追うリンカーン・ライム。だが天才犯罪者ウォッチメイカーの影が…シリーズ最大スケールで贈る第九弾。（杉江松恋）

テ-11-29

ゴースト・スナイパー　ジェフリー・ディーヴァー（池田真紀子 訳）（上下）

政府に雇われた狙撃手が無実の男を暗殺した。その策謀を暴くべく、秘密裏に捜査を始めたライムたち。だが暗殺者による隠蔽工作が進み、証人は次々と消されていく……。（青井邦夫）

テ-11-33

スキン・コレクター　ジェフリー・ディーヴァー（池田真紀子 訳）（上下）

毒の刺青で被害者を殺す殺人者は、ボーン・コレクターの模倣犯か。NYの地下で凶行を繰り返す犯人。名探偵ライムは壮大な完全犯罪計画を暴けるか？「このミス」1位。（千街晶之）

テ-11-37

スティール・キス　ジェフリー・ディーヴァー（池田真紀子 訳）（上下）

NYでエスカレーターが誤作動を起こし、通行人が巻き込まれて死亡する事件が発生。四肢麻痺の名探偵ライムは真相究明に乗り出すが…。現代の便利さに潜む危険な罠とは？（中山七里）

テ-11-41

スリーピング・ドール　ジェフリー・ディーヴァー（池田真紀子 訳）（上下）

怜悧なカルト指導者が脱獄に成功。美貌の捜査官、キャサリン・ダンスの必死の追跡は続く。鍵を握るのは一家惨殺事件でただ一人、難を逃れた少女。彼女はその夜、何を見たのか。（池上冬樹）

テ-11-19

（　）内は解説者。品切の節はご容赦下さい。

ロードサイド・クロス（上下）
ジェフリー・ディーヴァー（池田真紀子 訳）
ネットいじめの加害者たちが次々に命を狙われる。犯人はいじめに苦しめられた少年なのか？ ダンス捜査官は巧緻な完全犯罪計画に挑む。キャサリン・ダンス・シリーズ第二弾。
テ-11-25

シャドウ・ストーカー（上下）
ジェフリー・ディーヴァー（池田真紀子 訳）
女性歌手の周囲で連続する殺人。休暇中のキャサリン・ダンスは友人のために捜査を開始する。果たして犯人はストーカーなのか。リンカーン・ライムも登場する第三作。（佐竹 裕）
テ-11-31

煽動者（上下）
ジェフリー・ディーヴァー（池田真紀子 訳）
尋問の末に殺人犯を取り逃したダンス捜査官。責任を負って左遷された先で、パニックを煽動して無差別殺人を犯す犯人と対決する。シリーズ最大の驚きを仕掛けた傑作。（川出正樹）
テ-11-39

クリスマス・プレゼント
ジェフリー・ディーヴァー（池田真紀子 他訳）
ストーカーに悩むモデル、危ない大金を手にした警察、未亡人と詐欺師の騙しあいなど、ディーヴァー度が凝縮された十六篇。あの〈ライム・シリーズ〉も短篇で読める！（三橋 曉）
テ-11-8

ポーカー・レッスン
ジェフリー・ディーヴァー（池田真紀子 訳）
ドンデン返し16連発！ 現代最高のミステリ作家が、ありとあらゆる手口で読者を騙す極上の短編が詰まった第二作品集。リンカーン・ライムが登場する「ロカールの原理」も収録。
テ-11-24

限界点（上下）
ジェフリー・ディーヴァー（土屋 晃 訳）
凄腕の殺し屋から標的を守るのが私のミッションだ。巧妙な計画で襲い来る敵の裏をかき、反撃せよ。警護のプロVS殺しのプロ。ドンデン返しの魔術師が送り出す究極のサスペンス。
テ-11-35

（　）内は解説者。品切の節はご容赦下さい。

ペット・セマタリー（上下）
スティーヴン・キング（深町眞理子 訳）
競争社会を逃れてメイン州の田舎に越してきた医師一家を襲う怪異。モダン・ホラーの第一人者が〝死者のよみがえり〟のテーマに真っ向から挑んだ、恐ろしくも哀切な家族愛の物語。
キ-2-4

IT（全四冊）
スティーヴン・キング（小尾芙佐 訳）
少年の日に体験したあの恐怖の正体は何だったのか？　二十七年後、薄れた記憶の彼方に引き寄せられるように故郷の町に戻り、IT（それ）と対決せんとする七人を待ち受けるものは？
キ-2-8

シャイニング（上下）
スティーヴン・キング（深町眞理子 訳）
コロラド山中の美しいリゾート・ホテルに、作家とその家族がひと冬の管理人として住み込んだ——。S・キューブリックによる映画化作品も有名な「幽霊屋敷」ものの金字塔。（桜庭一樹）
キ-2-31

夜がはじまるとき
スティーヴン・キング（白石 朗 他訳）
医者のもとを訪れた患者が語る鬼気迫る怪異譚「N」、猫を殺せと依頼された殺し屋を襲う恐怖の物語「魔性の猫」など全六篇収録。巨匠の贈る感涙、恐怖、昂奮をご堪能あれ。（coco）
キ-2-35

リーシーの物語（上下）
スティーヴン・キング（白石 朗 訳）
夫の死後、悲しみに暮れるリーシー。夫の過去に秘められたあまりに痛ましい出来事とは？　永遠の愛と悲しみからの再生を描いて、著者キングが自作の中でもっとも愛するという傑作。
キ-2-44

ジョイランド
スティーヴン・キング（土屋 晃 訳）
恋人に振られた夏を遊園地でのバイトで過ごす僕。生涯の友人にも出会えた僕は、やがて過去に幽霊屋敷で殺人を犯した連続殺人鬼が近くに潜んでいることを知る。巨匠の青春ミステリー。
キ-2-48

11/22/63（全三冊）
スティーヴン・キング（白石 朗 訳）
ケネディ大統領暗殺を阻止するために僕はタイムトンネルを抜けた…巨匠がありったけの物語を詰めこんで、「このミス」他国内ミステリーランキングを制覇した畢生の傑作。（大森 望）
キ-2-49

文春文庫　最新刊

雪見酒 新・酔いどれ小籐次（二十一）　佐伯泰英
名刀・井上真改はどこに？　累計900万部突破人気シリーズ！

レフトハンド・ブラザーフッド 上下　知念実希人
死んだ兄が左手に宿った俺は殺人犯として追われる身に

異郷のぞみし 空也十番勝負（四）決定版　佐伯泰英
高麗をのぞむ対馬の地で、空也が対峙する相手とは……

帰還　堂場瞬一
四日市支局長が溺死。新聞社の同期三人が真相に迫る！

中野のお父さんは謎を解くか　北村薫
お父さん、入院！　だが病床でも推理の冴えは衰えない

出世商人（四）　千野隆司
父の遺した借財を完済した文吉。次なる商いは黒砂糖!?

きみの正義は 社労士のヒナコ　水生大海
セクハラ、バイトテロ、不払い。社労士のヒナコが挑む

殺し屋、続けてます。　石持浅海
ビジネスライクな殺し屋・富澤に、商売敵が現れて――

ゆるキャラの恐怖 桑潟幸一准教授のスタイリッシュな生活3　奥泉光
帰ってきたクワコー。次なるミッションは「ゆるキャラ」

高倉健、その愛。　小田貴月
最後の十七年間を支えた養女が明かす、健さんの素顔

知性は死なない 平成の鬱をこえて 増補版　與那覇潤
歴史学者がうつに倒れて――魂の闘病記にして同時代史

モンテレッジォ
小さな村の旅する本屋の物語　内田洋子
本を担ぎ、イタリア国中で売ってきた村人たちの暮らし

あたいと他の愛　もちぎ
「ゲイ風俗のもちぎさん」になるまでのハードな人生と愛

炉辺荘のアン 第六巻　L・M・モンゴメリ　松本侑子訳
母アンの喜び、子らの冒険。初の全文訳、約530の訳註付

ブラック・スクリーム 上下　ジェフリー・ディーヴァー　池田真紀子訳
リンカーン・ライムが大西洋を股にかける猟奇犯に挑む